AF272804

Charles H. Barnes

Puppenspieler und andere Monstrositäten

Band 5

Im Labyrinth der Lügen

Roman

Über den Autor:

Charles H. Barnes wurde 1982 als Hanseat geboren. Früh beeinflussten ihn seine Großeltern, die selbst als Autoren, Regisseur und Schauspieler nicht nur in Norddeutschland bekannt waren. Die bissigen und gleichzeitig feinsinnigen Aufführungen seines Großvaters zeigten ihm eine Welt, in der mit Widersprüchlichkeiten gespielt wurde, die auf den zweiten Blick keine waren.

Trotz dieser frühen Inspiration entschied er sich zuerst für den klassischen Weg und studierte an der Technischen Universität Berlin im Grundstudium Energie- und Verfahrenstechnik, bevor er letztendlich den Studiengang Wirtschaftsingenieurwesen absolvierte. Dabei hielt er sich mit Studentenjobs über Wasser. Mittlerweile weiß er aus der Praxis, wie irrational sich Menschen bei Großveranstaltungen verhalten können (Sicherheitsdienst), wie es ist, mit einem vollen Fass Bier an einer Meute ausgetrockneter Fußballfans vorbeizulaufen (Gastronomie) und beim ersten Hahnenschrei schwere Pakete im Eiltempo zu sortieren (Zustellzentrum von UPS).

Ihm reichten diese Erfahrungen allerdings nicht und so wechselte er sein Einsatzgebiet grundlegend und ging zu einem internationalen Fernsehsender.

Sein weiterer Lebensweg hätte durch seinen Werdegang vorherbestimmt sein können, jedoch war sein Wunsch, zu schreiben, stärker denn je … Und so begann sein Leben als Autor.

Puppenspieler und andere Monstrositäten

Band 5

Im Labyrinth der Lügen

Charles H. Barnes

Roman

Bibliografische Information der Deutschen Nationalbibliothek:
Die Deutsche Nationalbibliothek verzeichnet diese Publikation
in der Deutschen Nationalbibliografie; detaillierte bibliografische Daten sind im Internet über dnb.dnb.de abrufbar.

1. Auflage, April 2025

Lektorat: Moira Colmant
Korrektorat: Marita Pfaff
Umschlaggestaltung: Giusy Ame / Magicalcover
Bildquelle: Depositphoto, Freepiks

Verlag: BoD · Books on Demand GmbH, In de Tarpen 42,
22848 Norderstedt, bod@bod.de
Druck: Libri Plureos GmbH, Friedensallee 273, 22763 Hamburg

© 2025 Charles H. Barnes
ISBN: 978-3-7693-4051-8

Du wagst es, dein eigenes Fleisch und Blut zu hinterfragen?
Du bist nichts weiter als ein Stück im Spiel meiner Macht,
ein Mittel zum Zweck. Deine Bedenken sind bedeutungslos,
deine Wünsche irrelevant.

Unbekannter König, kurz bevor er von seinem Sohn ermordet wurde

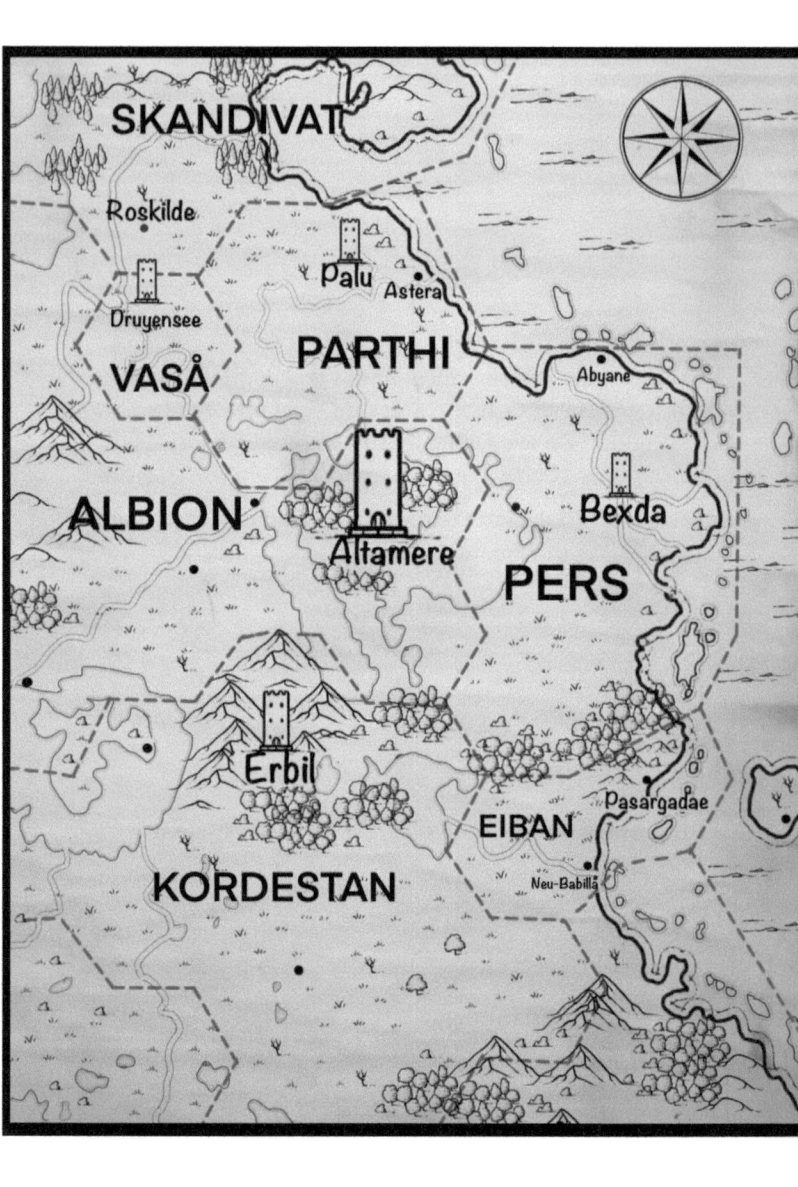

Was bisher geschah

Band 1: Götterwette – Alle gegen Einen

Die Rahmenhandlung des Romans dreht sich um fünf Götter, die eine Wette eingehen, um zu entscheiden, ob Talent und Fleiß oder die Herkunft der Schlüssel zum Erfolg sind. Ibris steht für die Werte Talent und Fleiß, während Halver die Bedeutung der Herkunft vertritt. Drei weitere Götter nehmen Zwischenpositionen ein, was zu einem komplexen Machtspiel führt.

Auf der Erde wird Anes, ein brillanter Spieleentwickler, von seinem Assistenten Robert Miller hintergangen. Robert, der Spross einer mächtigen Familie, nutzt seinen Einfluss, um die Kontrolle über Anes' Firma zu übernehmen. Inmitten dieses Konflikts greifen die Götter ein und töten die Beteiligten, um sie in einer eigens geschaffenen Welt wiederzubeleben und ihre Wette auszutragen.

Anes wird als Raduan Kyros, ein vierzehnjähriger Adliger, wiedergeboren, der am Rande des Todes steht. Seine Eltern wollten ihn opfern, um politische Vorteile zu erlangen, doch durch seine Wiedergeburt entkommt er diesem Schicksal knapp. In einer unbekannten Welt, ohne Kenntnisse von Sprache oder Kultur, muss sich Raduan mühsam durchschlagen. Mit viel Geschick und ein wenig Glück überlebt er erste Gefahren, darunter den Angriff eines mächtigen Monsters.

Nach und nach findet Raduan seinen Platz in der neuen Welt. Er freundet sich mit Olle, einem Straßenjungen, an, lernt die Sprache und beginnt, als Abenteurer kleine Aufträge zu erfüllen. Dabei entwickelt er seine einzigartigen Puppenspielerfähigkeiten weiter und baut erste Kampfpuppen. Sein Leben nimmt jedoch eine gefährliche Wendung, als er erfährt, dass Kopfgeldjäger auf ihn angesetzt wurden – ausgerechnet von seinen eigenen Eltern.

Band 2: Im Visier der Kopfgeldjäger

Im zweiten Band gelingt es Raduan Kyros, die beiden Kopfgeldjäger, die ihn im Auftrag seiner Eltern töten sollen, zu überwältigen. Doch diese gehören zu einer größeren Gruppe, deren Mitglieder ihn weiterhin verfolgen. Während er an Möglichkeiten arbeitet, sich ihrer endgültig zu entledigen, bringt er den Straßenjungen Olle, den er beschützt, bei einer Lehrerin unter, um ihn zum Tierbändiger ausbilden zu lassen.

Die Kopfgeldjäger haben sich in einem Lager im Wald verschanzt und durchsuchen die Umgebung nach ihm. Angesichts der Übermacht sucht Raduan nach einem Plan und erledigt Aufträge für die Magiergilde, bei denen er neue Fähigkeiten wie den Degenkampf erlernt.

Raduan beobachtet das Lager aus der Ferne mithilfe seiner Puppen und manipuliert die Kopfgeldjäger.

Gleichzeitig nimmt er einen Auftrag der Magiergilde an, bei dem er einen verschwundenen Schüler suchen soll. Auf dieser gefährlichen Reise besiegt er eine gigantische Schnappschildkröte, die er als mächtige Kampfpuppe wiederbelebt. Der Schüler wird schließlich gefunden, doch Raduan wird in eine Affäre zwischen dem Schüler und einer Adligen verwickelt, die er nur knapp unbeschadet übersteht.

Zurück im Wald entwickelt Raduan einen Plan, um die Kopfgeldjäger zu besiegen. Er sabotiert ihr Schutzschild und lockt eine Goblinhorde in ihr Lager. Die Kopfgeldjäger werden überrannt, jedoch überleben einige. Diese spüren Raduan mithilfe eines magischen Kristalls auf, der von seiner Familie stammt. Raduan wird in seiner Käferpuppe enttarnt, kann jedoch fliehen und sich in Sicherheit bringen.

Als er versucht, die letzten Kopfgeldjäger zu töten, wird er vom Anführer überrascht. In einem Wendepunkt wird er jedoch von den Soldaten seiner Mutter getötet. Sie und ihr Bruder erklären, Raduan beschützen zu wollen. Doch ob er ihnen vertrauen kann, bleibt unklar.

Band 3: Reise ins Unbekannte
Raduan wird von seiner Mutter Malika Lilith und seinem älteren Bruder Malikan Arian im letzten Moment vor einem Kopfgeldjäger gerettet. Beide begegnen

ihm freundlich, und Lilith scheint liebevoll, als wäre Raduan das Wichtigste in ihrem Leben. Es gibt keinerlei Anzeichen, dass sie selbst die Kopfgeldjäger auf ihn angesetzt haben.

Gemeinsam kehren sie mit einer Entourage aus Soldaten und Dienern nach Druyensee zurück, wo sie beim dortigen Grafen Ehren genießen, da Lilith und Arian in der Gesellschaftshierarchie weit über ihm stehen. Der Graf zeigt sich jedoch misstrauisch über Raduans Zeit in seiner Stadt und schickt eine Spionin, Heli, um Raduan auszuspähen. Lilith durchschaut dies und macht Heli zu einer Doppelagentin, während Raduan den Anschein eines naiven, liebestollen Adligen wahren soll.

Parallel sucht Lilith nach zwei Kisten, die aus der überfallenen Kutsche verschwunden sind. Raduan, der sie in seinem Inventar versteckt hat, behauptet, sich nicht daran zu erinnern. Mit Unterstützung der Tierbändigerin Silja vergräbt er die Kisten tief im Wald und erklärt beiläufig, dass er Gefolgsleute wie Olle aufgenommen hat. Lilith akzeptiert dies unter der Bedingung, dass die Kisten gefunden werden

Lange bleibt die Familie Kyros nicht in Druyensee und sie reisen nach Pers, wo die Hochzeit von Raduans Schwester bald stattfinden soll. In der Hauptstadt Bexda werden sie von den Subtropen, Intrigen und einer angespannten politischen Lage empfangen. Lilith warnt Raduan, stets achtsam zu sein, da die Räume von Spionen überwacht werden.

Hinter den Kulissen nehmen die Intrigen Fahrt auf. Heli wird entführt, was Raduans versteckte Gefühle für sie offenbart. Auf seiner Suche entdeckt er unter dem Palast ein Gefängnis für gefährliche Mörderinnen. Eine von ihnen, Necla, bietet ihm Hilfe an, wenn er sie und die anderen befreit. Zögerlich stimmt er zu und gewinnt so eine Gruppe von Attentäterinnen als Gefolgsleute.

Mit ihrer Unterstützung befreit er Heli aus einem unterirdischen Labyrinth, den Albtraumhöhlen, und tötet den Neffen des Herrschers, der hinter der Entführung steckt. Die Leiche entsorgt er in den Höhlen, bevor er mit Heli über ein verstecktes Portal flieht. Anschließend trennt er sich von den Mörderinnen und gibt ihnen Mittel, um im Verborgenen zu agieren und immer bereit zu sein, wenn er sie braucht.

Zurück im Palast werden Raduan und Heli gefangen genommen und verhört. Als Raduan Folterspuren bei Heli entdeckt, verliert er die Beherrschung, was die Situation eskalieren lässt.

Band 4: Brudermord
In Bexda ruft die Versteigerung durch die „Silber-karawane" – die legendäre Handelsgilde – Aufregung hervor. Bei einem Besuch mit seiner Familie wird Raduan bewusst, wie reich er durch seine Diebeszüge

geworden ist. Als er bemerkt, dass Händler von seiner Familie nicht bezahlt wurden, kümmert er sich eigenständig um diese Schulden. Er verkauft Edelsteine, begleicht mit dem Erlös offene Pfandbriefe und erkennt die Gefahr, die von den finanziellen Verpflichtungen seiner Familie ausgeht.

Bei der Auktion der Silberkarawane kommt es zu einem Eklat, als sein Bruder Arian ein überteuertes Schwert ersteigert und die Familie mit weiteren Pfandbriefen in Verruf bringt. Liliths Wut auf Arian eskaliert, und Raduan wird in einen Familienstreit hineingezogen, bei dem Arian enthüllt, dass Lilith an seinem geplanten Tod beteiligt war, um zur ersten Frau seines Vaters aufzusteigen.

Während einem seiner nächtlichen Ausflüge begegnet Raduan einem Gladiator namens Gaddo und überzeugt ihn, sich ihm anzuschließen. Währenddessen erkennt Raduan, dass die Pfandbriefe, die seine Familie in existenzielle Gefahr bringen könnten, ihn in der Thronfolge nach oben katapultieren könnten. So beschließt er, so viele wie möglich heimlich aufzukaufen.

Kurz vor der Ankunft seiner Schwester Bayla wird Raduan von Arian vergiftet. In einem verzweifelten Versuch, sich zu retten, steigt er durch einen gefährlichen Kampf ein Level auf und neutralisiert so das Gift. Zurück im Palast plant er, seinen Bruder zur Rede zu stellen, doch ein überraschender Angriff seiner Schwester beendet die Konfrontation abrupt.

Kapitel 1

Mit heftigen Kopfschmerzen komme ich wieder zu mir. Ich blicke auf mein Profil und sehe, dass die vergangene Zeit zwar ausgereicht hat, mittels meiner beschleunigten Regeneration meine Gesundheit wieder vollständig herzustellen, doch mein Log verzeichnet einen Debuff, der mir gar nicht gefällt.

Debuff Gehirnerschütterung Stufe 1: Durch einen harten Schlag auf den Kopf funktioniert nichts mehr richtig. Auswirkung: Kopfschmerzen, Übelkeit und Sehstörungen. Dauer: 6 Stunden.

Das mit der Übelkeit bekomme ich sofort mit, als ich mich umschauen will. In einem Schwall erbreche ich alles, was ich in den letzten Stunden zu mir genommen habe: Apfelmus, alchemistische Pulver und einen Heiltrank. Zum Glück sind das nur noch die stofflichen Reste, die jeweilige Wirkung hat sich bereits entfaltet. Meine Kleidung oder mir zumindest den Mund abwischen kann ich leider nicht. Ein Seil, wenig kunstvoll um mich und den Stuhl, auf dem ich sitze, geschlungen, raubt mir jede Bewegungsfreiheit.

»Was für eine Sauerei! Ruf deinen Kammerdiener, damit er das beseitigt.«

Ich schaue auf, habe aber Schwierigkeiten, zu fokussieren. Der Stimme nach ist es Bayla, meine

Schwester und baldige Ehefrau von Malikan Arasch, somit in einigen Jahren die Herrscherin der vereinigten Reiche Eiban und Pers, kurz: Persan. Vielleicht werden sie es auch »Neupersan« nennen, wenn ich allerdings ihr Faible für unsere Urahnen bedenke, dann bleiben sie wahrscheinlich eher bei der Bezeichnung aus der Zeit, bevor das alte Großreich in unzählige Kleinreiche zerbrach.

»Mein Kammerdiener kann den Mund nicht halten und wird garantiert Mutter alles verraten. Uns blüht dann Hausarrest oder Schlimmeres, du wirst den Anblick also ertragen müssen.«

Sie sind drauf und dran, mich umzubringen, und haben Angst davor, Hausarrest aufgebrummt zu bekommen? Ich verdrehe die Augen und bereue es angesichts der stechenden Kopfschmerzen sofort. »Jetzt hört mal zu, Arian und Bayla. Was auch immer ihr euch in den Kopf gesetzt habt, es wird nicht funktionieren. Aber noch können wir das alles friedlich lösen.«

»Warum redet er so komisch?« Meine Schwester tritt näher, weicht aber angewidert zurück, als ihr der Geruch von Erbrochenem in die Nase steigt.

»Seit dem missglückten Anschlag der Söldner ist er so. Mutter glaubt, es ist der Segen des Kyros', der ihm auch das Leben gerettet hat.«

»Blödsinn, der Segen ist ein Mythos!«

»Und wie erklärst du dir dann, seine Art zu reden?« Mein Bruder klingt, als wäre er kurz davor, zu explodieren.

»Was ist, wenn das nicht der echte Raduan ist?«

»Ist er, der Familienkristall hat ihn eindeutig identifiziert. Nicht mal ein Hamnskiftare könnte den austricksen.«

Ich stolpere über den Namen, doch dann springt mein Skill Bestienblick an und ich erinnere mich, dass ich das Wort schon einmal gehört habe, als Olle davon gesprochen hat.

Hamnskiftare, der
Dieser legendäre Formwandler gehört nicht in den Bereich der Mythen und Legenden. Seine natürliche Erscheinung kennt niemand, da er sich immer nur in seiner verwandelten Gestalt zeigt. Manche vermuten, dass die Hamnskiftare eine Art Slime sind, denn nach ihrem Tod werden sie zu einem zähflüssigen Glibber. Sie sind intelligent, doch erst wenn sie mit Menschen zusammenarbeiten, entfalten sie ihr wahres Potenzial.

Das erklärt es natürlich wunderbar. »Ich bin kein Formwandler. Was wollt ihr überhaupt mit meinem Tod erreichen? Seit ich hier bin, gab es ständig Anschläge auf mich und Heli.«

»Wer bei allen Göttern ist nun schon wieder Heli?«

»Die Dienerin, die er sich ins Bett geholt hat.«

Meine Schwester sieht bei Arians Antwort angewidert auf ihn und mich. Aber ich gebe mir nicht die Mühe, zu erklären, dass ich Heli zu nichts zwinge. Dass sie ursprünglich als Spionin vom Grafen von Druyensee auf mich angesetzt wurde und unsere Mutter sich für die Idee erwärmt hat, ihn über Heli mit Falschinformationen zu versorgen. Lilith, die es auf Anhieb schaffte, sich Helis Treue zu versichern, hat es ihr leicht befehlen können, meine Rolle als junger Lüstling aufzubauen.

Diese Kopfschmerzen! Erst jetzt fällt mir ein, dass ich mit Reinigung den Statuseffekt beseitigen kann. Eine hinterhältige Auswirkung der Gehirnerschütterung ist, dass ich das kurz vergessen hatte. Ich brauche drei Versuche, bis der Debuff endlich aufgehoben ist. So eine Erleichterung, wieder klar im Kopf zu sein, keine Schmerzen …

»Was grinst du so, glaubst du, ich meine es nicht ernst mit deinem Tod?«

Ich rufe mich stumm zur Ordnung und schaue Arian an. Er hält einen kurzen Strick und windet gerade beide Enden um seine Hände. Will er mich erwürgen? »Was soll das werden, Arian? Meinst du, der Malik wird es auf sich sitzen lassen, dass einer seiner Gäste tot aufgefunden wird?«

»Wer sagt denn, dass man deine Leiche findet? Nun mach schon, Arian, bring ihn um, ich bin müde und will endlich schlafen gehen.«

Was ist nur mit dieser verrückten Familie los? Mord und Totschlag sind für die offensichtlich ganz alltäglich.

Arian ist mit seinen Vorbereitungen fertig, packt mich an den Haaren und zieht mich samt Stuhl von der Wand weg, sodass er hinter mich treten kann. Ein kurzer Blick in seine Augen sagt mir alles: Er fühlt weder Schuld, Hass noch Scham, sondern hat lediglich eine lästige Pflicht zu erfüllen.

»Wenn du den Malikan nicht heiraten willst, dann lass es doch!«, rufe ich meiner Schwester zu.

»Und mich Vater widersetzen?« Der Schauer, der sie bei diesem Gedanken durchläuft, ist nicht gespielt. Unser Vater muss ein Monster sein.

»Hör zu, Raduan, es ist nichts Persönliches. Bayla will nicht heiraten und ich will nicht, dass Eiban als eigenständiges Reich verschwindet. Es ist mein Königreich, es gehört *mir*!«

»Du meinst Bayla. Wenn sie Arasch nicht heiratet, ist sie die Thronfolgerin.« Meine Worte würge ich nur mit Mühe heraus, da das Seil mir bereits die Luft abschnürt.

»Sie verzichtet und ich werde der Thronfolger, das hat sie mir versprochen und auf einem Pergament zugesichert. Mit Stempel und Siegel.«

»Und das glaubst du? Du glaubst, dass das Versprechen Bestand hat, wenn es wirklich so weit ist, den Thronfolger zu bestimmen?« Meine Worte sind kaum noch ein Flüstern, aber Arian zögert und das Seil lockert sich ein winziges bisschen. Er schaut seine Schwester an.

»Lass dich nicht einwickeln, Raduan würde jetzt alles sagen, damit er nicht stirbt. Hab ich jemals ein Versprechen nicht eingehalten?«

»Ja, unzählige Male.« Das Seil lockert sich ein weiteres Stück und ich hole tief Atem.

»Jetzt benimm dich nicht wie ein Kleinkind.« Mit zwei schnellen Schritten ist Bayla bei uns, schubst den verblüfften Arian zur Seite und packt das losgelassene Ende des Seils.

Links zieht nun mein Bruder und rechts meine Schwester. Meine Kehle wird restlos zerquetscht und an ein Luftholen ist nicht mehr zu denken.

Ich winde mich, doch damit sorge ich höchstens dafür, dass sich der Strick noch fester um meinen Hals legt. In meiner Verzweiflung fällt mir nichts anderes ein und ich wirke einen Magiefaden auf Arians Dolch an seiner Seite und nutze meine Puppenspielerfähigkeiten, um mit der Klinge die Fessel um meinen Arm zu durchschneiden. Diesmal bin ich es, der mit Mordabsichten auf meine Geschwister losgeht. Ich packe mit meiner befreiten Hand den Dolch, durchschneide in einer Bewegung den Strick um meinen Hals und beide fallen rücklings auf den Boden. Endlich bemerken die zwei Dumpfbacken, was los ist. Ich aktiviere Heilung und stelle meinen Hals wieder her. Nie war das Atmen so köstlich.

»Er hat sich befreit!«

»Was du nicht sagst. Zieh dein Schwert, köpf ihn, töte ihn!«

»An deinem Gemüt solltest du wirklich arbeiten, Schwesterherz.« Meine Worte lösen irgendetwas in ihr aus. Blitzartig rappelt sie sich auf und will sich, die Finger zu Klauen gekrümmt, auf mich stürzen. Arian dagegen sieht sich nach einer Waffe um, um nicht mit der bloßen Hand gegen einen Dolch antreten zu müssen.

»Was hat das zu bedeuten?« Die donnernde Stimme unserer Mutter hallt durch den Raum.

Wie drei gescholtene Schulkinder halten wir inne. Hinter ihr an der Zimmertür schauen die beiden Wachen herein, doch sie beschließen, sich nicht in den Familienkonflikt einer Herrscherfamilie einzumischen. Das ist wahrscheinlich auch besser für sie.

Lilith sieht uns drei an und Bayla und Arian senken rasch den Blick. Ich aber habe nichts getan und schaue ihr in die Augen. Daraufhin runzelt meine Mutter die Stirn und die Härte in ihrem Blick bringt mich dann doch dazu, zu Boden zu starren. Was ist denn jetzt los?

Debuff: mütterliche Einschüchterung, Wirkung:
-77 % Selbstvertrauen, Dauer: unbekannt.

Ich bin mir sicher, dass Lilith einen Skill einsetzt. Schon beim letzten Mal war es schwer, diesen Debuff mit meinem Skill Reinigung loszuwerden. Diesmal klappt es erst beim fünften Versuch. Ein Drittel meiner Manapunkte verbrauche ich dabei. Das ist doch lächerlich.

»Ist es das?« Die Stimme meines Vaters hallt mir durch den Kopf. Wenn ich das mal nicht als Debuff einordne … na, vielleicht ist die elterliche Einwirkung auf den Geist ihrer Kinder stärker, als ich dachte.

»Raduan, nimm endlich den Dolch runter.«

Ich schaue auf meine Hand, dann auf die Klinge, die fast Arians Bein berührt, und zwar dort, wo sein wertvollstes Organ ist. Der schielt dabei auf meine Waffe und traut sich erst von mir abzurücken, nachdem ich den Dolch losgelassen habe. Kastration durch den jüngeren Bruder, das will wohl niemand auf seinem Grabstein stehen haben. Ich erlaube mir ein gemeines Lächeln.

»Und würdet ihr mir jetzt endlich verraten, was hier los ist?« Lilith schaut uns der Reihe nach an, aber keiner antwortet ihr. Was sollen sie auch sagen? Dass Bayla trotz ihrer und unseres Vaters Bemühen den Sohn des Maliks Ariaram nicht heiraten will und damit die elterlichen Pläne unterwandert? Dass sie mich umbringen wollten, damit sie einen Skandal produzieren und die Hochzeit abgeblasen wird? Ich bin ja wohl der einzige Unschuldige hier.

»Es ist so, Mutter …«, setze ich an und die Köpfe meiner Geschwister drehen sich ruckartig zu mir. Ich stocke. Soll ich sie verpetzen? Lilith kann die beiden sicher so strafen, wie es mir nie möglich wäre. Sie ist so eine Mutter, die die Schwächen ihrer Kinder kennt und eiskalt für sich nutzt. Aber immerhin hat sie – wie auch mein Vater – ebenfalls versucht, mich umzubringen. Was haben Bayla und Arian also anderes getan als meine Eltern? Warum gebe ich überhaupt einen feuchten Kehricht auf die Hochzeit? Ich habe am allerwenigsten etwas davon. »Arian hat das Thema der Mitgift angesprochen und sagte, es würde unsere Familie entehren, wenn wir kein entsprechendes Präsent hätten. Bayla wurde daraufhin sehr wütend, immerhin ist es ihre Hochzeit und sie würde, wenn es tatsächlich so wäre, am schlechtesten dastehen. Ich schlug also vor, dass wir einfach sein Blutschwert aus dem eisigen Norden als Mitgift verschenken. Das Schwert ist eine Rarität und würde aufgrund seines Status mehr hermachen, als es wirklich wert ist. Außerdem dürften auch alle noch die Bieterschlacht bei der Auktion im Kopf haben, wo mein nichtsnutziger Bruder zwanzigtausend Taler verschleudert hat und somit wissen alle, welchen immateriellen Wert das Ding für ihn hat. Doch damit habe ich ihn wohl ein wenig gegen mich aufgebracht.«

»Ist das so?« Lilith schaut die anderen beiden an. Die entscheiden sich spontan, dass meine Lüge besser ist als die Wahrheit, und nicken eifrig. Streng sieht Mutter uns an, dann nimmt sie ausgerechnet Arian in den Arm. »Ich fürchte, dein Bruder hat recht. Das Blutschwert aus dem eisigen Norden ist als Geschenk mehr wert, als wenn es in unserer Schatzkammer verstaubt. Und du, Bayla, mach dir keine Sorgen um die Mitgift. Wir haben schon einiges zusammengestellt, das ausreichen sollte, um deinem Ansehen nicht zu schaden.«

Der giftige Blick meiner Geschwister prallt an mir ab. Lilith ermahnt uns noch einmal, keine Waffen gegeneinander zu richten und lieber Worte als blanken Stahl zu nutzen. Dann geht sie.

»Vielen Dank auch, Brüderchen!« Arian ist sofort auf hundertachtzig, aber er hält sich an die Vorgaben und ätzt nur, statt mich zu schlagen.

Ich gehe zum Tisch und lasse mich auf einem Stuhl nieder, dann deute ich auf die beiden freien Plätze. »Setzt euch, wir müssen besprechen, wie wir die Hochzeit verhindern. Und ob ihr es glaubt oder nicht, auch in Pers ist jeder gegen die Heirat, außer dem Malik und seinem Sohn vielleicht.«

• • •

Der Spion in seiner versteckten Kammer, der meine Unterkunft beobachtet und der dem Malik jedes Wort, das hier gesprochen wird, zuträgt, ist noch nicht wieder aufgetaucht. Von Arian weiß ich, dass er selbst die Männer mit einem Mittel krank gemacht hat und anscheinend wurden sie noch nicht ersetzt, wie ich bereits mit der Motte überprüft habe.

Heli und ich nutzen die folgenden zwei Stunden im Schlafzimmer, um endlich einmal ungestört, unbelauscht und unbeobachtet unserer Leidenschaft zu frönen.

»Raduan, wenn das immer so ist, wenn wir alleine sind, freue ich mich schon auf unsere Zeit in Eiban«, flüstert mir Heli mit roten Wangen zu. Wir liegen verschwitzt und aneinandergekuschelt da und genießen die kühle Luft, die durch das offene Fenster hereinströmt.

»Ich habe mal in einem Buch gelesen, was alles möglich ist und würde gerne eins nach dem anderen mit dir ausprobieren«, antworte ich. Dass ich in Wirklichkeit ein alter Mann aus einer anderen Welt bin und mit meiner verstorbenen Frau auf der Erde tatsächlich viel ausprobiert und daneben Bücher zum Thema gelesen habe, kann ich ihr natürlich nicht sagen. Der Gedanke an meine Frau stimmt mich traurig. Durch die Götter weiß ich ja, dass es unzählige Welten und Dimensionen gibt und die Seelen der Verstorbenen munter hin- und herreisen. Jemals wieder auf meine geliebte Frau zu treffen, ist damit praktisch ausgeschlossen.

»Woran denkst du, Raduan?«

»An die Vergänglichkeit des Seins, daran, wie zerbrechlich das Leben ist. Und ich frage mich, ob ich jemals diejenigen wiedersehen werde, die bereits von mir gegangen sind.«

Heli rutscht ein wenig nach unten, bis ihr Kopf auf meiner Brust liegt. Sie schlingt ihren Arm um mich und drückt mich fest an sich. »Das weiß niemand, höchstens die Götter können dir darauf eine Antwort geben.«

Gemeinsam schauen wir aus dem Fenster, beobachten, wie der Hauptmond seine Bahn am Himmel zieht und die beiden kleineren Monde ihn begleiten, und irgendwann schlafen wir ein.

Kapitel 2

Sollte ich jemals heiraten, dann nicht ohne die Hilfe von Minu. Seit zwei Stunden durfte ich zusehen, wie sich etliche Diener, Beamte und Händler auf meine Schwester stürzen, ihre Entscheidung zu diesem und jenem wissen wollen. Ohne Minu, die zu allem einen guten Rat hat und die Gelassenheit in Person ist, hätte sie schon längst die Nerven verloren. Besonders die Vorgaben der Tradition sind tückisch, muss doch alles einerseits unserer Familie gerecht werden und andererseits den Riten von Pers entsprechen. Und als wenn das nicht reichen würde, muss Bayla entscheiden, wie die einzelnen Adelshäuser auf der Feier so platziert werden, dass die teils über Generationen gepflegten Streitereien nicht auf der Hochzeitsfeier hochkochen. Und als fast alles entschieden ist, taucht der Zeremonienmeister von Pers auf, wirft alles wieder über den Haufen und beginnt lautstark mit seinem Kollegen von den Kyros zu streiten. Obwohl beide Reiche sich auf Kyros I. als ihren Gründungsvater berufen, sind manche Unterschiede in der Tradition nie beseitigt worden. Minu tritt jedes Mal zwischen die beiden Männer und beruhigt sie im Handumdrehen.

Allein beim Zuschauen bekomme ich wieder Kopfschmerzen und die gestressten und hilflosen Blicke meiner Schwester verstehe ich als ihre Strafe für den versuchten Mordanschlag auf mich. Wirklich Mitleid mit ihr habe ich allerdings nicht, denn ich finde, es geschieht ihr ganz recht. Wenn Minu Bayla nicht als Fels in der Brandung beistehen würde, wäre sie wahrscheinlich längst schreiend geflohen. Und meine Schwester kann die ganze Hochzeitsplanung auch nicht einfach an die Dienerin delegieren und sich einen faulen Lenz machen. Ich sehe es Mutter an, wie es sie in den Fingern juckt, selbst mitzumischen, doch das geht am allerwenigsten.

Die Hochzeit ist eine Prüfung für Bayla, ob sie als Gattin des Herrschers taugt, ob sie bei Chaos den Überblick behält und vor allem, ob sie das Haus, und damit ist der Palast samt zugehörigem Land gemeint, führen kann. Denn die Herrschaft ist aufgeteilt. Der Malik übernimmt die Befehlsgewalt über Diplomatie, Militär und die Handelsbeziehungen zu ausländischen Reichen. Die Malika herrscht über die Wirtschaft des Landes selbst, erhebt Steuern und vor allem steht sie dem »Haus« der Familie, dem Palast, vor. Alles andere wie die Kultur beispielsweise, wozu nicht zuletzt auch die Kämpfe in der Arena gehören oder die Spionageabteilung, teilt das Herrscherpaar nach eigenem Gutdünken unter sich auf. Als angeheiratete Kyros wird sie wahrscheinlich in die weniger delikaten Angelegenheiten eingebunden werden und Beamte werden ihre Entscheidungen für die heimische Wirtschaft streng im

Blick behalten, immerhin haben sich die Kyros, was die finanzielle Situation in Eiban angeht, nicht mit Ruhm bekleckert

Schon beim Frühstück der trauten Familie sitzt Minu als Baylas neue oberste Dienerin nicht mehr mit bei uns am Tisch, sondern steht wie die anderen Diener abseits, immer bereit in Aktion zu treten. Ständig kommen wildfremde Menschen zu uns herein, stehen geduldig an der Wand, während wir essen und trinken, und warten ab, bis sie aufgefordert werden, zu sprechen. Mir gefällt das gar nicht, doch keiner der anderen drei scheint Anstoß daran zu nehmen. Genauso sieht wohl das intime Frühstück einer Herrscherfamilie aus.

Ich bemerke allerdings, wie Bayla immer wieder aus den Augenwinkeln auf die Besucher schaut, zu erkennen versucht, was sie wollen und dann in einem nonverbalen Austausch mit Minu, aber vor allem mit Lilith, die optimale Antwort sucht. Arian und ich sind in diesem Stück lediglich Statisten. Wir wissen nichts über die Ausrichtung so einer Hochzeit und so bleibt uns nichts anderes übrig, als unsere untergeordnete Rolle zu spielen.

»... und dann werde ich mit Ehsan und einem Trupp Soldaten zur Tiefsteingrotte aufbrechen. Er sagt, dass zwei seiner Kundschafter dort auf die Spuren eines echten Fokussierten Terrorbären gestoßen sind, und ...« Arian nimmt einen Schluck von seinem Butaan.

Ich habe bisher nur genickt, ohne wirklich zuzuhören, doch als die Rede auf einen Terrorbären kommt, merke ich auf. Diese Art Mob und mich verbindet eine ganz eigene Feindschaft, insbesondere, da Fokussierte Terrorbären seit meinen ersten Tagen auf Jorden versucht haben, mich zu töten. »Bist du sicher, dass das sein kann? Ich habe gedacht, Fokussierte Terrorbären leben allein im hohen Norden, in Vaså oder Skandivat?«

»Das macht es ja so merkwürdig. Entweder ist er einem Händler entlaufen, oder er hat sich ein Opfer im Norden gesucht und es bis nach Pers verfolgt. So oder so ist er eine Trophäe, die eines Kriegers würdig wäre.«

Mir kommt der Gedanke, wie leicht es wäre, einen Unfall zu inszenieren, bei dem Arian stirbt. Ist dieser Ehsan nicht der Bruder von Aras Ksersa, und somit ebenfalls ein Neffe des Maliks? Aras hatte Heli entführt, damit ich durchdrehe, auf der Suche nach ihr meine Familie diskreditiere und auf diese Weise die Hochzeit zum Platzen bringe. Was, wenn Ehsan einen ähnlichen Plan hat oder in seiner Verzweiflung – die Hochzeit ist ja schon in vier Tagen – Arian umbringt?

Zwar hege ich keine besonders herzlichen Gefühle für meinen Bruder, denn die Vergiftung durch ihn ist mir nur zu präsent, aber so geht das nun auch nicht. Außerdem ist er seit dem konspirativen Treffen von uns drei Geschwistern viel netter geworden. Und auch an meinen Händen klebt Blut, sodass ich mich wohl kaum aufs hohe Ross schwingen kann.

»Ich würde zu gerne mitkommen, Arian. Meinst du, das wäre möglich?« Dabei versuche ich mich an einem Kleiner-Bruder-Blick, der auch einem Hund gut zu Gesicht stehen würde.

Lilith, die bis eben mit Minu und Bayla diskutiert hat, schaut auf, und bevor Arian ablehnen kann, mischt sie sich ein. »Das ist eine wunderbare Idee. Zu sehen, dass meine zwei Söhne wieder ein Herz und eine Seele sind, macht mich glücklich. Geht gemeinsam.« Der warnende Blick, den sie Arian dabei zuwirft, lässt ihn jeden Widerspruch herunterschlucken und grimmig nicken. Nicht, dass das irgendeinen der Besucher getäuscht hätte, doch dem Anschein wurde Genüge getan.

• • •

»Blamierst du mich vor meinem Freund, bist du tot. Wenn du ihm auf die Nerven gehst oder mit dümmlichen Fragen löcherst, werde ich dir höchstpersönlich den Hals umdrehen. Habe ich mich klar ausgedrückt?« Arian hat mich zur Seite genommen, während die Stallburschen die Pferde für uns satteln.

»Glasklar, Bruder. Ich werde einfach hinter euch her reiten, schweigen und gebührend den Terrorbären bestaunen … aber nur aus der Ferne«, füge ich schnell hinzu.

Arian glaubt mir vielleicht nicht ganz, er nickt jedoch. Mehr kann er auch nicht tun, ohne Lilith gegen sich aufzubringen. Ich dagegen sehe mit Sorge auf die Pferde, die zu uns geführt werden. Sie sind zwar nicht so groß, wie ich befürchtet hatte. In den Pferdeställen, wo ich zweimal zur Strafe arbeiten musste, standen eher Ackergäule, wie sie abfällig die Reittiere der einfachen Soldaten bezeichnen, mit einer Widerristhöhe von bis zu zwei Metern. Aber diese hier sehen feuriger aus. Sie tänzeln nervös, schnauben in meinen Ohren viel zu laut und scheinen geübte Reiter zu verlangen, die wissen, was sie tun. Leider bin ich das nicht. Aber was nicht ist, kann ja noch werden.

Skill reiten erlernt, Rang 1 – Stufe 1.
Du weißt nun, wo bei einem Pferd vorn und hinten ist und kannst sicher in den Sattel steigen. Deine Energie nimmt um 10 % langsamer ab.

Nicht ganz das, was ich brauche. Da werde ich noch einige Punkte investieren müssen, um mehr als einen schlaffen Sack im Sattel abzugeben.

Skill reiten verbessert, Rang 1 – Stufe 5.
Ob Galopp oder Trab, über Hindernisse springen oder querfeldein preschen, du wirst zwar keine Preise gewinnen, aber auch nicht vom Pferd fallen. Deine Energie nimmt um 50 % langsamer ab.

Habe ich gerade fünf Skillpunkte ausgegeben und das für eine Fähigkeit, die ich vielleicht kein zweites Mal brauchen werde? Ja. Würde ich es wieder tun? Keine Ahnung. Ein Malikan, der nicht reiten kann, ist ein Widerspruch in sich. Immerhin gehört der Schwertkampf und die Reitkunst zu den Grundfähigkeiten jedes Adligen. Dass bisher diesbezüglich niemand Erwartungen an mich gestellt hat, heißt ja nicht, dass das so bleibt.

Der Stallbursche drückt mir die Zügel meines Pferdes in die Hand und es legt sogleich die Ohren an. Kein gutes Zeichen. Als es zubeißt, bringe ich sein Ziel, meine linke Schulter, eben noch in Sicherheit. Statt aber den Kopf zu verlieren, begreife ich instinktiv, wie nervös das Pferd ist. Ich erkenne es daran, dass es mit den Zähnen knirscht, dass es schwitzt, obwohl es gerade erst aus dem Stall geführt wurde, und an der Art, wie es mit dem Schweif schlägt. Mein Sprachsegen arbeitet anstandslos bei dieser »Pferdesprache« und gemeinsam mit dem Skill Hofpolitik deute ich die Zeichen.

»Hör mal, ich habe nichts Böses mit dir im Sinn. Wir werden einen hübschen Ausritt machen, bei dem du dich austoben und dich mit deinen Artgenossen vergnügen kannst. Ich habe sogar ein paar Äpfel dabei, die dir bestimmt schmecken, und ich werde dich gut behandeln. Aber ich dulde es nicht, dass du mich oder andere beißt. Ich kann dich auch in den Stall zurückbringen und mir ein anderes Pferd satteln lassen, doch dann verpasst du einen grandiosen Ausritt. Willst du das?« Ich spreche ruhig und bestimmt, blicke ihm dabei in die Augen. Selbst in dieser Welt rechne ich nicht damit, dass es meine Worte versteht, aber vielleicht meine Absicht.

»Du redest mit einem Pferd?« Arian schüttelt amüsiert den Kopf und steigt auf. Er wartet nicht, ob ich mitkomme, sondern prescht mit einem Satz los und reitet zum Treffpunkt am Tor.

Ich ignoriere meinen Bruder, wende den Blick nicht ab und warte auf die Entscheidung des Pferdes. »Also?«

Ein leises Wiehern, ein Kopfschütteln und dann steht der Hengst ruhig da. Ich prüfe die Schnallen und Gurte, lasse ein wenig mehr Spielraum am Bauch – vielleicht war es auch deswegen so unleidlich –, dann steige ich auf und reite Arian hinterher.

Ich bereue nichts! Weder auf der Erde noch hier auf Jorden saß ich bisher auf einem Pferd. Mit einem Mal verstehe ich, warum so viele Menschen vom Reiten so begeistert sind. Es ist wie fliegen und ich weiß, wovon ich rede, immerhin steige ich in meiner Bat ab und zu in den Himmel auf. Der weiche Gang ist wie das Schweben über den Boden. Auf die leichtesten Berührungen reagiert das Pferd und da ich es den Weg selbst bestimmen lasse, nimmt es niedrige Mauern als Hindernisse mit, setzt über einen kleinen Bach und galoppiert dann schnurstracks über ein Weizenfeld. Dieses Pferd liebt die Bewegung, liebt es zu springen, und es schäumt geradezu vor Energie.

»Und ich weiß nicht einmal, wie du heißt«, sage ich und lache.

Das Pferd wiehert erfreut, einfach weil es sich bewegen darf. Im Nu haben wir Arian eingeholt und der dreht sich um, als wir angaloppiert kommen.

»Du bist nicht vom Pferd gefallen.« Ob nun Anerkennung oder Enttäuschung in seiner Stimme liegt, selbst mein Skill Hofpolitik ist sich hier nicht sicher. Vielleicht trifft beides zu.

In unbehaglichem Schweigen warten wir am Tor unweit der Wachen auf Ehsan und sein Gefolge. Die mittägliche Sonne brennt mal wieder unbarmherzig vom blauen Himmel. Nicht die kleinste Quellwolke ist zu sehen, Schirmmützen oder ein anderer Sonnenschutz wurden anscheinend noch nicht erfunden. Vielleicht sollte ich es meinem unbekannten Konkurrenten aus Franrike, der oder die den Anzug in diese Welt eingeführt hat, gleichtun und einfach ein Basecap erfinden. Oder Sonnenmilch. Auch meine braune Hautfarbe, die in den letzten Wochen durch meine Zeit an der Sonne noch dunkler geworden ist, ist kein ausreichender Sonnen-schutz. Doch wie immer wird meine beschleunigte Regeneration auch jeden Hautschaden durch die Sonne beseitigen. Neidisch blicke ich dennoch zur Wache, die unter dem Torbogen im Schatten steht. Aber sie von ihrem Platz zu vertreiben, wäre mehr als gemein. Weit und breit ist nichts von den anderen zu sehen, und so steigen wir ab, lassen unsere Pferde am Wegesrand grasen, wo das Gras saftig grün ist und die Wachen sogar eine Wasserstelle und Sonnenschutz für ihre eigenen Pferde haben. So harren wir also weiter aus.

»Da kommen sie!« Arian klingt genauso erleichtert, wie ich mich fühle. Fast eine Stunde haben sie uns warten lassen. Ich würde es ja auf die fehlenden Uhren schieben, aber irgendwie bezweifle ich das. Der Mittag, die Zeit des höchsten Sonnenstandes, ist ziemlich eindeutig auszumachen.

Ich halte mir die Hand über die Augen und spähe in die Richtung, in die mein Bruder zeigt, doch wie immer kann ich nichts erkennen. Wann gewöhne ich es mir endlich ab, in der Ferne irgendetwas entdecken zu wollen? Auf der Erde hatte ich gute Augen und selbst im Alter konnte ich mit meiner Brille die Alterskurzsichtigkeit problemlos ausgleichen. Ich hoffe, dass ich es bald schaffe, zu einem Optiker zu kommen, und vor allem, dass sie in dieser Welt ihr Handwerk mindestens so gut verstehen wie auf der Erde.

»Arian!« Der Bursche in der prachtvollsten Kleidung begrüßt meinen Bruder. Aber auch sein Gefolge, sieben

Männer, alle wie er und mein Bruder in den Zwanzigern, macht einiges her mit den definierten Muskeln und einem verwegenen Gesichtsausdruck. Oh ja, sie wissen, wie sie sich vorteilhaft präsentieren können, sie sprühen nur so vor Charisma. Ich vermute, sie gehören wie Ehsan zum gehobenen Adel des Reiches und ihre Eltern haben sie schon in ihrer Kindheit an seine Seite gebracht. Es schadet nie, der Herrscherfamilie nah zu sein. »Und wer ist das?«

Endlich bemerkt er, dass Arian nicht alleine ist. Ich meine, schwer kann es nicht sein, das zweites Pferd zu entdecken und zu sehen, dass ich daneben stehe. Nur vorher hatte er anscheinend keine Muße, mich wahrzunehmen.

»Mein kleiner Bruder, Raduan. Meine Mutter bestand darauf, dass wir ihn mitnehmen, es tut mir leid.«

Du mich auch, Arian, du mich auch. Ich mache das hier nur, um auf dich aufzupassen. Aber so sei es, niemand mag jüngere Geschwister, die einem aufgezwungen werden. Mein Skill Hofpolitik flüstert mir allerdings zu, dass das Gesicht, das dieser Ehsan nun macht, mehr als nur Verärgerung über meine Anwesenheit ist, und ihm deutlich Verunsicherung abzulesen ist. Er hat ja wohl kaum Angst vor einem kleinen Kerl wie mir. Liegt es vielleicht daran, dass er nun einen unbequemen Zeugen hätte, wenn er etwas gegen Arian unternähme? Oder dass es doch zu auffällig wäre, wenn wir beide umkämen?

Was es auch ist, er hat sich schnell wieder im Griff und gibt das Zeichen zum Aufbruch. Hinter ihnen sind zwanzig weitere Reiter, teils Soldaten, teils Diener, die für die Bequemlichkeit und die Sicherheit sorgen werden.

Kapitel 3

Der Ausflug unserer Jagdtruppe verläuft ein bisschen anders, als ich gedacht habe. Zuerst machen wir Pausen. Viele Pausen. Wir haben es kaum aus den überfüllten Straßen von Bexda geschafft, da verlockt der Schatten einer ausladenden Buche die adligen Burschen dazu, abzusteigen. Zwei Diener legen rasch dicke Decken auf den Boden, und kaum haben sich die wilden Jäger hingelegt, da werden ihnen kalte Getränke gereicht. Verdünnter Rotwein mit Eiswürfeln, auf der Erde in den meisten Ländern als Sakrileg eingestuft, genießt hier in der Hitze hohes Ansehen. Die zehn Soldaten, die uns begleiten, scheinen das zu kennen, immerhin höre ich nicht einmal geflüsterte abfällige Bemerkungen, sondern sie stellen sich einfach auf strategisch optimale Positionen und behalten die Umgebung im Blick.

Doch kaum geht es weiter, wird genörgelt. Es ist ihnen zu heiß, obwohl wir noch im Buchenhain sind und uns der Schatten der Bäume schützt. Sie haben gleich darauf schon wieder Durst, also halten wir und die Diener reichen erneut gekühlten Wein, aber diesmal bleiben wir zumindest auf den Pferden sitzen. Trotz all dieser Verzögerungen haben die jungen Männer keine Augen für die Schönheit der Landschaft. Das saftige Grün der Blätter, das sich noch immer halten kann, da hier viele

Bäche und Flüsse durchs Land ziehen, ist für sie keinen zweiten Blick wert. Genauso wenig wie die Antilopen, Hirsche und Wildschweine. Am Himmel höre ich den durchdringenden Schrei eines Falken und sofort heben alle den Kopf und versuchen zu bestimmen, welcher Art dieser Raubvogel angehört.

»Das ist ein Wanderfalke, hört doch nur seinen Schrei.«

»Bist du blöd? Das muss ein Rotfußfalke sein, denn …«

An Schimpfwörtern geizen diese Kerle nicht und von ihrer guten Kinderstube ist hier in der Gruppe nichts zu sehen oder zu hören. Einen Sieger dieses, ich will es mal Disput nennen, gibt es nicht. Keiner sieht durch die Baumkronen, was für ein Falke es nun war, stattdessen entdecken sie einen Königsadler in der Ferne und schon geht der Zank wieder los.

»Ein Königsadler für die Jagd, das wäre es.«

Königsadler, der
Dieser majestätische Greifvogel hat eine Spannweite von bis zu
sechs Metern und eignet sich dank seiner ihm innewohnenden
Magie sowohl als Reittier wie auch als abgerichteter Jäger – wenn
er denn gebändigt werden kann. Königshäuser halten sich
mindestens einen dieser gewaltigen Raubvögel, wenn sie ihren
Status hervorheben wollen. Übertroffen werden diese erhabenen
Tiere nur noch von den äußerst seltenen Luftgriffonen.

»Nur ein Tierbändiger der höchsten Stufe kann einen Königsadler zähmen. Er würde dir eher die Augen aushacken, als einem so tumben Burschen wie dir als Jagdvogel zu dienen.«

Und so geht es weiter. Mittlerweile sehe ich bei den gestandenen Soldaten, die uns begleiten, schon das erste Stirnrunzeln und Augenrollen. Die Herrscherklasse von Pers entpuppt sich auch für mich immer mehr als verwöhnte, verweichlichte Bagage, die zu egozentrisch ist, um irgendetwas auf die Reihe zu bekommen. Ich hätte mir um Arian keine Sorgen machen müssen. Er kam mir zwar bisher auch ziemlich verwöhnt vor, aber im direkten Vergleich mit diesen Prachtburschen wirkt er wie ein Veteran von Schlachten, der im Schlamm schläft und zum Frühstück einem Bären das Bein ausreißt und es genüsslich vor dessen Augen verschlingt.

Die Stunden verrinnen, während wir durch das bewaldete Tal reiten, Hügel und Felsen umrunden und durch die ein oder andere Furt mit klarem, erfrischend kaltem Wasser pflügen. Ich schaue immer wieder nach dem Sonnenstand und entdecke auf meiner Karte, dass wir einen großen Umweg gemacht haben. Wir haben einen mindestens viermal so langen Weg hinter uns gebracht. Was soll das, wollen sie uns mit Absicht verwirren?

»Die Bärenhöhle kommt hinter dem Felsen da hinten!«, ruft Ehsan endlich aus. Er deutet nach vorn und ich muss die unter meiner Hand verborgene Spider aktivieren, um durch ihre Augen in die Ferne zu schauen. Da ist tatsächlich ein gezackter Felsen, der steil in die Höhe geht. Dahinter erhebt sich ein Hügel, bewachsen mit Buchen und Kiefern, die aber noch genug Licht durchlassen, damit darunter hüfthoch das Gras wachsen kann.

Bevor jemand etwas bemerkt, ist Spider wieder im Speicher verschwunden. Doch jetzt, wo wir dem Ziel näher kommen, kann ich ein paar scharfe Augen extra gut gebrauchen. Ich lasse vier Wespen aufsteigen und in einer weiten Runde um uns fliegen. Es ist mir zwar nicht möglich, durch alle Augen gleichzeitig zu gucken, aber der Reihe nach ploppen in meinem Sichtfeld vier kleine Schirme auf, durch die ich die übertragenen Bilder betrachten kann, ähnlich wie bei einer Sicherheits-zentrale, die zeitgleich Dutzende Monitore überwacht. Tippe ich gedanklich auf eine der Ansichten, kann ich problemlos in die Wespe eintauchen und durch ihre Sinne die Umgebung wahrnehmen.

»Wir steigen ab, die Pferde werden scheuen, wenn sie den Geruch des Terrorbären bemerken!«, befiehlt Ehsan. Dass seine verwöhnten Freunde ohne Protest gehorchen, facht meinen Argwohn erneut an. Seit wann sind die der Vernunft zugänglich. Auch Arian und ich steigen ab und die Diener bleiben zurück, um auf unsere Reittiere aufzupassen.

Der Anführer der Soldaten zieht zehn Bärenspieße aus seinem Inventar und teilt sie an seine Untergebenen aus, wobei er selbst auch einen behält. Diese zweieinhalb Meter langen Blankwaffen sind besonders robust, die Klingen sind breit und zweischneidig und zwischen Klinge und Schaft ist eine Querstange angebracht, die ein zu tiefes Eindringen verhindern soll. Damit Blut und andere Flüssigkeiten die Handhabung nicht erschweren und die Hände nicht abrutschen, ist der gesamte zwei Meter lange Schaft mit Schnüren kreuzweise umwickelt.

Dazu legen die Soldaten robuste Metallplatten um Rumpf, Arme und Beine an. Zwar sind sie nicht wie mit einer Ritterrüstung vollkommen in Eisen gekleidet, aber alle vitalen Punkte sind geschützt, abgesehen von den Gelenken und den Schlagadern. Langsam werde ich doch nervös. Ist hier wirklich ein Fokussierter Terrorbär? Und wenn ja, welches Level hat er? Elyar hat mir vor Kurzem erzählt, wie die Konga Dagny ihre Tochter und ihren Gemahl samt fünfzig weiteren Menschen in Meloy an einen Fokussierten Terrorbären verloren hat. Sie waren auf der Jagd, genau wie wir.

Wir brechen auf, die Burschen ziehen ihre Schwerter, doch einen Schild oder zusätzliche Rüstung, abgesehen von ihrer Stoffkleidung, haben sie nicht. Neun Soldaten gehen vor uns her, sehen nervös nach links und rechts und einer bleibt hinter uns und beobachtet die Umgebung in unserem Rücken.

Ich lasse meine Wespen vorausfliegen und entdecke schon bald eine Höhle. Als sie darin verschwinden, kann ich mit den tagaktiven Insekten allerdings kaum etwas erkennen, doch für meine Motten ist es zu spät. Wie gerne hätte ich jetzt Turtle als Backup gehabt. Arian, du Idiot, dank dir und deinem Giftanschlag auf mich ist sie für immer verloren.

»Raduan, bleib du hier«, sagt mein Bruder und befeuchtet sich nervös die Lippen.

Er hat Angst oder zumindest rauscht das Adrenalin durch sein Blut. Aber irgendwie nett, dass er sich um seinen kleinen Bruder sorgt. Ich schüttele dennoch den Kopf und bleibe bei der Truppe.

»Das ist auch besser so, ehrenwerter Malikan, ein Mann alleine wäre dem Bären hilflos ausgeliefert«, sagt der Soldat in unserem Rücken.

Aufmunternd ist das nicht. Unauffällig bereite ich Wanze vor, und solange keiner auf mich achtet, lasse ich sie ihren langen Stechrüssel in mein am schnellsten wirkendes und potentestes Gift tauchen und einsaugen. Gut einhundert Milliliter schlürft sie in sich hinein, genug für eine Kompanie Soldaten. Anschließend steuere ich sie auf meinen Kopf, wo sie sich zwischen meinen Locken versteckt.

Wir erreichen den Eingang der Höhle und die Dunkelheit nimmt rapide zu. Doch keiner begeht den Fehler, eine Fackel zu entzünden, vielmehr warten die Soldaten, bis sich ihre Augen an die schlechten Lichtverhältnisse gewöhnt haben. Zu erkennen ist erst einmal nur ein relativ schmaler Bereich der Höhle, die sich allerdings tief in den Hügel zu ziehen scheint. Auf dem Boden ist festgetretener Dreck, Kot von Fleischfressern, zumindest vermute ich das wegen der Knochenstücke darin.

Das Abwarten und bedächtige Vorgehen ist zumindest der Plan der Soldaten. Doch es kollidiert die Theorie mit der Praxis, da sich wie immer jemand für schlauer hält, als er ist. In diesem Fall ist es Ehsan, der nach nicht einmal einer halben Minute die Geduld verliert und einfach weitergeht. Den Soldaten, die versuchen, ihn höflich auf die Gefahren einer vorschnellen Vorgehensweise hinzuweisen, verbietet er kurzerhand den Mund. Seine Freunde – oder sollte ich sie Speichellecker nennen? – drängen sogleich nach und Arian bleibt nichts anderes übrig, als mitzuziehen, will er sich nicht der Feigheit bezichtigen lassen.

Mit meiner Dunkelsicht sehe ich ganz gut, aber nicht sehr weit. Also lasse ich mir die Welt durch Wanze zeigen, die als Parasit ausgezeichnete Augen für Wärmestrahlung hat. Deutlich unübersichtlicher wird es, nachdem die Höhle sich als wesentlich größer entpuppt, als ich ursprünglich vermutet habe. Nicht nur reicht sie tiefer in den Hügel hinein, sondern links und rechts gibt es Öffnungen, wo Nebenhöhlen und Gänge abzweigen. Wenn wir Pech haben, stehen wir alsbald in einem Labyrinth und können aus allen Richtungen angegriffen werden.

»Herr, wir müssen erst die Nebentunnel prüfen, Herr!« Der beinahe verzweifelte Ausruf des Wachanführers bringt Ehsan Ksersa und seine Burschen zum Kichern. Bei Arian dagegen erkenne ich nur ein grimmiges Lächeln. Seine blasse Faust um den Griff seines Schwertes verrät mir seine Anspannung.

Unvermittelt stehen wir am Ende der Höhle in einer Sackgasse und alle schauen sich verwirrt um. Plötzlich sehe ich durch die Augen meiner Wanze einen hellen Fleck. Er ist geradezu blendend, grell und riesig. Ganz so, wie ich einen großen Bären in einer kühlen Höhle mit Infrarot wahrnehmen würde. Entweder schläft der Bär, oder er lauert auf seine Chance. Ich tippe auf Ersteres, da ich diese Monster bisher als bemerkenswert direkt erlebt habe.

»Achtung, da hinten!« Ich bringe das in einer Mischung aus eindringlichem Flüstern und leichtem Quieken heraus. Peinlich, aber ich habe damit zumindest die Aufmerksamkeit aller.

Die Soldaten richten sich sofort neu aus und einer schleicht als Vorhut voraus. Ich muss es ihm hoch anrechnen, dass der Bärenspieß in seiner Hand nicht zittert, obwohl er nun nicht mehr im Schutz der Gruppe ist.

Ehsan dagegen zeigt abermals wenig Geduld und will gleich hinterher. Diesmal sind seine Freunde nicht ganz so stürmisch und lassen sich etwas nach hinten fallen, während den Soldaten nichts anderes übrig bleibt, als für den Schutz des Neffen des Maliks zu sorgen.

»Ich sehe nichts«, bemerkt einer der Burschen von hinten.

Niemand beachtet ihn. Der vorausgegangene Soldat hebt die Hand und alle bleiben abrupt stehen. Er beugt sich herunter, stochert mit seinem Spieß in dem hellen Fleck und richtet sich dann wieder auf. »Er ist tot, so verrottet wie er ist, liegt er schon lange hier.«

Sämtliche Anspannung verfliegt. Die Burschen lachen, die Soldaten lockern ihre Griffe. Nur ich packe Arian an der Hand und halte ihn davon ab, allen anderen zu folgen.

»Was ist los?«, fragt er unwirsch.

»Wenn er bereits tot und halb verrottet ist, warum ist er so warm wie ein lebendes Wesen?«

Arian reißt sich von mir los. »Was für einen Unsinn gibst du schon wieder von dir? Lass mich weitergehen, bevor sie mich einen Feigling nennen.« Er eilt zu den anderen und drängt durch den Pulk. In drei Schritt Entfernung starren alle auf den Kadaver des fünf Meter großen Terrorbären und sehen zu, wie zwei Soldaten den massigen Leib auf den Rücken wuchten.

Das hätten sie lieber nicht getan. Der Bauch platzt auf, doch statt Gedärmen und einem Gewimmel an Maden und anderen Aasfressern taucht eine Ameise auf. Und nicht irgendeine. Sie ist drei Meter lang und mit einem fluoreszierenden Muster bedeckt, das an flackernde Flammen erinnert. Mein Skill Bestienblick meldet sich hilfreich.

Drachenameise, die
Die Drachenameise lebt ausschließlich in tropischen Ländern und gräbt sich dort tiefe Bauten in den erdigen Boden. Die Nester der Drachenameise reichen bis zu einhundert Meter hinab und selbst harter Granit kann sie nicht aufhalten. Ihre Fresslust, die hohe Aggressivität, gepaart mit territorialem Verhalten, das sie mit Feuer, ihren scharfen und kräftigen Beißwerkzeugen und der Säure aus dem Hinterleib demonstriert, macht sie zur gefürchtetsten Tierart auf den südlichen Inseln. Das Glück dieser Welt liegt darin begründet, dass sie trockene oder kalte Umgebungen verabscheut und generell ihre Inseln nie verlässt.

Mein erster Gedanke: Was zum Teufel macht ein Inselmob mitten in Pers? Und der nächste: Welches Level hat er und haben wir eine Chance?

Drachenameise, Level 34.

Das sollte nicht unmöglich sein. Die Soldaten selbst sind ebenfalls auf Levels über dreißig und selbst ich als Schwächster in der Truppe bringe es mit meinen vereinten Klassen auf Level 27.

Ich sehe allerdings, wie die Drachenameise einem Soldaten den massigen Bärenspieß einfach aus der Hand zerrt und diesen mit einem Biss zerteilt. Die scharf geschliffene Klinge konnte dem Chitin kaum mehr als einen oberflächlichen Kratzer beibringen. Drei weitere Soldaten stürzen vor und rammen dem Mob ihre Klingen in den ungeschütztesten Bereich – die Verbindung zwischen Brust und Hinterleib. Diesmal kreischt die Ameise auf, doch selbst hier vermögen drei kräftige Soldaten lediglich eine kleine Wunde zu schlagen, aus der gerade einmal einige Tropfen Körperflüssigkeit fließen, bevor die Drachenameise mit einem Flammenstoß die Wunde versiegelt. Dafür stürzt sie sich auf die drei und zerfleischt sie. Weder lässt sie sich vom fingerdicken Eisen der Rüstungen aufhalten, das sie einfach zerbeißt und ausspuckt, noch von den Knochen darunter. Die drei Männer sind in Sekunden tot, unter ihnen der Höchstrangige, der Anführer der Soldaten. Die restlichen sieben springen vor und halten die Drachenameise davon ab, die vor Schreck wie gelähmten Burschen anzugreifen.

»Herr, Ihr müsst mit Euren Männern fliehen!«, schreit einer der Soldaten Ehsan an, und endlich erwachen die jungen Männer aus ihrer Erstarrung, drehen sich um und laufen davon.

Dabei schubsen sie mich und meinen Bruder zur Seite. Arian stolpert bei dem kräftigen Stoß und knallt mit dem Kopf gegen die Steinwand der Höhle, wo er benommen liegen bleibt. Mich erwischt es nicht ganz so hart und dennoch ploppt eine warnende Meldung auf.

Debuff Schwindel, Wirkung: Orientierungslosigkeit, Dauer: 3 Minuten.

Das kann ich jetzt gar nicht gebrauchen. Mit zwei Reinigungen beseitige ich den Debuff. Ein schneller Blick auf den Kampf zeigt mir, dass nur noch fünf Soldaten stehen ... nur noch drei. Eine Ladung Säure aus dem Hinterleib tötet zwei auf grauenhafte Weise.

»Komm schon, Arian, steh auf!« Er muss ebenfalls einen ziemlichen Debuff abbekommen haben, wenn er noch immer ohnmächtig ist. Ich würde denken, so ein kräftiger Bursche hätte eine bessere Konstitution. Trotz der Situation muss ich grimmig lächeln, da ich bei der Flucht der Feiglinge so leicht davongekommen bin, während der große und deutlich stärkere Bruder bewusstlos liegen bleibt. Mein Lächeln wischt sich aber von alleine aus meinem Gesicht, als er trotz Reinigung und Heilung nicht zu sich kommt.

Ich untersuche ihn und entdecke eine schmierige Masse an seinem Hals. Ich bin nicht so unbedacht, die Stelle mit der bloßen Hand zu berühren. Stattdessen reiße ich ein Stück von meinem Ärmel ab und wische die Haut sauber. Er muss das Zeug bei Ehsans Stoß abbekommen haben, und mir wird klar, dass es sich dabei um eine gut koordinierte Inszenierung gehandelt hat, damit ich oder auch andere nichts mitbekommen. Das heißt jedoch, dass alles geplant war. Und nun macht es auch Sinn, dass hier eine Drachenameise ist. Jemand muss sie hier platziert haben, wohlwissend, dass niemand von uns etwas gegen sie ausrichten kann. Sie ist zu mächtig und ich verstehe nun, was die Bemerkung, die Welt habe »Glück«, dass sie ihre Inseln nie freiwillig verlässt, bedeutet.

Ich wirke erneut eine Reinigung, doch sie schlägt abermals fehl. Gleichzeitig spuckt die Drachenameise auf die letzten drei Soldaten Feuer und nun bin ich der Letzte hier, der Arian noch schützen kann. Ich will nicht lügen, der ferne Sonnenschein aus der Richtung des Ausganges lockt mich sehr. Und im Grunde ist Arian weder mein echter Bruder noch schulde ich ihm irgendetwas – besonders nicht nach seinem Mordanschlag auf mich. Doch einfach abhauen und Mutter sagen, dass er tot ist, geht auch nicht.

Die Ameise schleudert die Leichen der Soldaten zur Seite, wahrscheinlich sollen sie ihr später als Nahrung dienen. Sie entdeckt uns und kommt näher. Was bleibt mir? Bug, Spider, Bat? Keine von ihnen ist auch nur annähernd so eine Kampfmaschine wie das Vieh da. Turtle, ich vermisse dich! Ich aktiviere meinen Skill Luftdegen, wohlwissend, dass ich damit keine Chance habe, aber wer stirbt schon gerne waffenlos? Da bemerke ich bei einem schnellen Drehen meines Kopfes Wanze in meinen Haaren und zum ersten Mal fallen mir ihre Klauen auf, die sich in meine Kopfhaut bohren. Ich greife sie mir, befestige drei Magiefäden an ihr und schleudere sie auf die Drachenameise. Die schnappt zu und mit einem Biss ist meine Olyave Raubwanze

Geschichte. Damit zerbricht aber auch der Puppenkörper und das Gift in ihrem Inneren strömt in den Magen der Ameise.

Die lässt sich davon nicht stören, ganz im Gegenteil. Sie setzt zum Sprung an, landet an der Höhlendecke und scheint mich, über Kopf hängend, zu verhöhnen. Ich höre sie würgen; gleich wird es hier noch zwei saftig gebratene Jünglinge geben, wenn ich nicht fliehe.

Doch das Feuer kommt nicht, ebenso wenig irgendetwas anderes. Die Drachenameise löst unvermittelt die Füße von der Höhlendecke und kracht einfach auf den Boden, wo sie ein letztes Mal drohend ihre Vorderbeine hebt.

Drachenameise (1).

Level 10 Aristokrat erreicht, + 3 Skillpunkte.

Level 19 Puppenspieler erreicht, +3 Skillpunkte.

*Level 11 Aristokrat erreicht, + 3 Skillpunkte,
-1 Level (an Prinz Tasso übertragen).*

Level 20 Puppenspieler erreicht, +3 Skillpunkte.

*Errungenschaft: Neunter der Weltgeschichte, der alleine eine
Drachenameise besiegt hat. Belohnung: Charisma +1.*

Das ist mal eine Belohnung, die etwas hermacht. Ich sacke kraftlos auf die Knie und starre auf die Reste der Drachenameise. Zwei Level je Klasse, obwohl Tasso mal wieder ein Level bekommen hat. Dazu hat sich mein Fortschrittsbalken bis zum kommenden Levelaufstieg zur Hälfte aufgefüllt. Doch warum wurde mein Charisma erhöht? Ich brauche Kraft und Geschicklichkeit! Was soll ich mit Charisma? Nun gut, einem geschenkten Gaul und so weiter ...

Ich warte eine Minute, bis ich meinen wackligen Beinen wieder trauen kann, gehe zuerst zur Drachenameise und stecke sie in meinen Speicher. Zwar weiß ich nicht, wie sie im Vergleich zu Turtle abschneidet, aber sie ist so oder so eine Kampfmaschine. Wahrscheinlich besser im Angriff und dafür schlechter in der Verteidigung. Ant, du wirst meine neue Puppe werden!

Ich drehe mich zu meinem bewusstlosen Bruder. »Und was mache ich jetzt mit dir?«

Kapitel 4

Arian schläft immer noch und es ist schon kurz vor Mitternacht. Keine meiner Reinigungen hat ihn von dem Gift befreien können. Da aber seine Gesundheit nicht gefallen ist, wird es wohl doch eher ein potentes Schlafgift sein, und ich muss einfach nur abwarten. Irgendwann wird er schon aufwachen. Ein großes Lagerfeuer spendet uns Licht und Schutz, außerdem habe ich in seinem Schein die letzten Stunden an der Drachenameise gearbeitet und sie zu meiner neuen Puppe Ant umfunktioniert. Alle entnommenen Organe stecken in meinem Speicher, da ich vermute, dass Alchemisten dafür Höchstpreise zahlen. Noch ist Ant nur ein Basismodell aus dem Mob und hat keine Extras wie die von mir geliebten Giftdornen für den Fernangriff oder dergleichen, aber sie ist als Puppe erst einmal funktionsfähig. All ihre Fähigkeiten aus ihrer Lebenszeit wie das Säuresprühen, Feuerspucken, ihr Talent als Rammbock, das kräftige Zubeißen und nicht zu unterschätzen, die Aura des Schreckens, hat sie behalten. Allein mit dieser Ausstrahlung kann sie schwachen Gegnern den Willen zum Kampf nehmen. Jetzt bräuchte ich nur noch ein Dutzend mehr und ich hätte meine eigene Armee aus Drachenameisen. Diese Mobs sind einzeln schon gefährlich, aber als Gruppe absolut tödlich. Nun, dafür müsste ich auf die ominösen südlichen Inseln reisen, was wohl nicht so schnell geschehen wird.

Ich probiere meine Puppe mit meinem Skill Puppencamouflage sofort aus und mache mich auf zu einer Erkundungsrunde des Höhlensystems. Im Dunkeln hat die Drachenameise keine Schwierigkeiten, sich zu orientieren, ihre infrarotsensiblen Augen können Wärmesignaturen erkennen und selbst die absolute Dunkelheit unter der Erde ist wie bei einer Fledermaus dank des Echolotes kein Problem. Ihr Gehör schwächelt etwas, ist aber immer noch besser als mein eigenes. Die vibrationssensiblen Klauen dagegen sind der Oberhammer. Ich spüre kleinste Erschütterungen und entdecke damit noch einmal das Dreifache an Leben, das sich bei Ants Ankunft sofort verkrochen hat. Allenthalben spüre ich klopfende Herzen und bald darauf kann ich auch das hochempfindliche Geruchssystem bewundern, das Angstschweiß riecht. Wenn ich all das vor dem Kampf mit der Drachenameise gewusst hätte, wäre ich wahrscheinlich sofort geflohen, statt mich ihr zu stellen. Doch trotz dieser Ausstattung haben die rund hundert Milliliter Gift sie umgebracht. Ihre Schwäche muss ich mir gut einprägen, sollte ich jemals wieder auf Drachenameisen stoßen.

Ich lasse das Kleinvieh in Ruhe, für das bekomme ich praktisch keine Erfahrung, und warum soll ich hier ein Massaker veranstalten? Stattdessen durchquere ich einige ineinander übergehende Höhlen, bis ich einen Schacht finde, der schnurgerade in die Tiefe führt. Mir kommt langsam der Verdacht, dass dies einer der Ausgänge der Alptraumhöhlen ist, denn mehrere solcher ausufernden Höhlensysteme sind eher unwahrscheinlich. Wenn dem so ist, dann könnte es da unten noch ganz andere Monster geben, gegen die sich selbst Ant wie ein Welpe ausnimmt. Ich blicke hinter mich, wo sich der Ausgang befinden muss. Rasch laufe ich zurück, nehme mir drei tote Soldaten und kehre abermals um. Am Schacht drapiere ich sie so, als wenn sie erst hier ihren Verletzungen erlegen wären. Solange es in Pers kein CSI oder etwas Vergleichbares gibt, sollten die falschen Spuren überzeugen. Vorsichtshalber nehme ich noch einige organische Reste der Drachen- ameise und lege eine Spur, so als wenn die Soldaten den Mob verletzt hierhergetrieben hätten. Anschließend steige ich den Schacht hinunter. Mit den Füßen von Ant ver- liere ich nirgends den Halt, egal wie rutschig die Wände sind. Ab und an gibt es fluoreszierendes Moos, das mir mit den empfindlichen Augen von Ant wie ein Leuchtfeuer vorkommt.

Auf den ersten fünfzig Metern entdecke ich einige Schattenschleicher, was mich daran erinnert, die Über- reste dieser überdimensionierten Salamander, die immer noch Plätze in meinem Speicher belegen, bald in Puppen zu verwandeln. Diese Mobs sollten mir einiges an Erfahrung bringen. Aber kaum bemerken sie mich, flüchten sie panisch. Ich wusste gar nicht, dass sie so schnell sein können.

Ich steige noch tiefer hinunter. Irgendwann müssen doch interessantere Mobs auftauchen, vor allem der eine, auf den ich aus bin. Und tatsächlich entdecke ich rund hundert Meter den Schacht hinab ein Biest, das sogar eine Drachenameise mühelos verspeisen könnte. Dabei ist von ihm zuerst kaum mehr zu sehen als ein Knubbel, der auch eine Felsnase sein könnte. Aber über die vibrationssensiblen Klauen von Ant identifiziere ich ihn als lauernden Riesen, was mir mein Skill Bestien-blick auch sogleich bestätigt.

Weißrichter Höhlenbeißer, der
Der Weißrichter Höhlenbeißer lebt ausschließlich unterirdisch und
mit Vorliebe in den tieferen Regionen, die genug Platz bieten, um
seinen bis zu dreißig Meter langen Körper zu beherbergen. Ein-
mal an einer Wand festgesetzt, bewegt er sich nie mehr von seinem
gewählten Standort weg und gräbt seinen Hinterleib immer tiefer in
das Gestein. Er ernährt sich von Lebewesen, die an seiner Behausung
vorbeikommen, und seine Mahlzähne können jeden Panzer mühelos
durchbrechen. Er ist resistent gegen Feuer, Wasser, Elektrizität und Säure.

Er ist der perfekte Schuldige, der eine Drachenameise fressen kann, insbesondere, da er gegen ihre Haupt-waffen, Säure und Feuer, immun ist. Als ich mich auf zwanzig Meter genähert habe, entdeckt er mich, und mein Sinn für Vibration bemerkt die Muskelspannung, die er unauffällig aufzubauen versucht. Statt mich in einem Kampf mit ihm zu erproben – dafür ist er mindestens drei Nummern zu groß für mich –, nehme ich die Organe der Drachenameise, stopfe damit einen Schattenschleicher aus meinem Speicher voll und lasse den Mob fallen. Im letzten Moment denke ich daran, ein Video zu starten und halte fest, wie der Weißrichter Höhlenbeißer sich den fallenden Körper schnappt.

Wie ein Egel besitzt der Höhlenbeißer an seinem runden Maul spitze Zahnreihen, die in einer Spirale in seinen Schlund führen. Das Zupacken und in sich Hineinschlingen erfolgt in einem Sekundenbruchteil. Sein ganzer Körper vibriert, als er in den Zerkleinerungs- und Fressmodus geht. Ein kleiner Strom an Flüssigkeit suppt aus seiner Mundöffnung. Eine Minute starre ich auf das abstoßende Schauspiel, bis er sein Maul mir zuwendet. Doch es würde mir nicht einmal im Traum einfallen, mich ihm zu nähern. Er kommt wohl zu einem ähnlichen Schluss und zieht sich in das Gestein zurück, wobei diesmal fünf Meter seines Körpers im Schacht verbleiben. Seine hervorschauenden Segmente ziehen sich rhythmisch zusammen und dehnen sich gleich wieder aus. Ob so der Verdauungsvorgang aussieht? Ekelhaft! Aber mein Plan ist aufgegangen und ich habe Glück, denn so wird jeder auf den ersten Blick erkennen, dass er gerade gefressen hat. Falls Späher nach der Drachenameise ausgesandt werden, können sie nun vermelden, dass der Mob von dem Weißrichter

Höhlenbeißer gefressen worden sein muss, und der Malik lässt es hoffentlich dabei bewenden.

Ich beende die Videoaufnahme, verstaue Ant in meinem Speicher und fliege in Bat durch den Schacht wieder nach oben. Sollte irgendwer nach der Ameise suchen, und davon gehe ich fest aus, denn eine Drachen-ameise stellt definitiv eine Gefahr für Pers dar, wird sich niemand wundern, dass ihre Spur hier abbricht.

Außerhalb der Höhle steige ich höher, bis ich weit über den Buchen bin und der Schein des Lagerfeuers meine Augen nicht mehr stört. In der Ferne erkenne ich einen galoppierenden Reitertross. Entweder ist das der Suchtrupp für uns, oder Ehsan will zu Ende bringen, was er angefangen hat. Ich seufze, lande auf einem Baum, wo ich mich kopfüber an einem Ast fest-klammere, und halte mich bereit. Jetzt wäre ein guter Zeitpunkt für meinen Bruder, aufzuwachen.

• • •

Natürlich wacht die Schlafmütze nicht auf. Weder als ein neugieriges Warzenschwein in den Lichtschein tritt, in der Luft schnüffelt und dann wieder verschwindet, noch als das Hufgetrappel richtig laut wird. Abrupt bricht das Geräusch ab und mit meinen empfindlichen

Fledermausohren höre ich, wie Schwerter gezogen werden und Männer miteinander flüstern.

Mist, ich kann nicht verstehen, was sie sagen. Noch ist es für mich nicht klar, ob sie uns retten oder angreifen wollen. Ich sende einige Motten aus und halte mich bereit, mit Ant anzugreifen, falls sie uns feindlich gesinnt sein sollten. Erfahrungspunkte kann ich immer gut gebrauchen.

Doch beim Anblick der rund siebzig Soldaten, die gut gerüstet und schwer bewaffnet auf uns zumarschieren, überkommen mich starke Zweifel, ob Ant eine echte Chance hat. Wie mir der Kampf im Haus des Phönix gezeigt hat, kann es mir schnell zum Verhängnis werden, gegen intelligente Gegner anzutreten. Turtle war der Preis für diese Erkenntnis.

»Haltet das Eisfeuer und die Giftampullen bereit. Sobald ihr die Drachenameise seht, werft die Flaschen und feuert die Ampullen ab. Gebt ihr keine Gelegenheit, euch zu nahe zu kommen!« Das eindringliche Flüstern des Befehlshabers lässt mich erleichtert aufatmen. Sie jagen die Ameise, nicht mich und Arian.

Ich segele vom Baum herunter und flattere rasch zum Lagerfeuer, verstaue Bat in meinem Speicher und setze mich neben Arian. Ich tue so, als wäre ich ganz entspannt, kann aber gegen das Herzklopfen und die schweißnassen Hände nichts tun. Wer sagt mir, dass sie neben der Drachenameise nicht vielleicht doch auch uns umbringen sollen? Ich beobachte sie weiter über meine Motten und studiere ihr Vorgehen. Bei den ersten flackernden Flammen, die durch die Bäume zu sehen sind, greifen sie ihre Waffen fester und teilen sich in mehrere Gruppen auf. In Zeitlupe, jeden dürren Ast meidend und trockenes Laub zur Seite schiebend, kommen sie näher. Sie müssen mich mittlerweile am Feuer erkannt haben und ich meine ihre Blicke im Rücken zu spüren. Es kribbelt ohne Ende zwischen meinen Schulterblättern und zu gerne würde ich mich nach ihnen umdrehen. Vor allem, da sie ihre Schwerter nicht wegstecken, sondern geräuschlos die Lichtung umzingeln. Sie durchsuchen noch den Umkreis des Feuers auf etliche Meter, bis sie die Höhle entdecken. Davor beziehen drei Männer Stellung und dann erst tritt der Anführer zu uns auf die Lichtung. Das Schwert hat er noch in der Hand, wenn auch die Spitze nicht auf mich gerichtet ist.

»Wer bist du?«

Ich tue so, als wenn er mich überrascht hätte, und zucke zusammen. Rasch drehe ich mich zu ihm um und mache mit Blick auf seine gepanzerte und wehrhafte Erscheinung ein ängstliches Gesicht. Im Schein des Feuers erkenne ich, dass er ein Leutnant ist.

»Ich bin Malikan Raduan und dies ist mein Bruder, Malikan Arian.«

»Malikan Kyros? Mir wurde gesagt, es gibt keine Überlebenden.«

Ich stehe auf, klopfe mir demonstrativ den Staub von der Hose und breite die Arme aus. »Nun, einige Soldaten sind in einem heldenhaften Kampf gegen die Drachenameise gefallen und haben unser Leben gerettet.«

»Was ist mit den anderen Soldaten?«

»Ich konnte es nicht genau erkennen, ich habe meinen Bruder aus der Höhle gezerrt und hatte keinen Blick für irgendwas anderes. Aber ich meinte zu sehen, wie einige Soldaten sie tiefer in die Höhlen getrieben haben.«

»Die Drachenameise ist also nicht aus der Höhle herausgekommen?«

»Soviel ich weiß, nein, aber ich bin auch nicht in der Nähe geblieben. Ich wollte lieber ein wenig Abstand zwischen uns bringen.«

»Eine Drachenameise hätte das Lagerfeuer hier als Einladung betrachtet. Sie ist garantiert noch in der Höhle.« Ein zweiter Mann mischt sich ein. Auf seiner Schulter sitzt ein Falke, er wird also ein Tierbändiger sein. Zum Glück hat er keinen Wolf, denn sonst würde er schnell entdecken, dass ich Ant hier am Feuer hatte und wegen des Geruchs anschlagen.

»Geh dem nach, ich muss ganz sicher sein.« Der zweite Mann salutiert und marschiert zur Höhle. Sein Falke, ein tagaktives Tier, bleibt auf seiner Schulter sitzen, doch dreht er den Kopf beständig in alle Richtungen. Keine

Ahnung, warum er einen Falken mitgenommen hat, in der Nacht sind sie nicht sehr nützlich. Dann wendet der Leutnant sich wieder mir zu. »Und was ist mit Eurem Bruder, Malikan?« Er deutet auf Arian, der trotz der lauten Stimmen noch immer schläft.

»Ich weiß es nicht«, lüge ich. »Er ist, seitdem er sich den Kopf angeschlagen hat, bewusstlos und wacht einfach nicht auf. Ist vielleicht ein Heiler unter euch?«

Der Mann schnippt mit den Fingern und einer seiner Leute kommt angelaufen und kniet sich neben Arian hin. »Dies ist kein Heiler, er kann aber Wunden versorgen.«

Ich nutze die Zeit, um mir den Leutnant ein wenig näher anzusehen.

Name:	Gol Kalb
Klasse:	Level 42 Krieger
Fortschritt:	91 %
Gesundheit:	240 / 240
Manapunkte:	210 / 210
Energie:	270 / 270
Volk:	Mensch-Iftrit

Er ist ein Iftrit, zumindest zu einem Teil? Das heißt, dass ein ominöses Geisterwesen aus Rauch und Feuer unter seinen Vorfahren zu finden ist. Da ich an Gol nichts dergleichen feststellen kann, muss dieser Vorfahr vor einigen Generationen in die Familie getreten sein, oder er maskiert sich sehr gut. Außerdem weist er ein Level von zweiundvierzig auf, hier hat es jemand ernst damit gemeint, die Drachenameise auszuradieren.

»Malikan Raduan, mein Name ist Gol Kalb. Würdet Ihr mir erzählen, was vorgefallen ist?« Der Leutnant setzt sich zu mir ans Feuer. Obwohl er seine Worte als Bitte formuliert, sagt mir sein grimmiges Gesicht, dass er ein Nein nur schwer akzeptieren würde. Er lässt sich sogar dazu herab, sich noch einmal kurz vorzustellen. Dass meine Analyse schon mehr Details über ihn geliefert hat, muss ich ihm nicht auf die Nase binden.

Und was kann ich ihm sagen? Bestimmt nicht, dass Ehsan uns umbringen wollte und sie Arian betäubt haben. Aber ich kann zumindest die Ehre der Soldaten wahren, wiedergeben, dass sie uns gewarnt und sich todesmutig der Drachenameise entgegengeworfen haben. Das wenigstens bin ich ihnen schuldig.

• • •

»Die Soldaten haben Euch also nicht dazu gedrängt, in die Höhle zu gehen? Und sie sind auch nicht feige davongelaufen?«

»Nein, wie kommst du darauf? Sie haben uns mehrfach gewarnt, wie gefährlich das Vorhaben ist, einen Fokussierten Terrorbären in seinem Bau aufzusuchen. Und ganz gewiss sind sie nicht feige geflohen. Ohne sie wären wir tot. Wir alle. Die Soldaten mussten sterben, weil ein paar Burschen ihre Kraft und ihren Mut überschätzt haben.« Warum ich nicht gleich vom Schacht erzähle? Weil das verdächtig wäre. Es ist viel plausibler, wenn sie die Antworten selbst finden und zu einem Bild zusammensetzen.

»Wärt Ihr bereit, dies auch schriftlich zu bezeugen? Ein Schreiber könnte Eure Worte niederschreiben, Ihr müsstet nur Euer Siegel daruntersetzen.«

»Ich kann selbst schreiben.« Ich lächele Gol freundlich an, ich weiß, dass er nicht gemein sein wollte. Selbst Arian kann kaum seinen Namen buchstabieren. Das Lesen und Schreiben ist, im Gegensatz zum Kämpfen und Reiten, in dieser Welt keine Tugend der Adligen, und vertrauenswürdige Schreiber übernehmen das Vorlesen und Schreiben. »Warum bist du so erpicht auf meinen Bericht?«

Gol Kalb zögert einige Sekunden, dann erklärt er sich doch. »Wenn ein Soldat stirbt, weil er aus Feigheit geflohen ist, gibt es für die Hinterbliebenen kein Geld. Der …«, er zaudert bei seinen nächsten Worten, »erste Bericht lautete, dass die Soldaten euch im Stich gelassen hätten. Wenn dem aber nicht so war, dann bitte ich Euch inständig, dies zu bezeugen.«

»Das werde ich. Könntest du mir dafür ebenfalls einen Gefallen tun?« Gol verkrampft sich, doch nickt er grimmig und bereitet sich wohl darauf vor, einen unehrenhaften Auftrag von mir zu bekommen. »Gib das Gold hier den Familien der Männer. Wären wir in Eiban, könnte ich mehr tun, aber in Pers darf ich mich nicht übergebührlich einmischen.« Ich ziehe zwanzig Goldtaler aus der Hosentasche und drücke sie dem Mann in die Hand. Zwei Münzen je toten Soldat sollte den Angehörigen auf Jahrzehnte finanzielle Sicherheit bringen.

Kapitel 5

Der Unterschied in der Art, wie mich die Soldaten nun behandeln, ist kaum bemerkbar, aber da. Für mich war die Gabe nur eine kleine Geste, um meiner Rolle gerecht zu werden. Doch Gol und seinen Soldaten bedeutet sie viel. Nicht nur, dass ich posthum die Schande von den Gefallenen nehme, sondern dass ich aus eigener Tasche den Familien helfe, sind sie weder vom Malikan oder vom Malik dieses Reiches noch überhaupt von irgendjemandem gewohnt.

Nun aber reichen sie mir den Trinkschlauch zuerst, teilen die Pferde neu auf, damit ich ein eigenes Reittier bekomme und einer flicht eine Art Hängematte, die zwischen zwei Reitern gespannt wird, damit Arian darin sicher transportiert werden kann. Und auch der herablassende Ton, der so oft mir gegenüber angeschlagen wird und der mich immer gestört hat, verschwindet aus ihrer Stimme. Ich würde nicht so weit gehen und sagen, dass ich nun einer von ihnen bin, doch bin ich für sie auch kein Ärgernis mehr.

Gol Kalb koordiniert seit einer Stunde die Suche im Höhlensystem. Was ich bisher von ihm mitbekommen habe, deutet darauf hin, dass er überaus vorsichtig ist und eine Drachenameise keinesfalls unterschätzt. Es müssen immer drei Männer, ein Späher und zwei Nahkämpfer, zusammen kundschaften gehen. Doch dabei haben sie die Anweisung, jeden Kampf zu meiden und Meldung zu machen, wenn sie etwas gefunden haben. Die Nahkämpfer sind jedoch für den Fall, dass das nicht klappt, mit dicken Schilden ausgestattet.

Ich sehe auf meiner Uhr Mitternacht kommen und gehen. Gol schickt die Männer, die keine Aufgabe haben, schlafen, solange es keine Neuigkeiten gibt. Dabei vergisst er nicht, Wachposten aufzustellen und Fallen auszulegen. Was er genau installiert, erkenne ich erst, als ich zwei Motten ausschicke. Dünne, geradezu haarfeine Schnüre werden von Baum zu Baum gespannt. Daran sind Holzplättchen befestigt, die sofort losklappern, sobald sie bewegt werden. Zwar hat der Wind seinen Spaß mit den Hölzern, doch diese leichten Geräusche beachtet niemand. Als jedoch eine Antilope eine Schnur auch nur streift, krachen die Holzplättchen disharmonisch zusammen und lassen alle auffahren.

Erst als ein Späher die frischen Spuren der geflohenen Antilope findet, beruhigen sie sich wieder.

»Wie sieht es in den Höhlen aus?«

Aufgeschreckt von Gols Stimme, drehe ich mich um und erblicke zwei der ausgeschickten Späher. Ich bin so dreist und nähere mich der Besprechung. Soll er mich doch wegschicken, wenn ich nicht zuhören darf. Es scheint sich allerdings niemand daran zu stören, und so setze ich mich mit dem Rücken zum Feuer und starre in die Dunkelheit.

»Wir haben überall Spuren der Drachenameise gefunden. Wie der Malikan bereits berichtet hat, lebte sie buchstäblich in dem Fokussierten Terrorbären, doch wurde er nicht von ihr getötet.« Diesmal senkt er seine Stimme, nachdem er mir einen Seitenblick zugeworfen hat. Aber wozu habe ich meine Motten? Eine im Haar von Gol platziert und ich kann alles problemlos verstehen. »Es muss eine Falle gewesen sein. Ich vermute, die Drachenameise wurde als Ei in dem Körper abgelegt und mit einer alchemistischen Lösung zum Wachstum angeregt. In den Höhlen gibt es genug Schattenschleicher und anderes Getier, um so eine Drachenameise innerhalb kürzester Zeit zu entwickeln und ein anständiges Level erreichen zu lassen.«

»Wo kann sie jetzt stecken? Ein Trupp Soldaten wie unserer sollte dieses territoriale Ding doch sofort hervorlocken.«

»Dass das nicht geschehen ist, könnte bedeuten, dass sie sich ein anderes Revier gesucht hat. Eins, wo es feuchter ist und weniger kalt als in den Höhlen.«

Gol Kalb ist mit der Interpretation nicht zufrieden und schüttelt den Kopf. »Das passt nicht zusammen. Eine Drachenameise verlässt niemals ihr einmal erobertes Territorium.« Wieder erscheint eine steile Falte auf seiner Stirn und er versinkt in Gedanken.

Die Männer trinken, essen und gähnen, lassen ihren Leutnant aber in Ruhe nachdenken. Ich frage mich bereits, wo die anderen drei Spähertrupps bleiben, als ich zwei auf uns zulaufen sehe. Sie wirken aufgeregt und augenblicklich fassen die Wachen nach ihren Schwertgriffen, als würde ihren Kameraden die Katastrophe auf dem Fuß folgen.

»Neuigkeiten«, meldet einer von ihnen sofort. »Wir haben Spuren entdeckt, die darauf hinweisen, dass die Drachenameise einen senkrechten Schacht in die Tiefe genommen hat. Es sind die frischesten Spuren, die wir finden konnten.«

»Das ist nicht gut, denn wenn sie sich tatsächlich ein neues Revier sucht, kann sie mitten in Bexda auftauchen. Eine Ameisenkönigin unter der Stadt, die Hunderte Drachenameisen als Soldaten produziert und in Bexda auf Nahrungssuche geht, das wäre ein Alptraum!«

Rasch sind die schlafenden Soldaten geweckt, Fackeln, Seile und Steigeisen ausgeteilt. Sie wissen erstaunlich genau, was zu tun ist. Kämpfen sie öfter in den Höhlen? Mitkommen lässt mich Gol Kalb nicht, aber ich mache das Angebot auch nur, um den Schein zu wahren. Dafür klopft mir der Anführer der Soldaten gönnerhaft auf die Schulter. »Ein anderes Mal, Malikan Raduan. Ein anderes Mal.«

Zwei von siebzig Soldaten bleiben am Feuer zurück, bewachen die Pferde und das Gepäck – wobei ich mich mit Arian zum Gepäck zähle. Der Rest rückt als waffenstarrender Tross in die Höhle vor, und natürlich kann ich es nicht lassen, sie zu begleiten. Selbstverständlich nicht in Ant, denn das wäre eine Einladung, mich abzumurksen. Stattdessen nutze ich den Umstand, dass die beiden am Feuer wachenden Soldaten ausschließlich in die Richtung der Verschwundenen starren, indem ich mein Nachtlager so herrichte, als würde ich darin schlafen, und krabbele in Spider hinterher.

In dieser Puppe bin ich harmlos genug, dass die Soldaten, selbst wenn sie mich bemerken sollten, mich ignorieren, dabei aber so agil und schnell, um allen Gefahren auszuweichen. Ich gebe zu, ganz wohl ist mir dennoch nicht. In dem Höhlensystem gibt es allerlei Mobs, die nur zu gerne einen Waldschreck auf Level drei als Imbiss zwischendurch fressen würden. Zwar habe ich ein oder zwei Überraschungen in der Puppe verbaut, aber das würde mir auch nur eine Fluchtchance ermöglichen, keine Siegchancen in einem echten Kampf.

Gol, Schwert und Schild bereit, geht als großer Anführer voran. Die Soldaten marschieren weniger, als dass sie sich langsam vorwärts schieben. Jeder fünfte trägt statt einer Waffe eine Fackel, und ich finde es bezeichnend, dass Gol ihnen befohlen hat, das Schwert wegzustecken, statt den Schild. Er will seine Männer zurückbringen, und das um jeden Preis.

Ich kenne durch meine Ausflüge in die umliegenden Höhlen alle drei Wege, die zum Schacht führen, und als ich abermals Blicke von den Soldaten auf mir spüre, mache ich mich aus dem Staub. Dass ein Waldschreck sie so lange begleitet, muss ihnen merkwürdig vorkommen, denn immerhin sind sie für Spider definitiv keine Beute. Also laufe ich lieber einen Umweg, da ich mich aber nicht mit Schleichen aufhalte, renne ich, um trotz der längeren Strecke vor ihnen da zu sein.

Urplötzlich öffnet sich das Maul eines Schattenschleichers vor mir an der Decke und ich kann nicht abbremsen, bevor ich zwischen seinen Zähnen eingeklemmt werde. Mist, da wurde mir wohl meine Ungeduld zum Verhängnis. Zwar ist das hier nur ein kleines Exemplar, er dürfte kaum das zehnte Level erreicht haben, dennoch muss ich einen kräftigen Manastrom in meinen Skill Heilung schicken, damit die Hülle meiner Puppe den Zähnen widersteht. Seine Kiefer mahlen und es knackt und ächzt um mich herum. Der Mob wundert sich sicher schon, wie Spider ihm so viel Gegenwehr liefern kann.

Ich will keine Zeit verlieren und probiere meine neueste Erfindung aus. Statt wie sonst giftgefüllte Dornen zu nehmen, gibt es einen Satz, der je einen Tropfen Drachenodem enthält. Ich hatte zwar eher daran gedacht, aus der Ferne irgendwann mal den Brandstifter zu spielen, beispielsweise als eine kleine Ablenkung, aber mitten im weichen Fleisch des Schattenschleichermauls abgefeuert, dürfte es eine schmerzhafte Überraschung werden.

Die Federn in den Röhrchen werden entsichert, dann klackt es zweimal leise, als die Dornen abgeschossen werden. Das Zischen, als sich der Drachenodem entzündet und das Fleisch versengt, ist überdeutlich zu hören. Rasch nehme ich den Geruch von verbranntem Fleisch wahr und der Schattenschleicher spuckt mich in hohem Bogen aus, sodass ich einen perfekten Rundumblick erhalte – und genau das rettet mich. Im Flug entdecke ich eine ganze Familie von Schatten- schleichern, bevor ich unsanft auf dem Boden lande. Dabei war mein Fressfeind noch der Rangniedrigste. Einer der Mobs ist um die vier Meter lang und entsprechend hoch wird sein Level sein. Warum ich sie nicht vorher entdeckt habe, weiß ich nicht. Vielleicht kommen sie nur zum Schlafen her, wobei es mich wundern würde, wenn es in den ewigdunklen Höhlen einen Tag-Nacht-Rhythmus gäbe.

Wie auch immer, ich wechsle rasch in Bat. Zwar ist sie auch nur auf dem siebzehnten Level, aber als Panzer- fledermaus hat sie einen soliden Schutz und außerdem brauche ich beim Fliegen nur ausreichend Abstand zu den Wänden, dem Boden und der Decke zu halten. Die Schattenschleicher und andere Mobs haben einen geringen Angriffsradius und so sollte ich sicher sein. Dank des Echolotes in Verbindung mit der verbesserten Sicht von Bat kann ich jeden Mob weiträumig umfliegen und bin knapp vor den Soldaten am Schacht.

Ich klammere mich direkt über der Schachtöffnung an die Höhlendecke und verberge mich dabei hinter einigen Büscheln Leuchtmoos. Sie leuchten so schwach, dass sie nur für Höhlenbewohner noch irgendwie nutzbares Licht abgeben. Zwei Späher, erkennbar an den leichteren Rüstungen, die ihnen mehr Beweglichkeit zugestehen, treten vor und schauen in die Tiefe. Flankiert werden sie von Gol und drei weiteren schwer gerüsteten Soldaten, die ihre Schilde bereithalten. Über das feine Gehör von Bat kann ich der Diskussion folgen.

»Sie ist definitiv in die Tiefe gekrabbelt, aber wie weit es hier hinunter geht, kann ich nicht erkennen«, berichtet einer der Späher.

»Die Befehle des Maliks sind eindeutig, aber ich kann nicht den ganzen Tross hinunterschicken, ohne zu wissen, was da auf uns wartet.« Gol legt den beiden Spähern seine Pranken auf die Schultern, sagt nichts weiter, aber sie scheinen zu verstehen.

Rasch sind zwei Seile um ihre Taillen gebunden, zwei leuchtende Kristalle mit einem Band an ihren Stirnen befestigt, dann geht es für die unfreiwillig zu Freiwilligen gewordenen hinunter. Die anderen Enden der Seile sind jedoch nicht an einem der vielen Steine festgemacht, sondern werden von je zehn Männern mit grimmigen Mienen gehalten. Gol wird schon seine Gründe dafür haben.

Gespannt wie die anderen warte ich darauf, dass ein Lebenszeichen von den beiden Spähern kommt. Die Minuten ziehen sich in die Länge, ich schaue immer wieder auf meine Uhr und muss erkennen, dass nicht so viel Zeit vergangen ist wie gedacht, bis endlich ein fernes Pfeifen zu hören ist. Es ist eine kurze Abfolge von Tönen und sofort setzen sich die je zehn Soldaten an den Seilen in Bewegung und rennen los. Die Seile surren so schnell über die Kante, dass ich meine, leichten Brandgeruch wahrzunehmen. Dafür rauschen die beiden Späher mit einem hohen Tempo nach oben und sind keine Minute später wieder bei ihren Kameraden.

»Niemand folgt ihnen!«, meldet ein Soldat an der Schachtkante, der die ganze Zeit angespannt in die Tiefe gestarrt hat.

Gol traut dem Frieden wohl nicht, denn er wirft einen Kristall hinunter, der nach rund fünf Sekunden grell aufleuchtet. Ich muss geblendet die Augen abwenden und sehe dennoch Sterne, ehe ich die Umgebung wieder wahrnehmen kann.

»Noch immer alles ruhig«, meldet der Soldat erneut.

Gol nickt und wendet sich dann an die beiden Späher. »Wie sieht es dort unten aus?«

»Wir sind auf einen Weißrichter Höhlenbeißer gestoßen, der gerade eine Mahlzeit verdaut. Der Schacht ist dort eng genug, dass er an alles herankommt, was an ihm entlangläuft, fällt oder gleitet. Wir vermuten, dass er die Drachenameise gefressen hat.«

»Aber es gibt keine Reste der Drachenameise?«

»Wie denn? Es ist ein Weißrichter Höhlenbeißer, die fressen immer alles vollständig auf.«

»Der Malik wird nicht glücklich sein, dass wir keine Beweise haben, aber gegen einen Weißrichter Höhlenbeißer will ich auch nicht ziehen, nur um ihm in den Magen zu gucken.«

»Außerdem ist er unser wertvollster Verbündeter in der Tiefe. Alles, was von unten raufkommt, muss zwangsläufig an ihm vorbei und wird gefressen«, stimmt ihm ein anderer zu.

Sie werfen weiter mit Argumenten um sich, warum sie den Weißrichter Höhlenbeißer auf gar keinen Fall töten dürfen, wobei ich echt nicht wüsste, wie sie das tun sollten, ohne mindestens die Hälfte der Truppe zu verlieren. Endlich ringt Gol sich zu einem Vorgehen durch.

»Ich gehe hinunter, sehe mir an, was es zu sehen gibt, und kann dem Malik dann wenigstens einen Bericht aus erster Hand geben.«

»Wir werden mitkommen und …«

»Nein! Ich gehe alleine. Es reicht, wenn ich mich in Gefahr bringe.«

Seine Männer wollen das nicht, und das sehe ich nicht nur an ihren missmutigen Gesichtern. Während

Gol sich nun ein Seil um die Körpermitte bindet und bereit macht, reden sie weiter auf ihn ein, bis er ihnen irgendwann befiehlt, zu schweigen. Sie gehorchen, wenn auch mit derart betretenen Gesichtern, als wenn ihr Leutnant nicht nur sie persönlich, sondern auch die drei Generationen vor und nach ihnen beschämt hätte.

»Hört zu, Männer. Die Späher haben berichtet, dass in dem Schacht bis zum Weißrichter Höhlenbeißer alles sicher ist, aber es kann immer eine Überraschung geben. Ich muss da runter, um mir selbst ein Bild zu machen. Ihr bleibt hier und wartet auf mein Zeichen, dann zieht ihr mich, so schnell es geht, wieder rauf.«

Etwas beschwichtigt stellen sich gleich dreißig Männer an das Seilende und sichern ihren Anführer. Ja, sie lieben ihn definitiv und wollen ihn nicht verlieren. So wie er auf ihre Sicherheit achtet, ahne ich auch, warum. Kurz überlege ich, ihm hinunter zu folgen, doch ich entscheide mich dagegen. Für mich gibt es nichts zu gewinnen und im beengten Schacht kann ich nicht einmal meinen Vorteil im Flug richtig ausspielen. Also heißt es wieder warten.

Jetzt kommt mir die Wartezeit vermutlich nur halb so lang vor wie den Soldaten. Gefühlt jede dritte Sekunde tritt ein anderer an die Kante, blickt angestrengt in die Tiefe und zum fernen Lichtschein und lauscht. Diesmal dauert es nicht so lange wie bei den Spähern, aber dennoch ist die Spannung schier mit Händen zu greifen. Besonders, als es einmal am Seil ruckt, es sich von der Kante wegbewegt, als wenn Gol hin und her springen würde und einmal lange und durchdringend gepfiffen wird. Die dreißig Soldaten rennen mit voller Geschwindigkeit los, sodass ihr Anführer praktisch in die Höhe katapultiert wird und in weniger als zwölf Sekunden wieder oben ist. Ein Soldat muss das Seil mit einem Schwertstreich kappen, sonst wäre Gol über den Boden hinter den laufenden Männern hergeschleift worden. Sofort wirft einer einen Kristall hinunter, und ich bin diesmal vorbereitet und schließe die Augen und verberge sie zusätzlich hinter meinen Flügeln. Der helle Lichtblitz schadet mir diesmal nicht und ich sehe einige mit der Waffe in der Hand in den Schacht starren und dann Entwarnung geben.

Jetzt endlich drehen sie sich zu Gol, sehen sein breites Grinsen und das, was er in seiner Hand hält: den Kopf einer Drachenameise. Ich schaue tatsächlich in meinen Speicher, wo Ant unversehrt auf ihren Einsatz wartet.

»Ich wollte gerade wieder hochsteigen, da sehe ich den Kopf der Drachenameise halb aus seinem Maul ragen. Damit, Männer, haben wir den Beweis, den der Malik verlangt. Wir werden weder den Weißrichter Höhlenbeißer töten, noch sonst einen Weg in die Tiefe finden müssen, um uns mit den Schrecken der Höhlen anzulegen.«

Der Jubel hallt laut von den Wänden und ich presse mir die Schwingen auf die Ohren, damit er mich nicht betäubt. Bevor die Soldaten zurückmarschieren, fliege ich davon und nehme diesmal ihren Weg. Er sollte sicher sein, jeder hochrangige Mob dürfte von ihnen getötet worden und alles andere geflohen sein.

Kapitel 6

Die beiden Soldaten im Lager laufen in großem Abstand um das Feuer, um ihre Nachtsicht nicht zu gefährden, und ich habe kein Problem, unbemerkt unter meine Decke zu schlüpfen. Hier sichte ich das Video, das ich gemacht habe, als der Weißrichter Höhlenbeißer den Schattenschleicher, den ich ihm zugeworfen habe, gefangen und verschlungen hat. Ich halte das Video immer wieder an, zoome auf einzelne Details, aber nirgends, wirklich nirgends, ist der Kopf einer Drachenameise zu sehen.

So viel zu meiner Theorie, dass es zwei Drachenameisen gegeben haben könnte und eine tatsächlich vom Weißrichter Höhlenbeißer gefressen wurde. Aber wenn Gol nicht die Wahrheit sagt und der Mob kein Beweismittel im Maul hatte, woher hat er dann den Kopf? Der Kopf einer Drachenameise sollte nicht gerade auf einem Markt verkauft werden …

Die lärmende Rückkehr der Soldaten reißt mich aus meinen Gedanken. Es ist die perfekte Gelegenheit, mir den Kopf einmal näher anzusehen. Ich stehe auf, feiere so begeistert wie alle anderen den Erfolg und dränge mich ganz bis nach vorn.

»Gol Kalb, du hast eine unvorstellbar gefährliche Mission nicht nur souverän gemeistert, sondern wirst auch alle Männer sicher wieder heimbringen!«, rufe ich über die Menge. Wenn ein Malikan spricht, dann schweigt der Pöbel, und so ist es auch hier. Tut mir leid, Männer, aber ich will wissen, was hier los ist, auch wenn ich eure Freude mit meiner Rede dämpfen muss. »Eine Drachenameise ist tot und ihr habt dem Reich von Pers …«

Der Rest meiner Rede ist langweilig, gerade wegen der vielen geschwollenen, aber inhaltsleeren Worte. Sie hätten lieber etwas Handfesteres entgegengenommen, und ihr Jubel brandet erst am Ende meiner Rede wieder auf, als ich Gol fünf Goldmünzen für eine »rauschende Feier zu Ehren der tapferen Soldaten« gebe.

Dafür darf ich tatsächlich ganz kurz den Kopf der Drachenameise in den Händen halten. Mein Analyseskill verrät mir nicht mehr, als dass es der Kopf einer Drachenameise ist. Aber ich weiß einfach, dass das falsch ist. Es kann nicht sein.

Skill Analyse verbessert, Rang 1 – Stufe 10.
Auf einen Blick erkennst du die Stärken und Schwächen deiner Gegner. Außerdem hat kaum eine Täuschung vor deinem Auge Bestand, solange die Stufe deines Skills über der Stufe des Skills Tarnung, Täuschung oder Illusion des anderen steht. Kosten: 5 MP.

Sechs Skillpunkte nur um Gewissheit zu haben? Ja, denn manchmal muss man einfach die Wahrheit kennen. Analyse!

Hamnskiftare, Level 41.

Was war noch einmal ein Hamnskiftare? Mein Skill Bestienblick liefert mir abermals die Erklärung.

Hamnskiftare, der
Dieser legendäre Formwandler gehört nicht in den Bereich der Mythen und Legenden. Seine natürliche Form kennt niemand, da er sich immer nur in seiner verwandelten Gestalt zeigt. Manche vermuten, dass die Hamnskiftare eine Art Slime sind, da sie nach ihrem Tod zu einem zähflüssigen Glibber werden. Hamnskiftare sind intelligent, doch erst wenn sie mit Menschen zusammenarbeiten, entfalten sie ihr wahres Potenzial.

Ich schüttele belustigt den Kopf. Gol hat uns alle ausgetrickst, wie auch immer er an diesen Hamnskiftare gekommen ist. Wenn der Malik zufrieden ist, dann wird er keine Truppen den Schacht hinunterschicken. Zudem ist nun meine List praktisch amtlich abgesichert und der Beweis befindet sich hier vor aller Augen. Wie Gol allerdings den Formwandler wieder aus seiner Lage befreien will, immerhin wird er nun von Hand zu Hand gehen und vielleicht sogar in eine Vitrine gelegt, ist mir ein Rätsel. Ich gebe den Kopf an Gol zurück und der reißt ihn triumphierend an den Fühlern in die Höhe ... da kreischt etwas in der Luft über uns, stößt hinab und bevor ich eine Analyse wirken kann, ist das fliegende Etwas mit dem Kopf davongeflogen.

»Schießt die Raubgajasa ab!«, brüllt Gol. Aber es ist zu spät, die meisten haben so wenig wie ich mitbekommen, was geschehen ist. Dafür zeigt sich der Vogel für eine Sekunde im hellen Licht der Flammen, bevor er mit einem infernalischen Schrei davonfliegt. Was bitte ist eine Raubgajasa?

Raubgajasa, die
Sie ist eine wendige Fliegerin, auch wenn ihre Größe von mehr als
vier Metern bei einer Flügelspannweite von über zwölf Metern das
nicht vermuten lässt. Die Raubvogel-Drachen-Chimäre ist bekannt
für ihren Hass auf Insekten aller Art und gilt als natürlicher Beute-
greifer der Drachenameise. Nicht selten überschätzt sie jedoch
ihre Kraft und Geschwindigkeit und geht mit fliegenden Federn
unter, wenn sie mehr als fünf Drachenameisen als Gegner hat.

Na so etwas, ausgerechnet jetzt taucht eine Raubgajasa auf, entwendet den Beweis, allerdings erst, nachdem alle Soldaten samt einem Malikan ihn in Augenschein genommen haben und entschwindet damit auf Nimmerwiedersehen in den Nachthimmel. Ehe ich an eine solche Verkettung von Zufällen glaube, glaube ich, dass der Weihnachtsmann auf Jorden tatsächlich existiert. »Malikan, Ihr seid unsere letzte Hoffnung, Euer Wort wiegt schwerer als das aller Soldaten zusammen. Ihr könnt doch bezeugen, dass wir den Kopf einer Drachenameise in den Händen hatten, nicht wahr?« Gols dröhnende Stimme bringt alle zum Verstummen. Alle Blicke liegen auf mir.

»Ich werde vor den Göttern dieser Welt schwören, dass ich den Kopf einer Drachenameise gesehen habe«, sage ich fest.

Die Soldaten jubeln, wenn auch nicht mehr ganz so ausgelassen, denn nun mischt sich eine Spur Sorge in ihre Freude. Aber das ist noch immer besser, als wenn sie alle in die Alptraumhöhlen absteigen müssten.

• • •

Bis auf zwei Wachposten schlafen alle. Natürlich weiß ich, dass die echte Drachenameise tot ist, und die Soldaten glauben das dank der Täuschung ihres Anführers ebenso. Dass aber Gol, der zumindest Zweifel an der These haben muss, auch wenn er sich bestimmt sehr sicher ist, dass der Weißrichter Höhlenbeißer das Problem beseitigt hat, nur zwei Posten aufstellt, macht mich misstrauisch. Wir sind nicht so nahe an Bexda, dass hier nicht auch der ein oder andere höherrangige Mob herumlaufen könnte. Die Betonung liegt auf *könnte*. So besorgt wie Gol bisher um seine Leute war, sagt mir das nur eins: Er will aus irgendeinem Grund, dass alle schlafen und möglichst wenige Augen die Gegend im Blick behalten.

Also bleibe ich ebenfalls wach, was mir umso schwerer fällt, da ich mich schlafend stellen muss. Ich fliege mit meinen Motten rund um Gol und schaue abwechselnd auf alle Ansichten. Entdecke ich etwas, was mich interessiert, hole ich es aus der entsprechenden Motte näher heran, doch bisher konnte ich nichts finden.

Erst als der Morgen nicht mehr fern ist, steht Gol auf, macht eine Runde zu seinen Wachposten und versichert sich, dass es ihnen gut geht. Wirklich ein besorgter Anführer, dem viel an dem Wohlergehen seiner Männer liegt. Sicherlich nicht!

Ich folge ihm mit gleich drei Motten, und als er nicht zurück zu seinem Schlafplatz geht, sondern ankündigt, eine »kurze Runde« um das Lager zu drehen, bin ich nicht überrascht. Gol schlendert in gemächlichem Schritt, bis er zwischen den Bäumen verschwunden ist, dann legt er deutlich an Tempo zu. Ich kann eben noch mit den Motten folgen und mache mir schon um die Reichweite Sorgen, da bleibt er unvermittelt stehen. Er sieht sich um, und als er sich ganz alleine wähnt, pfeift er leise. Es klingt wie ein heiserer Vogel, doch sogleich rauschen zwei Wesen vom Himmel und landen vor ihm. Ich kann den Augen der Motten kaum trauen, als ich einen weißen Drachen und einen Geier sehe.

Gol lacht, geht auf die beiden zu und tätschelt ihnen die Köpfe. »Schön, euch zu sehen, meine Freunde. Ihr habt alles mit Bravour gemeistert, eure Aufgabe ist erfüllt.«

»Eine Aufgabe ist erfüllt, eine andere bleibt.« Der Drache breitet erhaben seine Schwingen aus. Seine tiefe Stimme bringt alles zum Vibrieren.

»Wenn es dir nichts ausmacht, würde ich mich freuen, wenn du eine kleinere Gestalt annimmst, sonst weckst du noch meine Männer.«

Der Drache nickt, dann wird er zu einem silbernen Wolf, der einmal in den Himmel schaut und dann seine gelben Augen auf Gol richtet. »Besser so?« Die geknurrten Worte sind etwas schlechter zu verstehen, doch dafür kann ihn nun nicht mehr der halbe Wald hören. Unvermittelt hustet er los und der Geier und Gol stürzen zu ihm. »Es ist nichts, ich bin alt und mein Ende ist nah. Gol, mein Freund, ich habe gern all die Jahre mit dir verbracht und ich wünsche mir, dass du dich um meinen Nachkommen genauso gut kümmerst.« Der Wolf schiebt mit dem Kopf den Geier näher zum Leutnant. Der junge Formwandler will aber nicht vom alten weichen, besonders, als dieser erneut loshustet.

»War der Auftrag zu schwer? Verzeih mir, Floweldritchiusrex, ich wollte nicht ...«

»Es ist alles gut. Meine Zeit ist gekommen und ich bin froh, dass ich dir diesen letzten Gefallen tun konnte.« Wieder hustet der Wolf.

Ich fühle mich ein wenig schlecht, dass ich diesen trauten Moment mit meiner Anwesenheit störe, und letztlich habe ich meine Antwort gefunden. Gol hat es irgendwie geschafft, sich mit diesem Flowel ... rex anzufreunden, und dank ihm hatte er einen Formwandler zur Hand, als er einen brauchte.

Gerade mache ich Anstalten, meine Motte zu mir zurückzuziehen, als der Wolf vor meinen Augen zerfällt. Erst verschwimmt sein Fell, das plötzlich einer zähen Flüssigkeit gleicht, dann fällt er zu einer Art Glibber zusammen. Der Geier schreit klagend in den Himmel und Gol, dem die Tränen über die Wangen strömen, legt ihm tröstend die Hand auf den Rücken. Beide rücken näher zum Verstorbenen. Die Flüssigkeit versickert im trockenen Waldboden und nur ein straußeneigroßer Kern bleibt zurück, den der Geier mit seinen Flügeln umarmt. Nun hebe ich doch ab, drehe eine Ehrenrunde um den Toten und sehe im Davonfliegen, wie die beiden ein Grab für den alten Flow ausheben.

• • •

Sehr viel später beobachte ich, wie Gol und ein junger Soldat zurückkehren. Ist das der Hamnskiftare? Er wird ihn doch nicht als Mensch in seine Truppe aufnehmen? Ich zerbreche mir den Kopf, ob ich den jungen Mann bereits gesehen habe, vielleicht waren beide Form-wandler die ganze Zeit ein Teil von Gols Truppe? Welche Grenzen sind einem Hamnskiftare überhaupt gesetzt? Zur Vorsicht analysiere ich den jungen Burschen.

Name:	Parody Rashid
Klasse:	Level 17 Soldat
Fortschritt:	32 %
Gesundheit:	130 / 130
Manapunkte:	210 / 210
Energie:	240 / 240
Volk:	Hamnskiftare

Damit ist es bewiesen. Parody Rashid ist der Nachkomme von Flowel… und so weiter. Gerade einmal auf Level siebzehn wird er wohl noch eine ganze Weile mit Gol herumziehen, bevor er sich absetzt. Aus den Augenwinkeln linse ich ihm nach, wie er direkt zu einem Nachtlager geht und dort unter die Decke schlüpft. Also ist er wirklich ein Teil der Truppe, doch wie erklären sie die Abwesenheit seines Vaters – oder war Flowel… seine Mutter?

Kapitel 7

In einem gemeinsamen Ritt geht es zurück nach Bexda. Arian ist noch immer bewusstlos und ich mache mir nun doch ein wenig Sorgen. Zwar hat Gol seinem »Sani« am Morgen befohlen, ihm ein wenig Wasser einzuflößen, damit er nicht austrocknet, doch das ist kein wirklicher Ersatz für eine ernstzunehmende Behandlung.

Außerdem drückt mich mein schlechtes Gewissen. Ich muss immer wieder zum jungen Parody Rashid gucken, denn ich habe in einem unbeobachteten Moment das Grab von Flowel geplündert. Kaum dass beide zurück im Lager waren und jeder für sich trauerte, bin ich in Spider zur Begräbnisstätte gerast und habe den sich aushärtenden Kern geborgen. Im Speicher sind die Überreste nun vor Alterung geschützt und ich kann bei Gelegenheit, und vor allem ohne Zeugen, schauen, ob ich eine Hamnskiftare-Puppe machen kann. Noch habe ich keine Ahnung, wie. Vielleicht sollte ich mir ein paar Slime fangen, an denen ich üben kann. Die Gelegenheit wollte ich mir nicht entgehen lassen, aber mein Gewissen schimpft seit Stunden mit mir.

Da sich die Pferde wegen Arian in seiner provisorischen Liege in einer gemächlichen Gangart bewegen, werden wir für den Rückweg länger brauchen. Ich wundere mich abermals über unseren riesigen

Umweg wie auf dem Hinweg. Ich befrage den Soldaten, der neben mir reitet, dazu.

»So machen wir es immer, Malikan Raduan. Eine kleine Reitertruppe wie unsere wird nicht gefahrlos durch die Sandebene mit den Ameisenlöwen gelangen oder sich an den Hartholzwirzeln der Grünfunken vorbeikämpfen können.«

Für ihn ist damit alles gesagt, doch zum Glück liefert mir mein Skill weitere Erklärungen.

Grünfunken, die
Diese in engem Familienverband lebenden Halbpflanzen gehören
zu den dreizehn Plagen von Jorden. Sie ernähren sich zwar wie
Pflanzen von Wasser, Mineralien und dem Sonnenlicht, doch auch
Fleisch, das besonders viele Nährstoffe enthält, verschmähen sie
nicht. Mit ihren wurzelähnlichen Beinen, die Hartholzwirzeln
genannt werden, greifen sie Tiere, aber auch Humanoide an. Sie
gehören zu den mäßig intelligenten Wesen. Durch das Austreiben
von Hartholzwirzeln zum Zweck der Vermehrung ist ihre Aus-
rottung praktisch unmöglich. Nur Grünfunken können andere
Grünfunken im Zaum halten, weswegen eine Eindämmung deutlich
effizienter ist als der Versuch einer vollständigen Beseitigung.

Das erklärt unseren Umweg. Was wohl die anderen zwölf Plagen dieser Welt sind?

Arian sucht sich diesen Moment aus, um endlich aus seiner Ohnmacht zu erwachen. Der ganze Tross hält an und Gol persönlich tritt zu meinem Bruder, der, stark geschwächt wie er ist, kaum den Kopf heben und nur krächzen, statt reden kann. Der für Behandlungen zuständige Soldat flößt ihm einige stärkende Tränke ein, als diese jedoch kaum Wirkung entfalten, sieht er sehr besorgt aus.

»Malikan Arian, habt Geduld bis wir im Palast sind. Dort wird sich ein Heiler um Euch kümmern.« Dass einer wie Arian nur schwach nickt, statt zu antworten, bringt Gol dazu, seine Männer noch energischer anzutreiben.

Eine so große Gruppe von Soldaten wird nicht aufgehalten. Weder an den Toren Bexdas, wo Gol bei den Wachen wohlbekannt ist und von allen respektiert wird, noch auf den Straßen. Alle Passanten machen uns sofort Platz, und erst am Palast trennt sich der größte Teil der Truppe von uns und reitet zur Kaserne, während lediglich zehn Soldaten sowie Arian und ich den Palastbezirk betreten dürfen. Der Formwandler Parody Rashid ist nicht bei uns, wie mir auffällt.

Beim Palast – ein Soldat ist vorgeritten, um uns anzukündigen – werden wir schon in der kühlen Vorhalle von Heilern erwartet. Gleich drei Männer und vier Frauen nehmen Arian sofort in ihre Obhut. Eine Bewegung zu meiner Linken lässt mich aufblicken. Ehsan und seine Speichellecker kommen herbeigelaufen und bei meinem, aber vor allem Arians Anblick, der augenscheinlich lebend auf der Trage liegt, reißen sie verblüfft die Augen auf. Sie bekommen allerdings keine Gelegenheit, irgendetwas zu sagen, denn Lilith stürzt hinter ihnen auf uns zu und drängt sich zwischen ihnen durch. Nachdem sie sich mit einem schnellen Blick vergewissert hat, dass es mir gut geht, folgt sie den sieben Heilern und Arian.

»Ihr habt überlebt ...« Ehsan hat seine Fassung wiedererlangt, nachdem er so unsanft aus dem Weg geschubst wurde, und stellt sich vor mich. Dabei muss er aufblicken, da ich noch immer auf meinem Pferd sitze, und irgendwie gefällt es mir, ausnahmsweise derjenige zu sein, der auf andere herabschaut.

»Ja, wir haben überlebt. Dafür sind alle Soldaten, die noch bei uns waren, gestorben.« Ich bemerke, wie es ruhig wird und sämtliche Anwesenden in Hörweite, von den Palastwachen am Tor bis zu den Dienern und Beamten, die unsere Ankunft hat herbeieilen lassen, an meinen Lippen hängen. Ich räuspere mich. »Sie, die wahren Helden, haben ihr Leben für unser Überleben geopfert und Arian und mich gerettet. Ohne sie gäbe es uns nicht mehr. Sie sind als Helden gestorben«, wiederhole ich. Doch trotz der Wut, die mir wie ein Stein im Magen liegt, trage ich keine Beschuldigungen gegenüber Ehsan vor. Ich brauche meinen Skill Hofpolitik nicht zu bemühen, um zu wissen, dass es keine gute Idee wäre. Bei so etwas muss ich subtiler vorgehen: Hier ein Wörtchen fallen lassen, da eine Bemerkung, damit alle am Hof sich irgendwann selbst ein Bild von dem machen können, was vorgefallen ist. Ich erzähle erneut, was ich schon Gol Kalb berichtet habe und bringe damit meine Version der Geschehnisse vor. Dass sich meine

Geschichte von der Ehsans unterscheidet, erkenne ich an den vielen Blicken, die ihm nun zugeworfen werden. Außerdem beißt er die Zähne zusammen und sieht mich mit lodernden Augen an. Dass er für die Truppe verantwortlich war, weiß jeder hier.

Da ich aber weder Beschuldigungen noch Anklagen äußere, kann er nichts sagen, zumindest nicht hier, vor allen anderen. Endlich steige ich vom Pferd und Ehsan will mich hineinbegleiten, ganz der aufmerksame Truppenführer, der ein verlorenes Schäfchen heimführt, aber ich lasse ihn einfach stehen. Ein Pulk von Beamten, Wachen und Dienern folgt, jetzt, wo es hier nichts Interessantes mehr zu sehen und zu hören gibt. Ich baue darauf, dass Gols Soldaten von meiner Spende für die Familien der getöteten Männer erzählen werden.

Rasch nehmen meine Begleiter ab, die alle ihren eigenen Zielen im Palast zustreben, bis ich irgendwann ganz alleine bin. Nicht einmal eine Palastwache ist zu sehen, die sichergehen will, dass ich mich nicht verlaufe – oder was auch immer deren Ausrede für die ständige Überwachung ist.

Dennoch nutze ich diesen Umstand nicht aus – wozu auch – und gehe direkt zu meiner Unterkunft, wo sich Heli in meine Arme stürzt.

• • •

»Und wieder steigt er mit Heli ins Bett. Ich würde mir langsam Gedanken machen, Ibris.«

»Was meinst du?«

»Kommt dir das nicht irgendwie bekannt vor? Ein Champion, der sich in eine Frau verliebt und aus dem Wettbewerb aussteigen will, damit er ein ruhiges und friedliches Leben führen kann?«, stichelt Ona.

Bei ihren Worten schaut Ibris nachdenklich auf. Er lässt sich einen Überblick über Raduans Gemütszustand geben und dessen Gefühle für Heli abschätzen. »Scheiße!«, murmelt er endlich.

»Ganz genau.«

»Und töten kann ich sie auch nicht einfach, das hat mir ja damals erst die Probleme eingebrockt!«

Ona lacht und sieht im Gegensatz zu ihrem Freund ganz zufrieden auf ihre Favoritin herab, die gerade einen neuen Stil für die Abendgarderobe der Frauen, den Meerjungfrauen-Schnitt, entwirft. Die ausgewählten Näherinnen, die ihr zuarbeiten, sind völlig begeistert von den kühnen Linien des Kleides, das bis zu den Knien eng anliegt und sich dann entschieden weitet. »Und wieder eine Million Taler mehr«, brummt Astrée Roux vergnügt.

Ibris dagegen blickt mit säuerlicher Miene auf das Treiben von Onas Favoritin. Von Mode versteht er wenig und hat insbesondere unterschätzt, wie viel Geld sich damit verdienen lässt. Doch statt sich weiter damit zu beschäftigen, schmiedet er einen Plan, wie er Raduan endlich wieder auf sein eigentliches Ziel fokussieren kann. Irgendwann schlägt er sich gegen die Stirn. Es ist so einfach wie offensichtlich. Er muss nur irgendwie an Syma vorbei einige Winzigkeiten korrigieren. Was für ein Glück, dass die Zeit auf der Götterebene nach anderen Maßstäben vergeht als auf Jorden.

• • •

Recht erschöpft liegen wir im Bett und genießen die nachmittägliche Sonne, die zu uns hereinscheint. Heute ist es ausnahmsweise nicht so heiß wie sonst. Eine Decke brauchen wir trotzdem nicht und ich genieße das Gefühl von Helis Fingern, die durch mein Brusthaar streicheln. Es sind nicht wirklich viele Haare, kein Vergleich mit meinem alten Körper auf der Erde, aber schon damals liebte ich dieses Gefühl.

»Ich konnte es auch nicht glauben, dass du tot bist«, sagt sie da auf einmal. Sie richtet sich halb auf und ich sehe eine einzelne Träne über ihre Wange laufen. »Sie meinten, dass die Soldaten zu schnell zu tief vorgedrungen und auf eine Drachenameise gestoßen wären. Sie hätten todesmutig den Gegner zurückgetrieben, während die Soldaten flüchteten. Schließlich hätten sie jedoch ebenfalls fliehen müssen und ihr, du und dein

Bruder, wärt leider unglücklich gefallen und sie hätten das erst gemerkt, als ihr am Ende fehltet.«

»Die Geschichte stimmt doch hinten und vorne nicht!« Ich atme ein paarmal langsam ein und aus, um mich zu beruhigen. »Wenn die Soldaten geflohen wären, dann lebten sie jetzt noch. Sie wurden aber alle tot in den Höhlen gefunden, nicht wenige am Schacht, der in die Tiefe führt. Und woher sollten Ehsan und seine Kumpane außerdem wissen, dass wir ›gefallen‹ sind, wenn sie es nicht gesehen haben, sondern uns erst am Ende vermisst haben? Nein, sie haben ihre Kräfte gewaltig überschätzt, jede Warnung der Soldaten missachtet, und als wir auf die Drachenameise gestoßen sind, haben die Wachen uns todesmutig verteidigt. Ehsan und seine feinen Freunde haben uns aus dem Weg gestoßen und dabei hat sich Arian den Kopf angeschlagen. Ich glaube fast, da ist mehr dran, denn erst heute Vormittag ist er aus seiner Ohnmacht wieder aufgewacht.«

Ich muss nicht über meine Puppe in der Kammer spionieren, um zu wissen, dass der verborgene Agent jedes Wort aufschreibt. Ich meine sogar, das hektische Gekratze der Feder auf Pergament zu hören. Da ich hier aber keine offizielle Anklage vorbringe und Malik Ariaram also eigentlich nichts von meinen Worten wissen dürfte, kann ich frei sprechen, ohne mich dafür rechtfertigen zu müssen. Wahrscheinlich.

»Halver muss seine schützende Hand über dich gehalten haben«, flüstert Heli.

Ich kann nicht anders und muss einmal gehässig auflachen. »Dieser selbstverliebte Gott hat ganz gewiss nicht seine Hand über mich gehalten. Er und ich sind keine Freunde.«

Heli sieht mich mit großen Augen an, und mir wird klar, dass mir ein Fauxpas unterlaufen ist. Ich versuche mich in einen Scherz zu retten. »Du bist doch nicht etwa eine Anhängerin von Halver? Oder schlummern unter deinen Vorfahren unbekannte Adlige?«

»Ich bin eine Anhängerin von Aasaba, die lehrt, dass Fähigkeiten und Neigungen gleichermaßen wichtig sind wie eine fördernde Umgebung, um sich frei entfalten zu können.«

»Damit kann ich mich anfreunden. Herkunft alleine sagt nichts über die Entwicklung eines Menschen aus. Und nur Talent reicht nicht aus, es braucht auch noch Fleiß und viel Arbeit, um sich zu vervollkommnen.«

Heli flüstert die nächsten Worte nur. »Raduan, bist du etwa ein Anhänger von Ibris?«

»Und wenn es so wäre? Was ist falsch an ihm?«

»Nichts, überhaupt nichts. Es ist nur so, dass seine Lehren sehr umstritten sind, besonders beim Adel. Wenn die Herkunft eines Menschen nicht zählt, sondern nur das, was er aus sich macht, ganz gleich wo er zu Beginn seines Lebens steht, dann heißt das doch nur, dass die Machtweitergabe des Adels an ihre Nach-kommen falsch ist. Und glaub mir, Ibris ist für mehr als einen Volksaufstand verantwortlich. Der Adel hasst darum seine Lehren geradezu.«

»Warum verbieten sie sie dann nicht und brennen seine Tempel nieder?«

Heli gibt mir einen Kuss, einen klassischen »Halt-die-Klappe-Kuss«, wenn jemand etwas besonders Einfältiges sagt. »Weil Ibris sich das nicht gefallen lässt. Seine Tempel niederbrennen? Er würde die Familie ver-fluchen, die das befohlen hat, und einen Götterfluch nimmt niemand auf die leichte Schulter. Außerdem haben sich die großen Fünf verbündet, zumindest offiziell. Die Tempel sind immer allen fünf geweiht. In jedem Tempel kannst du zu jeder Gottheit beten.«

Ich hätte mich schon viel früher damit beschäftigen sollen. Komme ich so auch mit Ibris in Kontakt? Dass es ihn wirklich gibt, weiß ich nur zu gut. Wenn ich in den Tempel gehe und zu ihm bete, muss er mich doch hören können, oder nicht? »Wo ist der nächste Tempel? Ich habe den Göttern eine Opfergabe versprochen, sollten Arian und ich überleben.«

Kapitel 8

D as hätte ich mir ja denken können. Im Palast selbst gibt es einen Tempel. Er strotzt nur so vor Gold, weißem Marmor, Edelsteinen, Statuen der fünf Götter und riesigen Bildnissen an Decken und Wänden. Ich kann bezeugen, dass die Sixtinische Kapelle nicht halb so prachtvoll daherkommt.

Kaum setze ich einen Fuß über die Türschwelle, kommt schon ein Priester auf mich zu. Sein goldenes Gewand, die purpurne Schärpe und die edelstein-besetzten Ringe ... mir muss keiner sagen, welcher Gottheit er dient.

»Seid gegrüßt, Malikan Raduan. Kommt Ihr, um unseren Gott Halver zu preisen?«

Ich habe mich schon vorher entschieden, dass ich Halver um nichts in der Welt huldigen werde, nicht einmal nur zum Schein. Ibris kann ich aber auch nicht anrufen, ohne noch mehr Probleme zu bekommen. Ich habe mich darum für Aasaba entschieden, die mit beiden Göttern gut auskommt.

»Nein, Hochwürden, wo finde ich die Diener der Aasaba?« Hui, das gefällt ihm aber gar nicht. Bei dem Gesicht, das er nun zieht, hätte ich auch mit Hundekot an den Schuhen hereingekommen sein können.

Er wendet sich auch sofort ab und geht. He, und wo bleibt meine Auskunft?

»Ihr verehrt die große Aasaba, Malikan Raduan?«

Ich drehe mich um. Vor mir steht eine grauhaarige Frau. Sie ist schon älter, wirkt aber rüstig. »So ist es.«

»Ich bin Lupita, die Priesterin der Aasaba, folgt mir.« Die Priesterin führt mich durch den Tempel, in dem sich bis auf wenige Tempeldiener keine weiteren Leute aufhalten, zum Zentrum des prunkvollen Gebäudes. Hier stehen fünf Statuen und ich bin erstaunt, wie lebensecht die steinernen Figuren aussehen, so als hätten die Götter den Bildhauern Modell gestanden. Die gleichen Gesichter, die einerseits zu perfekt aussehen, als dass sie Menschen gehören könnten, und andererseits kleine Asymmetrien aufweisen, als wenn sie doch von ebendiesen abstammten. Habe ich nicht etwas in der Richtung gehört, als ich starb? Dass sie einst selbst sterblich waren?

»Woher ... warum wirken die Statuen so lebensecht? Sie sehen tatsächlich so aus wie die Götter.« Bevor ich mir auf die Zunge beißen kann, ist die Frage heraus.

»Manchmal wird großen Künstlern in ihrem Leben eine Vision der Götter und damit der Auftrag, ihre Gestalt wiederzugeben, zuteil. In allen Tempeln der Reiche gibt es solche Statuen und sie gelten als Stellvertreter der Götter. Ihr müsst auch eine Vision gehabt haben, wenn Ihr so eine Frage stellt.«

Ich nicke lediglich, gehe aber nicht weiter darauf ein. Dafür sehe ich einen Platz, der wohl zum Hinknien gedacht ist, genau mittig vor den im Halbkreis stehenden Statuen.

Lupita, die meinen fragenden Blick sieht, erklärt es. »Damit auch die Anhänger von Ibris zu ihrem Gott beten können, ohne dafür bestraft zu werden, hat der Gott selbst verfügt, dass dies so eingerichtet wird. Halver und sein getreuer Freund Udos haben dagegen protestiert, doch Aasaba, die Mittlerin der fünf, hat sich auf die Seite von Ibris und seiner Freundin Ona gestellt.«

Da haben wir also die gesamte Riege der großen Fünf. Ibris auf der linken Seite, dann Ona, Aasaba, Udos und ganz rechts Halver. Offiziell sind sie Freunde und kommen miteinander aus, darum auch die gemeinsamen Tempel. Doch inoffiziell, und das konnte ich selbst beobachten, sind sich die gegenüberliegenden Enden des Halbkreises spinnefeind.

Die Priesterin tritt zurück und gibt mir Raum zum Beten. Dabei weiß ich gar nicht, wie gebetet wird in dieser Welt. Ich hatte gehofft, ich könnte den Gläubigen zusehen und sie dann einfach imitieren, doch ich bin der Einzige hier. Gut, auf die Knie zu gehen wird schon nicht falsch sein.

• • •

»Raduan!« Der laute Ruf von Ibris reißt mich aus meiner Versunkenheit und direkt in die astrale Ebene der Götter. Für einen Moment sehe ich nur silberne Schwaden, dann jedoch erblüht meine Umgebung in wilder Schönheit: Berge, die direkt an Küstenlandschaften aufragen, ein tiefblauer Himmel, stürmischer Wind. Ich bin nicht ganz so körperlos wie damals, als ich tot war, aber auch nicht so stofflich wie auf Jorden. Interessanterweise sehe ich fast wieder so aus wie auf der Erde, wenn ich auch hier und da kleine Abweichungen entdecke, die eher an Raduans Gestalt erinnern. »Seit fast zwei Monaten bist du nun schon auf Jorden und du lässt dich erst jetzt im Tempel blicken?«

»Ibris, was regst du dich auf? Ich musste mich erst orientieren, es ist unheimlich viel passiert, wie du sicher gesehen hast – du hast es doch gesehen?«

»Jede Sekunde. Und ich muss sagen, die Kacke ist am Dampfen! In Franrike hat ein Champion die Modewelt vollkommen neu aufgerollt. Die Anzüge sind nur der kleinste Teil, sie bauen dort gerade wie die Wilden Webereien und Schneidereien so um, dass sie bald Jorden mit der irdischen Mode überschwemmen werden. Wenn du dich nicht sputest, wird das ein uneinholbarer Vorsprung werden.«

»Wer ist es? Ich meine, welcher Gott steht hinter dem Champion?«

»Das darf ich nicht sagen.«

»Du hast mir auch verraten, dass der Anzug aus Franrike kommt.«

»Weil du das schon weißt. Ich kann dir nichts verraten, was du nicht selbst schon in Erfahrung gebracht hast, nicht zuletzt zu deinem eigenen Schutz, so lautet unser Vertrag. Der Fluch, mit dem wir alle fünf ein Zuwiderhandeln belegt haben, lässt keine Schlupflöcher zu. Sollte ich dir etwas verraten, oder einer der anderen seinem Champion eine Information geben, die er nicht wissen darf, dann hagelt es negative Schicksalspunkte. Und glaub mir, du willst keinen Punkt in diesem Bereich abgezogen bekommen. Du stehst schon auf null und ein negativer Wert würde dein Leben noch viel schwerer machen.«

»Was heißt das, ›auf null‹?«

»Null heißt, dein Schicksal ist ausgeglichen mit guten wie schlechten Zufallselementen. Tasso beispielsweise hat fünf Pluspunkte, er kann praktisch nackt durch einen Wald voller Fokussierter Terrorbären laufen und nicht einer von ihnen sieht, hört oder riecht ihn. Du dagegen … hattest schon deinen Spaß mit ihnen. Sieh dich also vor, je besser du dich vorbereitest, desto weniger bist du auf den Zufall und das Glück angewiesen.«

»Ein Vertrag, der keine Löcher hat, ist eine Unmöglichkeit in sich«, widerspreche ich dennoch.

»Wir sind Götter, Raduan, vergiss das nicht.«

Ich schweige, was soll ich auch dazu sagen? Vielleicht stimmt es sogar, aber meine Zweifel sind übermächtig. Außerdem funktioniert hier mein Skill Hofpolitik genauso gut wie auf Jorden, vielleicht weil ich mich noch in der Sphäre des Planeten befinde. Und ich habe das ganz starke Gefühl, dass Ibris mich belügt. Gerade bei Halver würde es mich wundern, wenn er sich an irgendetwas halten würde. Wenn Tasso fünf Pluspunkte hat, kann er es sich sogar erlauben. Das ist alles schrecklich ungerecht.

Ich seufze. »Aber zurück zu deiner ›Kacke am Dampfen‹. Wenn ein Wirtschaftszweig unter Plagiaten zu leiden hat, dann ist es die Modeindustrie. Bald schon werden in allen Reichen Anzüge hergestellt werden und ich wette, die Verkaufsschlager werden nicht die Anzüge mit dem Originaldesign von der Erde sein, sondern die, die den Geschmack der Leute von Jorden am besten treffen.«

»Und das sagt dir dein großes Wissen über Jorden?«

»Meine Erfahrungen von der Erde sagen mir Folgendes: Alle gehen gerne in ein indisches Restaurant, nicht wahr? Doch wer isst als Nicht-Inder wirklich authentisches Essen, ohne Sorge, dass sein Gaumen in Flammen steht? Genau, nur wenige Verrückte. Nicht umsonst sind alle Restaurants, egal aus welchem Land die Köche ihr Wissen beziehen, immer an die lokalen Gewohnheiten angepasst, damit die Einheimischen auch dort einkehren.«

Ibris starrt mich an, dann lenkt er ein und nickt. »Du hast recht, aber dennoch musst du nicht nur doppelt und dreifach so hart arbeiten wie alle anderen, sondern zehnfach, hundertfach! Als Raduan Kyros stehst du mit Abstand am schlechtesten da. Tasso ist als Thronfolger des Imperiums schon so gut wie der Sieger, da ihr anderen Champions mächtiger und reicher werden müsst, als der zukünftige Imperator. Nicht nur, dass die Abgaben aller Reiche ins Kernimperium fließen, der Imperator herrscht auch über das größte Staatsgebiet und besitzt die mächtigste Armee.«

»Das mag stimmen, dafür sind die Kosten aber auch gewaltig. Eine große Armee will bezahlt sein, die Bürger wollen für ihre Abgaben auch etwas bekommen, ansonsten rebellieren sie.«

»Du bist hier nicht in einer Erdendemokratie. Auf Jorden werden Rebellionen mit eiserner Hand niedergeschlagen. Die Bauern fristen ein Leben in Armut, und sie werden ausgepresst, wo es nur geht.«

»Wenn das mal keine perfekte Grundlage für ein Rebellion ist. Was macht Robert eigentlich gerade?«

»Das kann ich dir nicht sagen. Aber wie dir sicher denken kannst, werden die zehn Extralevel, die du ihm bisher gespendet hast, von seiner Familie als Wunder gefeiert und der Imperator ist ganz außer sich vor Freude.«

»Erfahre ich, wie alt er ist?«

»Nein.«

Ich verdrehe die Augen. »Kannst du mir wenigstens sagen, wie viel Zeit in Jorden vergangen ist, bis ich endlich die Bühne betreten habe?«

»Das kann ich tun, zwischen dem Ersten und dir als Letztem sind rund sieben Jahre vergangen.«

So viel zu schlupflochsicheren Verträgen. »Sieben Jahre? Dann ist mein Vorsprung deutlich kleiner als gedacht.«

»Sogar im Minus«, murmelt Ibris gedankenverloren.

Hat er sich versprochen oder ist das noch ein unerlaubter Tipp? Ein Minus könnte ich nur erreichen, wenn auch die anderen Götter, zumindest teilweise, ihre Champions in ältere Körper gesteckt haben, statt in neugeborene. Vielleicht ist Tasso der Einzige, der als Säugling gestartet ist? Das würde auch erklären, warum es der- oder demjenigen aus Franrike bereits gelungen ist, die Anzüge populär zu machen.

»Kannst du mir noch irgendetwas zu meinen Konkurrenten sagen, was mir weiterhelfen würde?«

»Nein, das dürfen wir alle nicht. Zu leicht wäre es sonst, Attentäter auf die Spuren der anderen zu setzen.« Er räuspert sich einmal vernehmlich, bevor er weiterredet. »Du zum Beispiel hast deine dir von mir zugeschusterte Mörderinnenbande. Die Frauen wären fähig, die anderen vier umzubringen.«

»Ich habe sie dir zu verdanken?«

»Selbstverständlich! Sie sind handverlesen. Nur Greta hast du leider verloren, sie wäre eine Mörderin der Extraklasse gewesen. Das hätte ich dir sagen können, wenn du mich schon vorher einmal aufgesucht hättest!«

»Das heißt, ihr Schicksal im Kerker, dass sie teils für Nichtigkeiten eingesperrt wurden und sich sogar für eine Scheibe Brot prostituieren mussten, das alles geht auf deine Kappe?« Den Rest seiner Aussage ignoriere ich vorerst.

»Vergessen wir nicht, dass sie es jetzt mit dir als ihrem Herrn deutlich besser haben als jemals zuvor.«

»Soll ich ihnen genau das sagen?«

»Du wirst ihnen gar nichts sagen!«

»Und was ist mit Heli?«

»Was soll mit ihr sein?«

Ich warte, bis ich merke, dass er auf das Thema wirklich nicht eingehen will. »Sie wurde entführt, nackt in einen Käfig gesperrt und ist nur knapp den triebhaften Goblins entgangen. Geht das auch auf deine Rechnung?«

»Ich habe einen meiner Anhänger in die Rote Wache eingeschleust, er hätte deine Heli jederzeit beschützt, wenn was schiefgelaufen wäre.«

Ich zweifle an seinen Worten. Irgendwie geht er mir zu nachlässig mit dem Leben und Schicksal der Menschen um. »Und Greta hätte Tasso umbringen können?«

»Hätte sie. Ich muss aber zugeben, dass du sehr viel Glück brauchen wirst, wenn du es ohne Greta versuchst. Die Frau war eine Attentäterin, wie sie im Buche steht. Die Sicherheitsvorkehrungen des Imperators sind allerdings auch ziemlich ausgeklügelt. Die besten Magier aus Eurasiska arbeiten für ihn, und sein Sohn ist sein ganzer Stolz.«

Interessant, dass er ausdrücklich von Eurasiska spricht und nicht von Jorden allgemein. Also gibt es bessere Magier auf einem anderen Kontinent als diesem.

»Wenn du mir also nichts Wichtiges erzählen kannst und ich nichts Neues über meine Konkurrenten erfahre, warum bist du dann so angefressen, dass ich erst jetzt vorbeikomme?«

»Weil ich dich beraten kann, in allem, was nicht deine Konkurrenten angeht. Ich kenne die Worte, die Greta zu deiner loyalsten Gefolgsfrau gemacht hätten. Mit ihr an deiner Seite könntest du alle Kyros und Ariarams der Reihe nach erledigen, bis du der neue Malik von Persan gewesen wärst. Und von dieser Position aus hättest du langsam das Kernimperium bedrängen können.«

»Ich weiß nicht warum, aber ein Massenmord an meiner Familie und der aus Pers steht nicht unbedingt an erster Stelle meiner Bucket List.«

»Ich muss deinen Überfall auf das Haus des Phönix wohl geträumt haben, oder warum ziehst du nun hier strikt die Grenze?«

»Das waren Verbrecher, die mich zuerst angegriffen haben.«

»Nachdem du in ihr Haus eingestiegen bist.«

»Sie hatten mich schon davor angegriffen!«

»Bist du sicher, dass du nicht nur nach einer Ausrede suchst?« Ibris verschränkt die Arme vor der Brust und sein Gesichtsausdruck zeigt an, dass er weiß, er hat mich.

»Vielleicht ein bisschen, aber deswegen werde ich nicht anfangen, reihenweise Menschen zu töten.«

»Raduan, ihre Seelen werden in einem immerwährenden Zyklus wiedergeboren. Kaum ist ein Leben vorbei, zack, beginnt ein neues. Ob das nun ein paar Jahre früher oder später geschieht, kein Hahn kräht danach.«

»Und darum habt ihr Götter kein Problem mit Mord und Totschlag?«

»Leben und Tod, meinst du. Werde du erst einmal zig Äonen alt, dann reden wir weiter.«

»Nichts für ungut, aber es fällt mir immer schwerer, einen Unterschied zwischen dir und Halver zu sehen.«

»Das tut weh.« Ibris fasst sich theatralisch an die Brust. »Aber im Ernst, wir sind grundverschieden. Die anderen drei sind irgendetwas zwischen uns, aber Halver und ich sind wie Feuer und Wasser. Wir passen absolut nicht zusammen und haben in allen Bereichen gegensätzliche Ansichten.«

Ich schweige und sehe mich erneut um. Der Wind hat für das Gespräch erstaunlicherweise nachgelassen, aber nun, da wir nicht mehr reden, frischt er auf. Ist eigentlich irgendwas hier real? »Wie bist du eigentlich ein Gott geworden, Ibris?«

Er verschluckt sich und muss husten. »Das ist nicht wichtig.«

Er bestreitet nicht, dass er ein »Gott geworden« ist und nicht immer einer war. Meine Finte erweist sich als seltener Glückstreffer, was ich allerdings davon habe, weiß ich noch nicht. »Wie viele Götter gibt es?«

»Mehr als du zählen kannst. Aber was diese Wette angeht, daran sind nur wir fünf beteiligt. Es gibt noch ein paar kleinere Gottheiten auf Jorden, aber die kannst du wirklich vergessen.«

»Ibris, jetzt mal ehrlich. Ich bin ja deiner Meinung, dass Talent und harte Arbeit das Fundament jedes erfolgreichen Lebens sind, aber wenn ich gegen einen übermächtigen Gegner wie Tasso bestehen muss, wie soll das gehen? Er brauchte wie damals als Mitglied seiner Erdenfamilie nichts anderes zu tun, als lediglich zu überleben, und dennoch wird er am Ende hundertmal reicher sein als ich.«

»Du vergisst nur eins, Raduan. Das hier ist nicht die Erde. Mach nicht den Fehler, die Magie und das System dieser Welt zu unterschätzen. Du hast dir einen einzigartigen Zugang geschaffen. Allein, dass du nicht mehr ewig einen Zauberspruch rezitieren musst, ist mehr wert, als du dir vorstellen kannst. Dazu die Skills, die du einfach aus einer Liste auswählst und die dir einzigartige Fähigkeiten verschaffen, und schließlich deine Klasse als Puppenspieler. Arbeite dich langsam hoch, besiege immer stärkere Mobs und am Ende wirst du Puppen besitzen, die die Armee des Kernimperiums mit einem Seitenblick davonfegen können. Ant ist ein guter Anfang, aber noch lange nicht das Ende. Gib nicht auf, mach weiter und am Ende wirst du der Imperator sein. Ich darf dir nichts über deine Konkurrenten sagen, aber das hier darf ich tun.«

Göttliche Puppe Flow erhalten.

Ich blicke verblüfft auf das Pop-up. Mit so einer Meldung habe ich nun wirklich nicht gerechnet. Er hat aus dem Kern des verstorbenen Formwandlers eine göttliche Puppe geschaffen.

»Pass auf diese Puppe besonders gut auf, es gibt nicht mehr viele Hamnskiftare! Und ich habe die letzte Gunst, die ich dir gewähren darf, für sie eingesetzt. Solange Halver nicht wieder von Syma bei irgendwelchen krummen Dingern erwischt wird, kann ich dir keine weiteren Geschenke machen.«

• • •

»Warum quälst du den alten Mann mit falschen Hoffnungen. Er hat doch nie im Leben eine Chance gegen Tasso.« Ibris' beste Freundin Ona taucht auf, sobald Raduan wieder in seine Welt wechselt.

»Wer sagt das? Siehst du etwa nicht das Potenzial des Jungen?«

»Ach Ibris, du bist so verstockt wie eh und je. Was meinst du, warum ich meinem Mädchen einen besseren Start ermöglicht habe? Astrée Roux hat ebenfalls viel Talent, aber als Nachfolgerin der Herrscherin von Franrike wird sie es deutlich weiter bringen.«

»Nicht, wenn Raduan recht behält und ihre Mode kopiert wird.«

»Selbst dann. Originalmode aus Franrike ist hundertmal mehr wert als eine billige Kopie.«

Ibris schmollt. Die Lippen geschürzt, schweigt er und sieht in die Ferne, statt eine Antwort zu geben.

»Ich beschwöre dich erneut, lass deinen Champion meine Astrée Roux unterstützen. Ich gebe ja zu, dass er sehr viel Potenzial hat, aber er hat einfach eine zu niedrige Stellung inne. Wenn aber beide sich zusammentun, dann werden sie Eurasiska unweigerlich beherrschen. Halver wird geschlagen und ob dies nun durch meinen Favoriten geschieht oder durch deinen, macht doch im Grunde keinen Unterschied.«

»Wenn dem so ist, warum hilft Astrée dann nicht Raduan, sein Ziel zu erreichen?«

»Mit ihren zweiundzwanzig Jahren soll sie deinen Vierzehnjährigen unterstützen? Das wird nicht funktionieren.«

»Ona, du bist seit vielen Jahren meine beste Freundin, aber diesen Sieg werde ich nur dann wirklich auskosten können, wenn mein Champ ihn erringt.«

Kapitel 9

M it einem Schlag finde ich mich im Tempel wieder. Ich will aufstehen, doch meine Beine knicken unversehens ein.

»Vorsicht, Malikan, Ihr habt zwei Stunden kniend verbracht, das machen Eure Beine nicht ohne Weiteres mit.«

»So lange? Das habe ich gar nicht mitbekommen«, murmele ich und lasse mir von der Priesterin aufhelfen.

»Ihr müsst eine bemerkenswert starke Verbindung zur Göttin haben, wenn Ihr nicht bemerkt habt, wie die Zeit vergeht.«

Ich antworte nicht darauf und gebe mir Mühe, meine wackeligen Beine zu beherrschen. »Wo kann ich ein Opfer darbringen, um mich für die Rettung vor der Drachenameise zu bedanken?«

• • •

Kaum ist die Sonne untergegangen, lege ich mich ins Bett und schlafe auch sofort ein. Irgendwann in der Nacht kommt Heli dazu, denn als ich gegen drei Uhr nachts erwache, liegt sie neben mir und hat einen Arm um mich gelegt.

Ich fühle mich ausgeschlafen wie selten zuvor. Dank meines Erholungsskills sind die vier Stunden für mich das Gleiche wie bei anderen eine lange, lange durchgeschlafene Nacht. Nun aber liege ich mit offenen Augen da, starre an die Decke und mein Hirn kommt langsam auf Touren. Ich brenne darauf, Flow auszuprobieren, meine neue Puppe mit göttlichem Einschlag. Außerdem interessiert mich, was es für Neuigkeiten von meiner edlen Schwester Bayla gibt.

Ich winde mich vorsichtig unter Helis Arm hervor, prüfe rasch, was der Spion macht … und Mist, er ist hellwach und notiert gerade, dass ich aufstehe. Es ist ein anderer Mann als sonst um diese Uhrzeit. Entweder sein Vorgänger wurde beim Schlafen erwischt, oder er wird irgendwo eingesetzt, wo er dem Malik mehr nützt. Dieser Mann, eher ein junger Bursche, sieht kaum älter als sechzehn aus. Wahrscheinlich will er sich beweisen und hält darum eisern Wache.

Nun gut, der Schaden ist angerichtet, er weiß schon, dass ich wach bin, also kann ich auch loslegen. Ich ziehe mich an, recke und strecke mich und gehe hinaus. Dabei überrasche ich die beiden Wachen vor der Tür, als ich meine Unterkunft verlasse.

»Malikan Raduan, wohin … wohin geht Ihr?«

»In die Bibliothek, ich muss etwas nachlesen, das mir einfach keine Ruhe lässt.«

Ich gehe schnell davon, bevor sie auf die Idee kommen, mich zu begleiten oder Kollegen herbeizurufen, die das tun. Zwar laufe ich wirklich in die Bibliothek, immerhin muss ich meinen Ausflug irgendwie begründen, aber so brauche ich nur einmal abzuwarten, dass ein Diener »zufällig« hereinschaut und mich an einem der Lesetische entdeckt. Er zögert, bevor er etwas unwillig zu mir kommt und fragt, ob ich etwas brauche. Guter Schauspieler, dieser Kerl. Dass er dabei unauffällig die Titel der Bücher betrachtet, die ich mir geholt habe – geschenkt.

»Heißer Bunaa wäre gut, vielleicht noch ein kleines Frühstück dazu.«

»Sehr wohl, Malikan Raduan.«

Ich muss auch nicht lange warten, während ich weiter in meinem Buch über die Fauna der südlichen Inselreiche blättere. Natürlich habe ich das Kapitel mit der Drachenameise aufgeschlagen und in den vielen Skizzen zum Körperbau finde ich sofort, was ich suche. Zwar lese ich die Details wirklich gerne, aber sobald der Diener das zweite Mal verschwunden ist, kippe ich mein kaffeeähnliches Getränk herunter, verschlinge zwei Scheiben Brot mit Braten und packe mein größtes Geschenk aus: Flow.

Der Hamnskiftare ist nun ein Kristall in der Größe und Form eines Straußeneis. Er ist blauweiß gepunktet und ich klopfe einmal dagegen, doch es klingt dumpf wie bei einem Stein. Er riecht auch nicht und ist so glatt wie Glas. »Probieren geht über Studieren«, rede ich mir selbst gut zu und aktiviere meinen Skill Puppencamouflage.

Blind und taub – ich bin von sämtlichen Sinneseindrücken abgeschnitten und bekomme nichts von der Außenwelt mit. Es ist genauso wie damals in Bug, bevor ich ihm Augen und Ohren verpasst hatte. Rasch steige ich wieder aus Flow. Ist mit der Puppe irgendetwas nicht in Ordnung? Hat Ibris bei der Arbeit geschlampt? Das glaube ich irgendwie nicht, der Gott, der harte Arbeit über alles stellt, würde nichts Halbherziges fabrizieren. Ich gehe in eine Ecke, stelle die Puppe in ihrer Grundform als Kristall auf den Boden, wo sie nicht sofort zu sehen ist, und aktiviere erneut Puppencamouflage.

Abermals sind alle Sinnesreize ausgeschaltet, aber das muss doch nicht so bleiben. Ich stelle mir Augen und Ohren vor und warte darauf, dass sich etwas ändert, doch es geschieht nichts. Wenn Heli sehen würde, wie ich hier in … ein Kribbeln geht durch mich hindurch, dann bemerke ich, wie Flow sich dehnt und streckt. Etwa fünf Sekunden später schaue ich an meiner nackten Gestalt herunter. Die vollen wunderschönen Brüste, der kleine süße Bauch, die festen Oberschenkel … Ich bin zu Heli geworden und zwar genau so, wie ich sie kenne und eben erst zurückgelassen habe. Ein kleiner Timer ist oben links in meinem

Sichtfeld erschienen, der die Zeit in Flow zählt. Eine Obergrenze für die Gestaltwandlung wird aber nicht angegeben. Warum gibt es einen Timer? Doch Moment, ich kann es mir denken. Die Regel zur Spielbalance aus einem MMORPG dürfte hier greifen. Flow ist eine sehr mächtige Puppe, das bedeutet, mit ihrer Verwandlungseigenschaft könnte ich den Imperator heimtückisch ermorden und ersetzen … ohne zeitliche Beschränkung sogar für immer, ohne dass es auffällt. Also wird mit dem Timer sichergestellt, dass es eine Obergrenze gibt, die ich in Flow sein darf, bis ich eine gewisse Zeit außerhalb der Puppe verbringen muss. Ich kann nicht erkennen, wie das Verhältnis zwischen meiner Zeit in Flow und außerhalb geregelt ist. Ich vermute aber, dass ich mindestens so lange außerhalb von Flow sein muss wie in der Puppe. Wenn ich Pech habe, gibt es einen Multiplikator zu meinen Ungunsten, sodass ich beispielsweise doppelt oder gar dreifach so lange außerhalb wie innerhalb von Flow sein muss. Das muss ich bei Gelegenheit testen. Auch wie viel Zeit ich in der Puppe ansammeln darf, bevor ich aus meinem Hamnskiftare rausgeworfen werde, ist nicht ersichtlich. Für die wenig intuitive Bedienung gibt es Punktabzug. Wäre das mein Spiel, würde ich sofort einen Patch schreiben und das ausbügeln.

Ich schaue noch einmal an mir herunter, bewundere Helis Körper mit ihren Augen. Sie ist wirklich eine wunderschöne Frau. Dennoch fühle ich mich ein wenig schuldig, ihren Körper zu bewohnen, ohne sie gefragt zu haben. Also stelle ich mir lieber rasch den Diener vor, der mir das Frühstück gebracht hat. Bei ihm habe ich da keine Hemmungen. Doch diesmal dauert die Verwandlung eine knappe Minute und ist nicht halb so gut wie die von Heli. Zwar trage ich Dienerkleidung wie er und habe ungefähr seine Größe, aber ein schneller Blick in den silbernen Löffel zeigt mir, dass mein Gesicht höchstens zur Hälfte mit seinem übereinstimmt. Und das liegt nicht an der verzerrten Darstellung durch meinen behelfsmäßigen Spiegel. Auch meine Hände ertasten im Gesicht, das hier etwas nicht stimmt. Einen richtigen Spiegel bräuchte ich.

Hinter mir schließt sich leise eine Tür und ich verstecke mich hinter dem nächstbesten Bücherregal. Doch Moment mal, warum sollte ich? Ich muss nicht einmal aus Flow, ich stelle mir einfach mich selbst vor. In einem Sekundenbruchteil hat sich meine Gestalt geändert und der gute alte Raduan ist wieder da – nun gut, eine Kopie von ihm. Mir geht auf, dass es eine Rolle spielt, wie gut ich die zu imitierende Person kenne, dafür, wie schnell oder langsam die Verwandlung eintritt und in welcher Qualität. Selbst die Kleidung ist perfekt imitiert.

»Malikan Raduan? Seid Ihr hier?«

Schon wieder ein Diener? Ich trete hinter dem Bücherregal hervor und der neu eingetroffene Diener schrickt kurz zusammen, bevor er sich fängt. »Malikan, ich wurde geschickt, um Euch bei Euren Studien zu helfen.«

»Das ist nicht notwendig, vielen Dank.« Ich bin verwirrt, aber nicht wegen des Dieners, sondern weil mir auffällt, dass ich wieder so schlecht sehen kann wie sonst. Als Heli war meine Sicht scharf, ich konnte die Buchtitel trotz des schwachen Lichts um mich herum gut erkennen. Jetzt aber als Raduan habe ich dieselbe schlechte Wahrnehmung wie ohne eine Puppe. So gut muss mich Flow nun auch wieder nicht kopieren, finde ich.

Das Geräusch von Stahl, der durch Stoff und Fleisch schneidet, reißt mich abrupt aus meinen Gedanken. Ich schaue an mir herunter und sehe einen Dolch in meinem Bauch stecken. An dem Griff liegt die Hand des Dieners. Ich greife danach, doch er dreht die Klinge noch einmal in der Wunde herum, um die Verwundung groß und bösartig zu machen, reißt die Waffe aus mir heraus und rennt davon.

Stichattacke (kritisch): -150 HP.

»Scheiße!« Ächzend sacke ich auf den Boden. Warum bin ich noch am Leben? Der Schaden ist dreimal so hoch wie meine Gesundheitsleiste. Rasch beende ich den Skill Puppencamouflage. Unversehrt, bis auf einen kalten Schweißausbruch und das klopfende Herz, sitze ich neben dem Kristall. Er hat Sprünge bekommen und ein Loch ist ebenfalls zu sehen. Ich lege meine Hand auf die Beschädigung und wirke eine Heilung. Ob das bei diesem Kristall funktioniert, weiß ich nicht … Moment, ja, es wirkt. Innerhalb kürzester Zeit schließen sich alle Risse und auch das Loch und ich stecke Flow wieder ein. Meine Attributwerte wurden also im Großen und Ganzen mitkopiert, als ich mich selbst als Vorbild genommen habe, darum die schlechten Augen und die mangelnde Kraft. Lediglich die Gesundheitsleiste ist vom alten Formwandler, und das hat mich und meine Puppe gerettet. Ansonsten wäre sie nun kaputt. Wenn ich nicht in der Puppe gesteckt hätte, wäre ich jetzt tot. Der Angriff kam so überraschend, ich hätte nicht einmal Zeit für eine Heilung gehabt. Ein Schauer überläuft mich, solche Überraschungsangriffe sind mein Kryptonit. Heilung und beschleunigte Regeneration helfen mir beim Überleben, und wenn alles nichts nützt, wie letztens bei dem Giftanschlag, dann muss ich einmal auflevln, um meinen Körper zu resetten. Doch alle drei Möglichkeiten haben eins gemeinsam: Sie brauchen Zeit – mal mehr, mal weniger, also genau das, was mir bei einem Überraschungsangriff fehlt.

Was mache ich nun? Irgendwer hat einen Mordanschlag auf mich befohlen, wahrscheinlich Ehsan oder jemand anderes aus der Familie Ksersa. Schon dass ich ihn indirekt beschuldige, für den Tod der Soldaten verantwortlich zu sein, sollte Grund genug dafür sein. Daneben wollen sie ja noch immer Baylas Hochzeit mit dem Thronfolger von Pers verhindern. Der Attentäter wird ihnen melden, dass er mich umgebracht hat. Doch ich frage mich, warum er nicht auf mein Herz gezielt oder mir die Kehle durchgeschnitten hat. Damit wäre ein tödlicher Ausgang deutlich sicherer gewesen. Es ist nicht so, dass ich sterben will, aber eine Bauchwunde, egal wie eklig das ist, mit dem Hervorquellen der Gedärme und so, kann ich dank magischer Heilung überleben.

Nein, hier geht irgendetwas anderes vor. Vielleicht wollen sie nur einen neuen Skandal. Den kann ich ihnen geben, aber anders, als sie es sich gedacht haben. Ich steige erneut in Flow und als ich mir den Attentäter vorstelle, brauche ich nur drei Sekunden, um mich zu verwandeln. Der körperliche Kontakt der Puppe zu dem Unbekannten reicht anscheinend aus, um ihn zu analysieren und zu kopieren. Perfekt! Selbst die Kleidung, die ich jetzt trage, ist identisch mit der des Attentäters. Ich erfreue mich auch an seinen wunderbar scharfen Augen, dem feinen Gehör und dem Geruchssinn. Flow hat also auch seine hohen Attributwerte kopiert. Zu schade, dass ich nicht für immer in dieser Puppe bleiben kann! Vielleicht könnte ich die Puppe so verändern, dass ich die Attribute von Flow behalte, während er meinen Körper nachstellt. Meine Mängel wären mit einem Schlag weg. Doch der Timer zählt unerbittlich die Minuten, die ich in dieser Puppe stecke.

Ich schüttele den Gedanken ab, jetzt gilt es erst einmal, Chaos in der Gestalt des Attentäters zu stiften. Ich marschiere energisch zur Tür, erfreue mich an meinen kräftigen Beinen und drücke die Flügel mit aller Macht auf. Mit Schwung krachen sie gegen den Türrahmen, dass es laut rumst und der Lärm im leeren Flur nachhallt. So geht das! Wenn das mal nicht die Aufmerksamkeit der Wachposten erregt hat.

»Nieder mit Malik Ariaram!«, brülle ich. »Ibris lehrt uns, dass die Herkunft unbedeutend ist und allein harte Arbeit zählt!«

Ich muss keine drei Sekunden warten, bis das schwere Stampfen von etlichen Stiefeln zu hören ist. Hier sind gleich ein Dutzend Soldaten unterwegs, wenn nicht mehr. Ich kann mit den guten Ohren des Attentäters problemlos feststellen, woher die Palastwache kommt, und stelle mich so hin, dass ich den leeren Flur im Rücken habe.

»Seid nicht der verlängerte Arm eines Tyrannen! Ohne eure Schwerter ist er ein Nichts! Der Malik Ariaram ist ein unbedeutender Wurm, der sich für eine Schlange hält! Vogelfutter!«

Die Antwort erfolgt ohne Worte. Die ersten Palastwachen schlittern mit gezückten Schwertern um die

Ecke, sehen mich mit erhobenem Haupt dastehen und weitere Beleidigungen von mir geben. Ich warte, bis sie so nah bei mir sind, dass sie mich zweifelsfrei erkennen, dann drehe ich mich auf dem Absatz um und renne davon.

»Ihm nach!«

Als ob die anderen diese Aufforderung brauchen würden. Ich renne den Flur entlang, kann ungefähr den Abstand halten, aber ich will das nicht ewig tun müssen. Beim nächsten Zugang zum Treppenhaus renne ich durch die Tür, einen Absatz hinunter und nehme meine eigene Gestalt an. Ich habe gerade genug Zeit, um mich mit dem Rücken gegen die Wand zu pressen, so als wenn ich gestoßen worden wäre, noch ein wenig heruntersacken, da knallt die Tür über mir erneut auf.

»Ich werde deinen Kopf fordern! Einen Malikan so zu behandeln, ich werde dich vierteilen, in Öl braten, auf Nagelbretter setzen lassen, ich werde ...« Ich stocke beim Anblick der Meute. Richte mich wieder auf, zeige mit ausgestrecktem Arm die Treppe hinunter und brülle erneut los. »Dort hinunter, fangt den Ruchlosen, der es gewagt hat, mich beiseitezustoßen. Ich verlange seinen Kopf, oder es wird euch den euren kosten!«

Die Palastwache nimmt das als Einladung, an mir vorbeizurennen, wobei sie sich wirklich Mühe geben, mich in diesem engen Aufgang nicht zu streifen. Mit einem gemeinen Grinsen sehe ich dem Dutzend

Männern nach, die einem Phantom hinterherjagen. Bald schon werden alle Wachen auf der Suche nach dem Attentäter sein und Ehsan wird sich gezwungen sehen, ihn weit, weit wegzuschicken. Vielleicht lässt er ihn auch klammheimlich umbringen, damit niemand auf ihn zeigen kann. Ob ich Mitleid habe? Ich kann die Klinge in meinem Bauch noch immer fühlen! Als göttliche Puppe, geschaffen aus einem Formwandler, ist die Nachbildung eines Menschen perfekt, manchmal zu perfekt. Im Kampf werde ich doch lieber auf Ant und meine anderen Puppen setzen, worin ich nichts fühle.

Kapitel 10

Ich halte mich den Rest der Nacht bereit, falls der Malik mich zu sprechen wünscht. Er wird garantiert schon wissen, was geschehen ist. Ein Aufruf zur Revolte im eigenen Palast … also wenn ihn das nicht interessiert, dann weiß ich auch nicht. Und ganz vielleicht will er ja meine Version der Ereignisse hören.

Über die Motte sehe ich zu, wie der Spion jedes Wort meiner Tirade über den Vorfall mit dem Diener mitschreibt. Nachdem ich das dritte Mal von vorne beginne, tritt er einmal aus seiner Kammer und winkt einem der Soldaten vor meiner Tür. Der sieht sich vorsichtig um, ob auch keiner der Kyros gerade im Flur ist, dann erst geht er zum Spion. Der Junge drückt ihm den Bericht in die Hand und schickt ihn los, das Geschriebene zu überbringen. Nun gut, wird der Malik mich wohl nicht mehr rufen müssen und einem unwichtigen Malikan nicht mehr Ehre zugestehen, als ihm gebührt. Das ist im Grunde aber auch besser, zu leicht könnte eine überraschende Frage mein Kartenhaus in sich zusammenstürzen lassen, da seine Beraterin doch Lügen erkennen kann.

Heli wird kurz vor Sonnenaufgang wach und kommt aus dem Schlafzimmer. Sie hat sich nicht die Mühe gemacht, sich etwas überzuziehen, und ich bin mehr als erfreut, als sie bei meinem Anblick im Sessel lächelnd zu mir kommt. Sie beugt sich herunter, küsst mich und ich habe ihren göttlichen Busen direkt vor dem Gesicht. Sie bemerkt durchaus, was mein Interesse weckt, kommt ein wenig näher und weicht dann spielerisch zurück, als ich ihre Knospen küssen möchte.

»Später«, verspricht sie und eilt ins Bad.

Ich seufze einmal tief. Dass ich wirklich noch einmal einen zweiten Frühling erleben darf, und das mit dieser Frau. Wenn nur der Wettkampf der Götter nicht wäre, ich könnte ein schönes, friedliches Leben haben. Gut, nicht unbedingt als Bauer, da sie hier anscheinend genauso ausgenutzt werden wie auf der Erde früher, als sie praktisch oder auch faktisch Leibeigene waren. Aber als Händler? Mit meiner Mörderinnenbande könnte ich Tränke herstellen, verkaufen und Bewachung in Form diverser Gefolgsfrauen habe ich auch. Gaddo Ricci könnte mit seiner Bildung die Organisation und Geschäftsführung übernehmen … Ich begeistere mich immer mehr für die Idee und springe auf. Sollen die Götter doch ihren Mist selbst erledigen und nicht uns Sterblichen aufbürden!

»Heli, ab heute beginnt unser neues Leben!«, rufe ich und es ist mir egal, ob der Spion uns hört. Wir werden augenblicklich von hier verschwinden.

»Was beginnt?« Sie steckt nur den Kopf aus dem Badezimmer und schaut neugierig zu mir.

»Wir gehen. Sollen die Kyros ihre Spielchen ohne uns spielen. Ariaram kann sein Persan bekommen, mir ist es einerlei. Wir packen und verschwinden, einverstanden?«

Sie weint, sie weint tatsächlich, nickt dabei aber heftig. Es dauert nicht lange, dann haben wir je zwei kleine Koffer gepackt, die ich nur solange mit mir herumschleppen muss, bis wir aus dem Palast sind, dann kann ich sie in meinen Speicher stecken. Bis dahin muss ich jedoch den Anschein wahren. Hand in Hand, auch wenn Heli zu Beginn zögert, gehen wir aus der Unterkunft, lassen uns weder von den Palastwachen aufhalten noch von den herbeieilenden Dienern. Was sollen sie schon tun? Einen Malikan anrühren? Sobald der Palastbezirk hinter uns liegt, werden wir die Spione abschütteln, zum Gelben Haus laufen und gemeinsam mit meiner Mörderinnenbande von hier abhauen. Vorher aber geht eine Nachricht nach Pasargadae, wo einige Gefolgsleute gerade eine Immobilie erwerben. Gaddo, Olle, Silja — wenn sie will —, ich werde alle mitnehmen. Wir werden ein kleines, aber feines Handelsimperium aufbauen, gerade groß genug, damit wir alle gut leben können und uns kein Konkurrent einfach so aus dem Geschäft drängen kann, jedoch nicht so bedeutsam, dass es allzu viel Aufmerksamkeit beim Adel erregt.

»Malikan! Ihr könnt doch nicht ... denkt an den Skandal, den das verursachen wird. Hast du Malika Lilith noch immer nicht gefunden?« Das Letzte ruft die

Wache einem Diener zu. Das Glück ist auf meiner Seite, meine Mutter ist die Einzige, die den Wachen befehlen könnte, mich zurück in meine Zimmer zu schleifen. Wo auch immer du bist, Mutter, bleib dort, bis ich weg bin. Dein wahrer Sohn ist ohnehin schon lange tot, ich bin nur ein Betrüger aus einer anderen Welt.

Mittlerweile klammert sich Heli geradezu an meinen Arm. Auf ihrem Gesicht liegt eine Mischung aus purer Freude und Angst. Aber das Glück ist uns immer noch hold, niemand stellt sich uns in den Weg. Und ich habe alles Wertvolle bei mir, von den Perlen über die Kisten mit Edelsteinen bis zu den dreiunddreißig Exemplaren des Gemeinen Rotseitlings. Sie können im Speicher nicht einmal verschimmeln, sondern sind so frisch wie an dem Tag, an dem ich sie eingesteckt habe. Wer weiß, vielleicht mache ich einen großen Eintopf aus dieser Delikatesse und teile mit allen. Ich wette, sie haben wie ich noch nie so etwas gegessen.

Die Torwachen öffnen den Eingang vom Palast, auch wenn die Soldaten, die uns begleiten, sich die Haare raufen in ihrem verzweifelten Versuch, uns aufzuhalten.

»Ihr seid nicht schuld, ihr könnt nichts machen«, beruhige ich den Soldaten in meiner Nähe. Der will mir aber nicht glauben und ruft erneut nach Dienern, die Lilith suchen sollen. Mir egal, wir gehen. Die Vorhalle bringen wir rasch hinter uns und die breite Rampe ins Freie glänzt einladend im Sonnenlicht. »Was hältst du davon, wenn wir uns eine Gegend suchen, die nicht ganz so heiß ist wie diese, dafür noch schöner? Eine ruhige Küstenstadt vielleicht?«

»Das klingt wunderbar, Raduan.«

Auf der Rampe drängen plötzlich Dutzende schwer bepackte Diener in den Palast, sodass ich tatsächlich mit Heli ausweichen muss. Wie ungebührlich! Ich erspähe allerdings eine Lücke und ziehe meine Geliebte mit mir hinaus – und erstarre.

Dort steht ein Tross aus Hunderten Pferden, Kutschen und Fuhrwagen, dazu Diener und Soldaten, die durcheinanderlaufen. Es ist ein einziges Chaos mit zwei Figuren im Zentrum des Irrsinns: meiner Mutter Lilith und einem älteren Mann. Ich brauche die Erinnerungen des echten Malikan Raduan nicht, um in dem königlich gekleideten Unbekannten meinen Vater zu erkennen.

Heli begreift im selben Moment wie ich, was hier vorgeht, und erstarrt vor Schreck. Aus irgendeinem Grund ist Malik Kyros einen Tag zu früh eingetroffen, obwohl die Hochzeit erst in zwei Tagen stattfindet und er am Vortag der Zeremonie erwartet wurde.

»Komm, noch haben sie uns nicht gesehen«, raune ich Heli zu und fasse ihre Hand nur umso fester. Klammheimlich will ich mich mit ihr an dem Chaos vorbeistehlen, da alle Augen auf das Königspaar gerichtet sind, die formell und überaus zurückhaltend ihre Begrüßung vollziehen. Es gibt keinen Körperkontakt zwischen ihnen, nur gemessen vorgebrachte Worte, um für die Untertanen von Pers ein harmonisches Bild abzugeben.

Die Palastwachen jedoch, die uns bisher mit guten Worten zum Bleiben zu überreden versucht haben, rennen nun auf die Herrscher zu. Petzen!

»Lauf!«, zische ich Heli zu. Wir lassen unsere Koffer fallen und rennen los. Ich blicke weder zurück noch achte ich auf irgendetwas anderes. Mein Blick ist fest auf das ferne Tor des Palastbezirks gerichtet. Ich muss es nicht sehen, um zu wissen, wo es ist. Hätte ich doch nur eine Pferdepuppe, einen Hirsch oder meinetwegen einen Bären, dann wären wir im Nu verschwunden und in Sicherheit.

Heli keucht nicht ansatzweise so schwer wie ich beim Laufen. Aus einem Sprint wird ein schnelles Gehen, dann wieder ein halbes Laufen. Ich sehe mich schon auf halber Strecke bis zum Tor, da werden wir von hinter gepackt. Mit Panzerhandschuhen geschützte Hände reißen uns herum.

»Wer wagt es! Ich bin Malikan Raduan, loslassen, oder ich werden euch köpfen lassen!«

Doch die beiden Männer in ihren gepanzerten Harnischen, die das Wappen der Kyros' auf der Brust tragen, sind von mir alles andere als beeindruckt. So prächtig, wie sie anzusehen sind in ihren besseren Rüstungen, sind sie keine gewöhnlichen Wachen.

Vielleicht gehören sie zur Leibgarde meines Vaters. Vor einem Hosenscheißer wie mir, der auf der vorletzten Stufe der Thronfolge steht, haben sie keine Angst. Es bringt nichts, als ich meine Füße in den staubigen Boden stemme, sie schleifen uns mit unerbittlicher Kraft mit. Und ich werde Heli, die gar keine Gegenwehr zeigt, ganz sicher nicht alleine lassen.

Unvermittelt treten alle zur Seite und ich stehe vor meinem Vater, der wie ein Riese über mir aufragt. Der Mann muss zwei Köpfe größer sein als ich. Eine Narbe zieht sich von seinem Kinn bis zur rechten Wange. Der Blick aus seinen eiskalten Augen lässt mich in Ehrfurcht erstarren.

Debuff: Vaterfurcht, -99 % Rhetorik, -99 % Selbstbewusstsein, -99 % Selbstwertgefühl. Dauer: Anwesenheit von Malik Kyros.

Der Debuff, den mir meine Mutter verpassen kann, ist schon schlimm genug. Doch der frühere Raduan muss vor seinem Vater höllische Angst gehabt haben, da dieser Debuff mütterliche Einschüchterung ohne Weiteres in den Schatten stellt. Ich wirke Reinigung, bis mir das Mana ausgeht, und werde ihn dennoch nicht los.

»Was hast du dir dabei gedacht?« Die Worte selbst sind emotionslos, bergen weder eine besondere Kälte noch Enttäuschung, und prasseln trotzdem mit der Wucht von Gewehrkugeln auf mich ein.

»Ich … ich wollte, ich meine … ich …«

»Drück dich klar aus, Malikan Raduan!« Jetzt schwingt doch Wut in seiner Stimme mit und der Debuff lässt mich nur noch schlimmer stottern.

Hilfesuchend schaue ich zu meiner Mutter, doch der eisige Blick, den sie Heli zuwirft, schnürt mir erst recht die Luft ab. Aus den Augenwinkeln sehe ich zu, wie mein Vater einem Mann aus seinem Tross kaum merklich zunickt, und der bringt die herumstehenden und glotzenden Diener und Soldaten in Sekunden wieder in Bewegung, sodass sie das Gepäck rennend in den Palast bringen.

»Verzeiht … Vater …«, erneut kann ich nicht normal sprechen und stammele mich durch den Satz. Malik Kyros hat jedoch keine Geduld mit Schwäche. Er murmelt ein Wort, knallt mir mit voller Kraft einen Kristall auf den Kopf und mir wird schwarz vor Augen.

● ● ●

»Autsch, das wird eine Beule geben.« Ona sieht interessiert auf das Schauspiel.

»Der Dummkopf hat es verdient. Wusste ich es doch, dass er alles hinwerfen will, sobald er das süße Leben mit seiner Geliebten eine Weile genossen hat. Die Menschen sind alle gleich!«

»Ibris, du hast da doch nicht etwa nachgeholfen?« Rasch schaut sich die Göttin um. »Wenn Syma so einen Verstoß feststellt, wird Halver das weidlich ausnutzen, das weißt du.«

»Ich habe gar nichts.« Doch bei dem bockigen Gesicht, das der Gott macht, würde nicht einmal seine Mutter ihm das abkaufen.

»Wie auch immer. Dein Champ steckt jetzt in ernsten Schwierigkeiten. Wenn du Pech hast, wird sein Vater ihn verstoßen, und ganz von alleine wird Raduan doch noch seinen Willen bekommen und du bist aus dem Spiel.«

Ibris, der die Konsequenzen seines Handelns nicht gänzlich durchdacht hat, wechselt rasch das Bild, bis es wieder seinen Favoriten zeigt, der noch immer ohnmächtig daliegt.

Kapitel 11

Mit einem Mal bin ich wieder bei Bewusstsein. Ich setze mich ruckartig auf und die Kopfschmerzen, die anrollen, drohen mich zu überwältigen. Ich beiße die Zähne zusammen und blicke mich um. Das Zimmer ist mir unbekannt. Ich befinde mich in einem breiten Himmelbett, statt eines Ankleidezimmers gib es einen gewaltigen Schrank und am Fenster einen großen Schreibtisch mit Stuhl. In Regalen liegen persönliche Gegenstände wie zerbrochene funkelnde Steine oder alte Zinnfiguren, wie ich sie sonst nur aus amerikanischen Filmen kenne und womit Erwachsene ganze Schlachten nachstellen. Ist das ein Kinderzimmer? Ich bezweifle, dass sie mich in eine einfachere Unterkunft im Palast gesteckt haben. Ich atme tief durch ... und bemerke, dass die Luft vollkommen anders schmeckt als in Bexda. Jeder, der jemals am Meer war, erinnert sich an die salzige Luft dort und in Bexda ist sie staubtrocken. Aber wie kann das sein? Ein Blick auf meine Uhr zeigt mir, dass es knapp nach Mittag ist, ich war also rund sechs Stunden ohnmächtig!

»Heli!« Ich springe vom Bett und schlage auf dem Boden auf. Meine Beine, die ein Nachthemd bis zu den Knien verbirgt, tragen mich nicht. Wer hat es mir angezogen? Egal, ich öffne mein Log, um zu sehen, was zuletzt passiert ist.

Debuff Vaterfurcht: -99 % Rhetorik, -99 % Selbstbewusstsein,
-99 % Selbstwertgefühl. Dauer: Anwesenheit von Malik Kyros.

Debuff Gehirnerschütterung: Bewusstlosigkeit, Orientierungs-
losigkeit und Schwäche. Dauer: bis zu 12 Stunden.

Erzwungener Teleport, Ziel: Palast von Pasargadae.

Was, warum … wie? Ich kann kaum einen klaren
Gedanken fassen, bis ich mich mit meinem Skill
Reinigung von dem Debuff Gehirnerschütterung heile.
»Heli!« Ist sie mitgekommen? Haben sie ihr ebenfalls
den Teleporter übergezogen? Mir schwant nichts Gutes.
Ich überprüfe meine Bänder der Loyalität. Wenn ich
ihrem Band bis zum Ende folge, werde ich sie finden,
egal, wie weit entfernt sie ist. Da ist jedoch kein Band.
Ich prüfe alle der Reihe nach: Necla, Olle, Silja, selbst
Elyar, alle Bänder sind da, aber nirgends das von Heli.
Haben meine Eltern sie so schlimm bestraft, dass sie
vom Glauben an mich abgefallen und nicht mehr meine
Gefolgsfrau ist … oder … Nein! Sie haben sie nicht
umgebracht, denn wenn es so sein sollte, werde ich
diese Familie zerstören!

Buff Gerechter Zorn: +200 Energie, +3 Stärke,
-6 Intelligenz, -77 % Konzentration. Dauer: 1 Stunde.

Mit dem neuen Energieschub laufe ich zur Tür und will
sie genauso kraftvoll aufschlagen wie die Bibliothekstür

in der Nacht zuvor – nur fehlt mir trotz des Buffs die Kraft dafür. Außerdem will in diesem Augenblick eine Frau mein Zimmer betreten, die erstickt aufschreit und zurücktaumelt.

»Raduan!« Schnell hat sie sich wieder gefangen und schaut mich strafend an. Die Frau, sie muss um die fünfzig sein, trägt Dienerkleidung und spricht mich doch so vertraulich an.

Name:	Ziara Harb
Klasse:	Level 29 Gouvernante
Fortschritt:	3 %
Gesundheit:	150 / 150
Manapunkte:	180 / 180
Energie:	210 / 210
Volk:	Mensch
wichtigste Skills	
Erziehung	Rang 1 – Stufe 7
Pflege	Rang 1 – Stufe 6
Täuschung	Rang 1 – Stufe 5
Strenger Blick	Rang 1 – Stufe 5
Manipulation	Rang 1 – Stufe 4
Mütterliche Wärme	Rang 1 – Stufe 4

Ich stutze über die neuen Einträge, bis mir aufgeht, dass ich ja Analyse im ersten Rang maximiert habe. Ich kann noch immer nicht ihr vollständiges Charakterblatt einsehen, aber zumindest die wichtigsten Daten. »Was willst du?«

»Dummer Junge, was will ich schon? Vor Monaten hat man dich mir entrissen und mit dieser«, hier murmelt sie etwas Unverständliches, »losgeschickt. Sie haben dich mir weggenommen und sieh doch, was für eine Katastrophe passiert ist! Ich glaubte, du wärst tot! Dann hieß es plötzlich, du hast überlebt, befindest dich nun im Palast von Bexda und wirst der Hochzeit deiner Schwester beiwohnen und nun, vollkommen unerwartet, tauchst du per Direktteleport des Maliks hier auf – bewusstlos, und keiner weiß, was geschehen ist. Geht es dem Malik gut? Wurdet ihr überfallen, und wo sind die anderen?«

Die vielen Fragen bringen meine Kopfschmerzen zurück und ich reibe mir über die Stirn. »Gemach, gemach... allen geht es gut. Nur habe ich Vater verärgert.« Warte, warum rechtfertige ich mich vor der fremden Frau. Heli! »Was ist mit Heli, meiner Dienerin?« Im selben Moment erkenne ich, wie unsinnig es ist, Ziara die Frage zu stellen. Sie wird noch weniger wissen als ich. Ich muss zurück nach Bexda, das ist die einzige Möglichkeit.

»Heli? Wer ist das? Wenn alles gut ist, wird nachher der Falke des Maliks kommen und uns deine Bestrafung mitteilen, aber bis dahin ...« Sie nimmt mich in den Arm und drückt mich fest an sich. »Willkommen zu Hause, Raduan. Nutze die Zeit, bis der Bote die Nachricht bringt. Soll ich dir was Leckeres zu essen bringen lassen? Vielleicht ...«

»Danke, aber ich möchte nichts.« Ich bin verwirrt. Auch wenn ich absolut keine Erinnerungen an sie habe, mein Körper durchaus. Kaum hüllt mich ihr Geruch nach Lavendel, Thymian und Milch ein, entspanne ich mich. Sie war für mich immer mehr Mutter als Lilith. Ich vermute, dass sie sich seit meiner – seit Raduans – Geburt um mich gekümmert, mich aufgezogen und wahrscheinlich furchtbar verwöhnt hat. In ihrer Gegenwart empfinde ich weder Angst noch Misstrauen, was bei Lilith nie der Fall ist. Ich bin froh, dass sie nicht mit dem alten Raduan ins Kernimperium geschickt worden ist und es stattdessen die andere Gouvernante erwischt hat. Vielleicht wurde Ziara auch aus genau diesem Grund ersetzt, um sie für die Dienste an der Familie zu belohnen.

Dieser Buff! Schon wieder galoppieren mir meine Gedanken davon. Er hat mir zwar Energie gebracht, doch doppelt so stark meine Intelligenz herabgesetzt und vor allem meine Konzentrationsfähigkeit gemindert. Ein mehr als zweischneidiges Schwert. Ich würde ihn ja fast als Debuff einordnen ... Ich versuche eine Reinigung, doch wie zu erwarten, kann ich damit keinen Buff beseitigen.

»Nun komm doch erst einmal wieder mit in dein Zimmer, du bist ja ganz blass.« Ziara führt mich zurück und nimmt eine Handglocke aus dem Regal und klingelt einmal. Ein Diener erscheint und sie verlangt eine klare Brühe für mich. Ehe ich mich versehe, hat sie mich wieder ins Bett bugsiert. Mein Nachthemd trage ich ja immer noch, das hatte ich völlig vergessen. Ziara redet so lange begütigend auf mich ein, bis ich doch liegen bleibe.

Zeitgleich mit dem Diener, der eine Suppe bringt, kommt eine Dienerin in mein Zimmer, die ein versiegeltes Pergament in den Händen hält. Ziara scheucht beide wieder hinaus, füttert mich mit großer Geschwindigkeit mit der Brühe und ich fühle mich gleich besser.

»Vielleicht ist das wichtig«, schaffe ich es zwischen zwei Löffeln zu sagen und deute auf die Nachricht.

»Das ist es sicherlich, aber nicht weniger wichtig ist die Brühe. Mund auf!«

Erst als der Löffel über den Boden der Schüssel kratzt, seufzt sie und bricht das Siegel. Sie entrollt das Pergament und seufzt noch tiefer. »Was ist passiert?«, fragt sie mich.

»Steht es da nicht?«

»Nein, hier steht nur, dass du ab sofort allein in deinem Zimmer bleiben musst. Einmal am Tag bekommst du frisches Brot und Wasser und das musst du dir bis zum nächsten Morgen einteilen. Es tut mir leid, Raduan, ich darf mich den Anweisungen des Maliks nicht verweigern.«

Sie drückt mich noch einmal fest an sich, gibt mir einen Kuss auf die Stirn und steht auf. »Du warst immer mein Lieblingskind, das weißt du doch, oder?«

Ich nicke automatisch und sie lächelt. Wenn ich mich nicht täusche, hat sie tatsächlich eine Träne im Auge. Nichtsdestotrotz verlässt sie das Zimmer und kurz darauf bringt mir ein Diener ein ganzes Brot und einen Eimer mit Wasser. Ich bin mir fast sicher, dass so viel nicht gemeint war, Ziara die unspezifischen Angaben zur Menge aber zu meinen Gunsten auslegt.

Keine Minute später wird meine Zimmertür aus den Angeln gehoben und durch eine andere ersetzt, die nicht weniger schön, doch dafür mit einer Klappe am Boden versehen ist. Dies ist wohl nicht der erste Stubenarrest von Raduan. Als ob mich das aufhalten könnte!

Bis morgen bin ich längst zurück in Bexda ... oder nicht? Die Strecke ist weit, Bat ist keine schnelle Fliegerin und selbst Ant kann beim Laufen keine so hohe Geschwindigkeit halten. Ich nehme Flow aus dem Inventar und als ich in der Puppe bin, stelle ich mir einen Drachen vor. Das Ziehen und Drücken des Körpers fühlen sich richtig an, doch als ich das Spiegelbild von mir in der Glasscheibe sehe ... erblicke ich nur die Karikatur eines Drachens. Nein, ich bezweifle, dass ich darin schneller fliege als in Bat.

Zoo! Es muss in der Stadt doch einen Zoo geben, oder meinetwegen auch Tierhändler. Wenn ich mit Flow einen Langstreckenflieger berühre, sollte ich alle Probleme lösen können. Zwar verschwende ich kostbare Zeit in der Puppe beim Fliegen, aber ich komme nach Bexda.

Letztendlich bin ich durch Hunderte Ablenkungen im Zimmer gefangen, bis endlich der vermaledeite Buff Gerechter Zorn endet und ich wieder klar denken kann. Olle und Silja müssten längst in Pasargadae sein. Wenn alles geklappt hat, wird auch Gaddo die Stadt erreicht haben. Wo befindet sich noch mal das Haus, das meine Mörderinnen gekauft haben? War es nicht irgendein verfluchtes Haus am Hafen … Was mache ich schon wieder? Ich brauche diese Angaben nicht, sondern muss nur dem Band der Loyalität folgen und schon finde ich sie. Gesagt, getan.

Vielleicht zum ersten Mal in der Geschichte von Pasargadae fliegt eine Vieräugige Panzerfledermaus am helllichten Tag über die Stadt. Ich kann zwar in Bat den Faden nicht mehr sehen, aber wenn ich immer mal pausiere, aus meiner Puppe steige und erneut den Faden anpeile, werde ich schon fündig werden.

Und ich bin verliebt! Die Stadt wäre auf der Erde definitiv das achte Weltwunder geworden. Von hier oben sehe ich dank des dunkel bewölkten Himmels – fast ohne geblendet zu werden – zuerst den Palastbezirk. Er ist zwar deutlich kleiner als der in Bexda, denn es fehlen Felder, Koppeln und dergleichen, doch der Palast ist an die hundert Meter hoch und damit deutlich größer als sein Gegenstück in der Hauptstadt von Pers. Neben dem eigentlichen Schloss scheinen hier viele andere Regierungsgebäude zu stehen, zumindest wenn ihre Größe von fünfzig Metern und mehr ein Indiz dafür ist. Hier ist alles untergebracht, was Rang und Namen hat, und endlich kann ich das, was ich nur aus Beschreibungen meines Privatlehrers Elyar kenne, mit eigenen Augen sehen. Rund um den Bezirk gibt es eine stattliche Wehrmauer, die zwanzig Meter hoch und drei Meter dick ist. Dennoch wirkt sie vor den Prachtbauten dahinter eher wie ein Gartenzaun, auch wenn sie faktisch eine eigene Stadtmauer darstellt. Soldaten patrouillieren darauf und halten nach Eindringlingen und Störenfrieden Ausschau. Vor dem Palastbezirk gibt es gleich zwei einhundertfünfzig Meter hohe Statuen von Kyros I. In den erhobenen Rechten tragen sie jeweils die zusammengerollte Gründungsurkunde der Stadt. Zu Füßen der Statuen ergießt sich ein Häusermeer bis zur felsigen Küste und eine Mauer umschließt auch diesen Teil. Es müsste schon ein Tsunami eine an die fünfzig Meter hohe Welle auftürmen, um hier Schäden anzurichten. Alle zwei- bis vierhundert Meter stehen weitere Statuen oben auf der Außenmauer der Stadt. Wen sie genau darstellen, ist Quelle für viele Spekulationen, wie ich gehört habe, auf jeden Fall ähneln sie eindeutig nicht den zwei Riesenstatuen.

Doch warum Malik Kyros trotz der Größe der Stadt und ihrer Schönheit den Zusammenschluss mit Pers sucht, begreife ich, als ich mich ein wenig tiefer sinken lasse. Wind, Regen und die salzige Luft haben ihre Spuren am Stein hinterlassen. Die Fassaden der Gebäude sind größtenteils von Rissen durchzogen und einmal bröckelt unter mir der Putz eines Regierungsgebäudes ab, sodass er wie eine Lawine herunterprasselt. Zwei Männer werden darunter begraben; Wachen eilen herbei, um sie zu retten. Eine Extrarunde um die Kyros-Statuen offenbart auch hier etliche Schäden, wenn die Figuren auch insgesamt noch verhältnismäßig gut erhalten sind. Über die Seiten der Gebäude sind Netze gespannt, um herabfallende Fassadenteile aufzufangen. Doch sollte einer der gewaltigen ausgestreckten Arme der Statuen von Kyros I. abbrechen und in die Stadt darunter stürzen, würden die Hunderte Tonnen Gestein viele Todesopfer fordern. Selbst von hier oben sehe ich das Gewimmel in der Stadt. Hielt ich Bexdas Straßen schon für überfüllt, so muss ich erkennen, dass Pasargadae es schafft, noch mehr Einwohner durch seine Adern zu pressen.

Das ist also meine Heimatstadt. Aber zurück zur Tagesordnung. Ich nehme Kurs auf den Hafen, dafür muss ich mich nur am Strom der Schiffe orientieren, die vom Meer auf die Stadt zusteuern. Auf einem Hausdach lasse ich mich nieder, steige aus Bat und folge mit den Augen dem Verlauf des Fadens, bis er in einem Haus verschwindet. Dann gehe ich wieder in meine Puppe, fliege hinüber und wiederhole die Übung. Zweimal verschätze ich mich und mache einen Umweg, doch dadurch erhöht sich zumindest meine Ortskenntnis.

Endlich, als ich mir sicher bin, das richtige Haus gefunden zu haben, fliege ich durch das oberste Fenster, stecke Bat ein und laufe die Treppe hinunter. Ich gebe mir keine Mühe, leise zu sein, warum auch, ich will ja die anderen treffen. Als ich plötzlich Wolfszähne an meiner Kehle spüre, bleibe ich abrupt stehen.

»Ganz ruhig, ich bin ein Freund«, murmele ich.

Ein zweiter Wolf kommt dazu und knurrt laut genug, dass er weitere Wölfe, zum Glück aber auch Silja anlockt.

»Raduan!«

»Richtig. Wenn du deinem Wolf befehlen könntest, seine Zähne von meinem Hals zu nehmen, wäre ich dir sehr verbunden.«

Mit einem Wink seiner Herrin lässt der Wolf los und noch bevor ich mich irgendwie erklären kann, springt auch schon ein Silberfuchs an mir hoch. Keine drei Sekunden später kommt Olle angerannt. Er schreit bei meinem Anblick erfreut auf und rennt auf mich zu. Bei seiner Begrüßung meldet sich mein Gewissen, denn ich habe in den letzten Tagen nicht oft an ihn gedacht.

»Geht es dir gut, Olle?«

Er nickt heftig. »Ja, das Haus ist wunderbar. Es macht komische Geräusche, aber Gaddo meint, es ist nur das Holz, das durch die feuchte Seeluft zerfressen ist. Handwerker sind unten und reparieren das Haus und …«

Ich hebe die Hand und der Junge verstummt. »Olle, ich würde wirklich gerne alles hören, was du zu sagen hast, aber ich muss nach Bexda zurück, und das am besten noch vor der Hochzeit.« Mein Versprechen an meine Schwester habe ich nicht vergessen, aber vor allem lechze ich nach Rache für Heli. Bei dem Gedanken an meine Geliebte schnürt sich mir die Kehle zu. Und meinen Vater werde ich töten. Ich bin mir sicher, er hat Heli umbringen lassen, und sollte sonst noch irgendwer seine Finger im Spiel gehabt haben, werde ich ihn – oder sie – ebenfalls töten. Welche Rolle Lilith dabei gespielt hat, werde ich noch herausfinden.

»Es gibt kein Reiseportal, Raduan, und es sind über zweitausend Meilen bis Bexda.«

»Welches ist das schnellste Tier, das fliegen kann?«

»Eine Phönixschwalbe, aber sie wird kaum einen halben Meter groß, sie wird dich nicht tragen können.«

Phönixschwalbe, die
Dieser Langstreckenflieger kommt niemals mit dem Boden in Berührung. Das Leben der Phönixschwalbe spielt sich ausschließlich in der Luft ab, selbst wenn sie sich paart oder brütet. Für ein Nest klebt sie die abgezogene Haut ihrer Beute zu einem Ballon zusammen und erhitzt die Luft darin mit ihrem Feueratem. Eine Kolonie Phönixschwalben kann bis zu drei Millionen Tiere umfassen und eine ganze Stadt unter ihrem Kot begraben. Durch ihr hybrides Blut, das zum Teil dem eines Drachen ähnelt, kommt sie auf eine Spitzengeschwindigkeit, die in der fliegenden, laufenden und schwimmenden Fauna unerreicht ist. Dennoch muss selbst sie nach spätestens sechzehn Stunden ruhen, indem sie auf der Thermik liegt und dahingleitet.

Da Aufzucht und Pflege extrem aufwendig sind, die Sterblichkeitsrate über 95 % beträgt, wird sie nur selten gezähmt und für Botenflüge eingesetzt. Ihre Intelligenz ist jedoch selbst für ein Magietier hoch und sie hat keine Schwierigkeiten, Anweisungen zu verstehen.

»Mit einer Phönixschwalbe könnte ich es also schaffen?«

»Nein, wir könnten mit einer Phönixschwalbe eine Nachricht an Necla schicken und sie könnte etwas tun, aber dich kann sie nicht tragen.«

»Besorg mir diesen Vogel, sofort!«

»Raduan, hörst du mir eigentlich zu?«

»Ich werde es nicht erklären, Silja. Such mir eine Phönixschwalbe, und das sofort! Schick sie in mein Zimmer im Palast, ich lasse das Fenster offen.«

Ich wuschele Olle durchs Haar, klopfe ihm auf die Schulter und in der nächsten Sekunde fliege ich auch schon in Bat davon. Den erstaunten Ausruf in meinem Rücken ignoriere ich. Stimmt ja, sie waren nie dabei, als ich diese Fähigkeit offenbart habe.

Kapitel 12

Durch das offene Fenster meines Zimmers kann ich den Sonnenuntergang sehen. Doch weder jetzt kommt eine Phönixschwalbe zu mir herein, noch nachdem die letzten Sonnenstrahlen verschwunden sind. Seit meiner Ration Wasser und Brot am Nachmittag hat niemand mehr nach mir gesehen, deshalb bin ich ganz zuversichtlich, dass meine Abwesenheit unbemerkt bleiben wird. Sie schieben einfach den Eimer und das Tablett, auf dem das Brot liegt, durch die Klappe. Weder reden sie mit mir, noch schauen sie dabei durch die Öffnung.

Wenn allerdings am Morgen wieder Wasser und Brot gebracht wird, muss ich wahrscheinlich den Eimer von heute austauschen, was ich aber nur tun kann, wenn ich da bin. Egal, darum kümmere ich mich, wenn es so weit ist. Sollen sie mich in meiner Abwesenheit doch für einen schmollenden Burschen halten, der die Mitarbeit verweigert. Sie werden genug Eimer haben und nicht den Befehl des Maliks ignorieren, die Tür verschlossen zu halten. Allerdings … sie werden die vollen Eimer sehen, die vor der Klappe stehen bleiben, sich echte Sorgen machen, da sie denken, ich bin im Hungerstreik, und dann möglicherweise doch hereinkommen.

Ein Flügelschlag am Fenster lässt mich aufblicken. Es ist aber eine stinknormale Taube. Sie gurrt, geht auf dem

Fenstersims auf und ab und streckt mir dann ihr Bein entgegen. Daran ist eine winzige Papierrolle befestigt.

Rad*uan*,
eine Phönixschwalbe war fast unmöglich aufzutreiben. Sie sind einfach sehr schwer zu bekommen. Aber für DREI Perlen haben wir nun einen Mann gefunden, der uns eine verkaufen KÖNNTE. Wenn alles klappt, wird sie in den frühen Morgenstunden zu dir kommen. Halte dich bereit.
Silja

Mist, dann bleibt mir kaum Zeit, die Hochzeit zum Platzen zu bringen. Aber ein toter Malik sollte ausreichen, um jede Feierlichkeit zu unterbinden. Ich muss nur irgendwie an der Garde vorbeikommen und ihn abmurksen. Ganz einfach, oder? Die Taube fliegt davon und ich lege mich aufs Bett. Wie gehe ich vor, wie verschleiere ich meine Abwesenheit hier in Pasargadae? Ich bräuchte jemanden, der die Wassereimer leert, das Brot entsorgt und am Morgen den leeren gegen einen vollen Eimer austauscht. Doch ich kenne hier niemanden und Bestechung ist immer ein Risiko.

Was aber, wenn ich eine Puppe hierlassen würde, die die Arbeit erledigt? Welcher Skill käme dafür in Frage? Ich öffne die Liste für magische Fähigkeiten. Golems könnten funktionieren, aber sie brauchen so viele Teile, Alchemie und Hunderte Sachen, die ich nicht habe.

Einen Geist beschwören, der mir dient? Dafür habe ich die falsche Klasse. Ich könnte zwar einen Geist beschwören, doch nur auf einem so einfachen Level, dass er sofort verschwinden würde, wenn ich nicht mehr da bin. Nein, ich bin ein Puppenspieler! Was gibt es denn für meine Klasse? Einen Reichweiteboost, nett, aber nicht das, was ich suche. Da wäre noch ein eigener Skill für die Feinsteuerung, damit kann ich meine Puppen noch authentischer bewegen, das hilft mir allerdings auch nicht weiter. Homunkulus? Das sagt mir etwas. Ich stehe zwar gerade ein wenig auf dem Schlauch, was das bedeutet, aber der Name spricht ja für sich. Homunkulus heißt Menschlein und ist so etwas wie ein künstlicher Mensch. Wenn ich es noch richtig im Kopf habe, sollte damit eine Puppe eine gewisse Eigenständigkeit erreichen können. Natürlich nie auf so hohem Niveau wie ein richtiger Golem, dafür müsste ein Spieler schon die Doppelklasse Magier und Erschaffer annehmen. Aber für einfache Tätigkeiten, wie einen Wassereimer zu leeren und zurückzustellen, sollte es reichen.

Skill Homunkulus erlernt, Rang 1 – Stufe 1.
Eine Puppe selbst zu führen kann schon anstrengend
sein. Warum ihr nicht sagen, was sie tun soll? Ein-
fachste Anweisungen können programmiert werden.

Skill Homunkulus verbessert, Rang 1 – Stufe 10.
Wer wollte nicht schon immer seinen eigenen Roboter besitzen?
So gut werden die selbststeuernden Puppen zwar nie, aber sie
können Anweisungen ausführen, die nicht zu komplex sind.

Dann lass mich mal sehen, wie das funktioniert. Ich stelle Bug auf den Boden, er ist für die Arbeit kräftig genug, aktiviere den neuen Skill und eine einfache Oberfläche mit Entscheidungsbäumen öffnet sich. »WENN voller Eimer, DANN nehmen, DANN leeren auf den Boden, DANN zurückstellen, DANN zurückgehen, DANN Augen wieder zur Tür.«

Ich schließe die Benutzeroberfläche und sofort geht Bug zum Wassereimer. Gott sei Dank haben wir das seinerzeit auf der Erde so vereinfacht, dass wir nicht definieren müssen, was ein Eimer oder ein Boden ist. Aber der Skill sollte für mein Spiel *Voyage and Execution* auch nicht zu einfach zu bedienen sein, damit die Spielbalance erhalten bleibt. Gedacht war die Fähigkeit vor allem dazu, so etwas wie eine Torwache mit automatischen Ballisten zu ermöglichen, die beispielsweise alles abschießt, was rot, also als feindlich, gekennzeichnet ist. Nicht aber, dass Puppen erstellt werden, die wie Ninjas eigenständig Gebäude infiltrieren und Gegner gekonnt ausschalten. Bei aller Liebe, das würde die Puppenspielerklasse zu einer übermächtigen Gewalt machen. Das war zumindest der Gedanke, als alles nur ein Computerspiel sein sollte.

Beim Hochheben des Eimers schüttet Bug sich die Hälfte des Wassers über, aber das ist kein Problem. Er soll ihn ja sowieso leeren. Okay, er stellt ihn zurück, doch der Eimer fällt um und rollt von der Klappe an der Tür weg. Das Wasser wird hoffentlich bei dem warmen Wetter rasch verdampfen, hat es doch einen ganzen Tag Zeit. Von vorne, der Eimer muss direkt vor der Klappe abgestellt werden und das Brot muss auch weggeschafft werden.

»WENN …«

• • •

Zwanzig Durchläufe brauche ich, bis Bug endlich tut, was er soll, und das mit dem zur zehnten Stufe upgegradeten Skill Homunkulus. Außerdem habe ich als Programmierer viel Erfahrung in meinem alten Leben gesammelt, weswegen die Entscheidungsbäume kein Problem darstellen sollten. Wenn nur die Bedienung nicht so umständlich wäre! Moment, ich habe da doch noch etwas in der Hinterhand. Ich bin beim Waffentraining in Bexda sooft dem Tod von der Schippe gesprungen, dass ich dafür belohnt wurde.

Wo war das noch mal, ich scrolle in meinem Log, bis ich den Eintrag finde.

*Errungenschaft: Du hast deine Geschicklichkeit durch über-
menschliches Training um einen Punkt erhöht. Du hast
dein Leben, deine Gesundheit und dein Glück in die Waag-
schale geworfen, wurdest gewogen und für gut befunden.
Belohnung: +1 Pkt. Geschicklichkeit. Möglichkeit, einen
Skill nach deinem Wunsch zu modifizieren.*

»Ich wähle den Skill Homunkulus. Ich will mit einfachen Worten beschreiben können, was eine Puppe zu
tun hat.«

Wunsch entgegengenommen, Prüfung auf Machbarkeit.

Das ist neu. Ich hätte gedacht, ich würde jetzt vielleicht
mit Ibris sprechen oder mir Halvers Gejammer anhören
müssen, wie ungerecht meine Fähigkeiten sind, doch es
klingt so, als wenn ich mit einem Kontrollprogramm
sprechen würde. Gehört das zu dieser Welt? Bin ich
vielleicht nur in einer riesigen Simulation? Wenn das
hier wie ein Computerspiel ist, also ein richtiges, dann
könnte ich nach Bugs in der Programmierung Ausschau
halten. Jedes Spiel hat Fehler, administrative Zugänge,
Hintertüren, die Fehler im System oder der Welt
beheben. Doch wo fange ich an?

Skill Homunkulus wurde angepasst.

»Dann wollen wir mal sehen, was ihr gemacht habt«, sage ich laut zu niemand Bestimmtem. Ich muss zwar erneut die Benutzeroberfläche öffnen, doch statt Befehle mit WENN und DANN und andere Anweisungen einzutippen, spreche ich. »Bug, du wirst die kleine Klappe in der Tür im Auge behalten. Wenn jemand einen vollen Wassereimer und einen Laib Brot hindurchschiebt, nimmst du beides und bringst es zum Fenster. Dort legst du das Brot aufs Fensterbrett und leerst den Eimer durchs Fenster aus. Anschließend bringst du den Eimer zurück zur Tür, dorthin, wo er vorher stand, und versteckst dich.«

Ich habe zwar keinen vollen Wassereimer mehr, als ich aber genug mit einem Kissenbezug vom Boden aufwische und ihn anschließend über dem Eimer auswringe, reicht das, um Bugs Befehle auszulösen. Das Brot von vorhin habe ich ebenfalls noch nicht angerührt, also kann ich alles auf das Tablett legen. Beim Laufen verschüttet Bug zwar kein Wasser, aber das liegt daran, dass der Eimer diesmal nicht so voll ist. Gehorsam gießt er das Wasser aus dem Fenster und platziert das Brot auf dem Fensterbrett. Die vielen Möwen werden sich schon darum kümmern und wenn nicht, entsorge ich es eben selbst, wenn ich zurück bin.

Jetzt in der Nacht kann ich das Ergebnis meiner Modifikationen nicht testen, und morgen früh bin ich hoffentlich schon weit weg. Ich strecke mich, gähne und lege mich ins Bett. Der nächste Tag wird wahrscheinlich anstrengend, besser ich hole mir jetzt ein wenig Schlaf.

• • •

Die Nacht ist kein bisschen erholsam. Ich kann kaum schlafen, muss immer an Heli denken, und dass ich sie praktisch selbst ans Messer geliefert habe mit meiner überhasteten Entscheidung. Warum nur? Warum bin ich nicht vorsichtiger vorgegangen?

»Weil du dich selbst überschätzt hast! Die Sache mit der Drachenameise lief doch perfekt. Ehsan hattest du ebenfalls abgehakt, also dachtest du, du könntest jede Situation meistern. Bis dich Malik Kyros überrascht hat.« Die Stimme meines Vaters ätzt aus dem Off, aber recht hat er. Leider. Kaum läuft eine Zeit lang alles nach Plan, schon glaube ich, ich kann alles schaffen. Auf der Erde hat mich das früher bereits einiges gekostet, wenn auch nie ein Menschenleben. Aber selbst Robert Miller kann ich dazu zählen, ich dachte, ich hätte ihn auf meiner Seite, dass er das Geld seiner Familie in mein neues Projekt investiert und ich das Spiel aller Spiele erschaffen darf. Ich habe die Gier seiner Familie unter-schätzt und was das mit seiner Persönlichkeit gemacht haben dürfte. Nicht umsonst sind die Millers die erste Familie, deren Vermögen die Grenze von einer Billion überschritten hat. Sie blicken auf alle Milliardäre herab und können mit ihrem Geld nicht nur Entwicklungsländer kaufen, sondern auch hochentwickelte Industrienationen. Kein Wunder, dass selbst Staatschefs vor ihnen buckeln. Wenn sie wollen, können sie in jedem Land für so viele Arbeitslose sorgen, dass sie damit jede Regierung hinwegfegen.

Ein Flügelschlagen am Fenster holt mich aus meinen trübsinnigen Gedanken. Ein Vogel in rot-schwarzem Federkleid, der die typischen Merkmale einer Schwalbe wie den stromlinienförmigen Körper, den kurzen Hals und spitze Flügel aufweist, hockt dort.

»Hat es Silja also tatsächlich geschafft. Willkommen in meinem bescheidenen Heim, schnellster Flieger der Welt.« Der Vogel plustert sich auf und zwitschert begeistert. Er scheint mich wirklich zu verstehen und es würde mich nicht wundern, wenn er gerade mit seiner Kraft und Ausdauer prahlt. »Weißt du, warum du hier bist?« Eine Art Nicken zeigt mir, sie ist wirklich intelligent. Besonders, als sie mich von Kopf bis Fuß mustert und das mit einem Blick, der sich mit »im Ernst?« in Worte fassen ließe. »Ja, ich meine es ernst, aber keine Sorge, du wirst mich nicht in dieser Gestalt tragen müssen.« Ich nehme meine kleinste Wespe und halte sie hoch. »Das hier sollte nicht zu viel sein, oder?«

• • •

Meine Karte füllt sich rasant. Sicherlich, die Details fehlen, von hier oben, rund einem Kilometer über dem Erdboden, kann ich keine Einzelheiten erkennen, aber der Verlauf der Flüsse, die Berge, Städte und die kleinen Siedlungen, das wird alles eingezeichnet. Wir halten uns an die Küste und fliegen nun schon seit Sonnenaufgang direkt nach Norden. Der Mittag kommt und geht und auf meiner Karte kann ich erkennen, wie schnell wir uns Bexda nähern. Doch noch immer haben wir nicht einmal die Hälfte der Strecke geschafft. Am Nachmittag dagegen schon, aber wenn ich mich nicht täusche, gleitet die Phönixschwalbe immer länger und öfter dahin, um sich zu schonen, statt kraftvoll mit den Flügeln zu schlagen. Stunden vor Sonnenuntergang schlägt sie kaum noch mit den Flügeln und ich bemerke, dass sie schlicht eingeschlafen ist. Ein Auge offen, das andere geschlossen, ruht eine Gehirnhälfte aus, während die andere zumindest den Kurs hält.

Irgendwann, der Mond ist noch nicht aufgegangen, bemerke ich, wie das wache und das schlafende Auge wechseln. Ein paar Stunden später wechseln sie wieder und kurz vor dem Morgen noch einmal.

Auf der Karte sehe ich, dass wir nur noch einen Steinwurf von Bexda entfernt sind. Heute ist die Hochzeit. Zwar wurde bisher keine Uhrzeit genannt, doch ich vermute, die Eheschließung findet relativ früh statt, um die Kühle des Morgens zu nutzen. Am Tag folgt dann die ausschweifende Hochzeitsfeier.

Über dem Palast tippe ich der Phönixschwalbe in den Nacken und springe ab. Ich steige hoch oben aus der Wespe, was meine Fallgeschwindigkeit abrupt erhöht, aber keine hundert Meter tiefer segle ich in Bat über das Gebäude. Zuerst fliege ich zu meinem Zimmer, doch dort ist mittlerweile ein alter Mann untergebracht. Lilith schläft noch und anscheinend sind meine Eltern einem gemeinsamen Lager nicht zugeneigt. Zumindest kann ich von meinem Vater keine Spur entdecken. Ich kreise mehrmals um den Palast, schaue durch etliche Fenster, doch nicht bei allen befinden sich die Betten am Fenster, oder der Schläfer hat sich eine Decke über den Kopf gezogen. Bald gebe ich es auf, nach Malik Kyros zu suchen. Ich muss anders vorgehen, um meinen Vater zu finden.

Kapitel 13

Zuerst zieht es mich jedoch zu Bayla. Wo ihr Zimmer ist, weiß ich ja, und so segele ich durch das einen Spaltbreit geöffnete Fenster. Ich steige aus Bat und habe gerade genug Zeit, mich wie ein James-Bond-Bösewicht in den Sessel im Empfangsraum zu fläzen, ein Drehstuhl wurde bedauerlicherweise noch nicht erfunden. Ich wette, dass sie an diesem Tag nicht lange schlafen wird. Ich hätte ja bereits den Spion in seiner Kammer mit Schlafpulver ausschalten können, doch es ist keiner da. Anscheinend hält es der Malik nicht für nötig, sie heute noch beobachten zu lassen. Vielleicht stehen ihm aber auch nicht genug Spione für alle Gäste zur Verfügung und er hat von meiner Schwester seit ihrer Ankunft genug gehört.

Ich muss nicht lange warten, bis Bayla aus dem Bad kommt und ihre Kammerzofe wegschickt, um irgendetwas zu holen. Dabei hetzt sie sie an diesem besonderen Tag so sehr, dass sie beinahe ausgerutscht und gegen den Türrahmen gefallen wäre. Von Minu ist nirgends etwas zu sehen. Wunderbar. Bevor Bayla ihren Bademantel abstreifen kann, räuspere ich mich.

»Raduan! Was bei allen Göttern …?«

»Schwesterherz, hast du einen Moment Zeit für mich?«

»Was machst du hier? Alle sagen, Vater habe dich mit seinem Kristall nach Hause geschickt.«

Ich ignoriere die Frage. »Wo ist Heli?«

Bayla sieht zu Boden und schweigt eine Weile, bis sie den Kopf schüttelt. »Es tut mir leid«, murmelt sie.

»Was ist passiert?«

Sie sträubt sich, als wenn sie nach Worten suchen würde, dann erzählt sie es doch. »Vater war außer sich vor Zorn, als er erfahren hat, was du geplant hattest. Die Familie zu verlassen, ein Leben fern der Heimat zu führen ... Er musste ein Exempel statuieren.«

»Warum Heli?« Ich presse die Worte durch zusammengebissene Zähne hindurch.

»Weil er ihr die Schuld geben konnte. In seinen Augen wäre sein ›dummer Sohn‹ nie von selbst auf die Idee gekommen. Mutter hat auch sehr viel Ärger deswegen bekommen. Er hat sie nur aus dem Grund nicht sofort zur zweiten oder dritten Frau degradiert, weil ich dann ebenfalls meinen Platz in der Thronfolge verloren hätte und nicht mehr heiraten könnte. Ich wünschte, er hätte es getan.«

»Was ist mit Heli passiert?« Liliths Ärger ist mir einerlei. Mir schlägt das Herz bis zum Hals und nur unter äußerster Anstrengung unterdrücke ich meinen Zorn. Ich will nicht kopflos zuschlagen, ich muss meine Gefühle im Zaum halten und im Vollbesitz meiner geistigen Kraft Rache üben.

»Sie wurde zu Tode gepeitscht, vor aller Augen. Die Diener wurden gezwungen, zuzusehen, um sich das gut einzuprägen.«

»Und alles auf Befehl des Maliks? Vaters?«

Debuff: Zorn, Wirkung: -40 % Intelligenz, +30 % Impulsivität.

Ich habe gerade noch genug Geistesgegenwart, um mit Reinigung den Debuff zu entfernen.

»Ja, aus irgendeinem Grund wollte Mutter ihn davon abhalten, aber du kennst ihn ja. Sobald ich verheiratet bin und Persan entstanden ist, wird er Mutter wohl verstoßen.«

»Also ist niemand sonst als der Malik für Helis Tod verantwortlich?«

»Nun, der Folterknecht, der sie ausgepeitscht hat, hat auch noch einen gewissen Anteil daran, aber ansonsten, nein, nicht dass ich wüsste.«

»Wo ist Vater untergebracht?«

»Natürlich im Turm, er ist schließlich Ehrengast und der Malik von Eiban.«

In dem Moment öffnet sich die Tür und Bayla dreht sich von mir weg. Ich nutze die Gelegenheit und fliege aus dem Fenster davon. »Raduan?«, höre ich noch aus der Ferne.

Zum Turm ist es nicht weit, doch immer mehr Leute wachen jetzt auf, Diener eilen vermehrt durch Flure und Gänge. Ich fliege rasch zu dem Stockwerk, in dem Malik Ariarams Gemächer liegen, da ich vermute, dass auch mein Vater dort, wo die Sicherheitsvorkehrungen am strengsten sind, untergebracht wurde.

Durch ein Fenster spähe ich in ein Zimmer und entdecke ihn prompt, wie er gerade mit strengem Blick und hohntriefender Stimme die drei Diener niedermacht, die mit eingezogenen Köpfen vor ihm stehen. Das ist Malik Kyros, kein Zweifel. Leider sind zu viele Leute um ihn herum, um ihn jetzt und hier seiner gerechten Strafe zuzuführen. Neben den Dienern kann ich gerade noch eine gepanzerte Hand an einer Hellebarde und auf der anderen Seite das Schulterstück einer Rüstung erkennen. Seine Leibwache ist also auch da und im Zimmer verteilt. Ich wirke zur Probe eine Analyse, um zu sehen, gegen wen ich hier antrete.

Name:	Nail Issa
Klasse:	Level 51 Leibwächter
Fortschritt:	99 %
Gesundheit:	240 / 240
Manapunkte:	130 / 130
Energie:	270 / 270
Volk:	Mensch
wichtigste Skills	
Speerkampf	Rang 2 – Stufe 2
Schwertkampf	Rang 1 – Stufe 8
Einschüchterung	Rang 1 – Stufe 7
treffsicherer Hieb	Rang 1 – Stufe 7
Instinkt	Rang 1 – Stufe 6
Schildwehr	Rang 1 – Stufe 6

Und das hat er alles ohne Skillpunkte geschafft, Speer-kampf gar auf den zweiten Rang gehoben? Wie viele Jahre muss er tagein, tagaus trainiert, wie viel Erfahrung im Kampf gesammelt haben, um so ein hohes Level zu erreichen? Nein, selbst mit Ant bin ich mir nicht sicher, dass ich ihm, geschweige denn zwei von seiner Sorte gewachsen wäre. Zudem kann ich natürlich nicht sagen, ob es im Zimmer noch mehr Wachen gibt, von denen, die vor der Tür stehen, gar nicht zu reden. Und ich darf auch Vater nicht vergessen, er wird ebenfalls ein hohes Level haben.

Ich muss mir etwas anderes ausdenken, ihn in einem Moment erwischen, in dem er allein und verletzlich ist. Ich bekomme noch mit, dass die Hochzeitszeremonie in zwei Stunden beginnen soll, also dann, wenn die Kühle der Nacht noch nicht verflogen ist, aber die Sonne schon die Tautropfen zum Funkeln bringt. Vater hat für diese poetische Beschreibung eines Dieners keinen Kommentar übrig. Dafür macht er sich, als er die Nach-richt erhält, dass der Malik Ariaram mit ihm zu speisen wünscht, sofort auf den Weg zum Herrscher von Pers.

Ich fliege los, drehe eine Runde um den Palast. Lange kann ich in Bat nicht mehr bleiben, ohne dass die Panzerfledermaus auffällt. Sie ist jetzt schon zu spät unterwegs für diesen Nachtjäger, was ich auch an den überempfindlichen Augen bemerke. Bevor ich jedoch die Puppe wechseln kann, erregt eine laufende Gestalt meine Aufmerksamkeit. Ich muss zweimal hinschauen, um Ehsan zwischen den Ställen zu erkennen. Was macht der Kerl so früh hier draußen?

Ich drehe ab und halte auf das Gebäude zu, in das er verschwunden ist: der Pferdestall der Reiterei. Das Dach hat viele Öffnungen, damit sich die Hitze nicht staut und die Pferde es angenehm haben. Regen ist eher selten im Sommer und so dient das Dach vorrangig als Schattenspender, denn als Regenschutz. Ich lande auf den Ziegeln, wechsle in Spider und krabbele hinein. Mal sehen, was hier los ist.

»Die Hochzeit steht unmittelbar bevor. Wenn wir sie nicht aufhalten, ist alles vorbei und die Kyros übernehmen die Macht!« Ehsan steht aufgeregt vor zwei mir unbekannten Männern, die auf Heuballen sitzen und eher gelangweilt aussehen. Es sind nur drei Pferde im Stall, dabei gibt es hier Dutzende Boxen. Die Männer, oder eher jungen Burschen, sind jedoch ähnlich wie er gekleidet und dürften somit ebenfalls Adlige sein. Eine rasch gewirkte Analyse sagt mir alles. Ehsan Ksersa steht neben seinen jüngeren Brüdern Mirijan und Peroz. Peroz hat gerade erst das vierzehnte Level eines Aristokraten erreicht und ist wohl kaum älter als fünfzehn, also ungefähr meine Gewichtsklasse.

Als Nesthäkchen scheint er auch am wenigsten Biss zu haben, immerhin sieht er desinteressiert aus und blickt lieber aus der halboffenen Stahltür hinaus, als würde er sich dringend von hier wegwünschen. Durchaus nachvollziehbar, denn als Neffe des Maliks ist er als Thronfolger weit abgeschlagen, aber dann hat er auch noch zwei ältere Brüder, die lange vor ihm mit der Thronbesteigung dran wären. Es müsste schon sehr viele Unfälle geben, damit er selbst Malik werden könnte.

»Und wenn wir vor der Trauung einen Attentäter losschicken, der Malik Kyros oder, wenn das nicht geht, die Braut erledigt? Notfalls reicht es aber auch schon, wenn er einige Gäste umbringt, damit sollte die Hochzeit abgesagt werden.«

»Du bist so ein Idiot, Mirijan, wer soll denn diese Selbstmordmission ausführen? Und wenn der Attentäter gefangen genommen wird, werden alle Finger auf uns zeigen. Glaub ja nicht, dass der Kerkermeister ihn nicht zum Sprechen bringen wird.«

»Selber Idiot! Ich habe einen Mann, dessen Geist von Pilzen so vernebelt ist, dass er alles tut, was ich ihm sage, wenn er nur einen weiteren Beutel seines geliebten Rauschmittels bekommt. Er kennt weder mein Gesicht noch meine Stimme. Ich kann sofort in die Stadt laufen und ihn in den Palastbezirk schmuggeln.«

»Natürlich, und an den Gardisten vorbei, die jetzt die Torwache übernommen haben.« Ehsans Spott wird von seiner Hand unterstrichen und eine Backpfeife erschallt. Mirijan läuft vor Wut rot an, doch wagt er es nicht, etwas gegen seinen Bruder zu unternehmen.

»Was, wenn wir die Speisen vergiften? Ich habe noch eingelegten Kampfrötling.«

Erneut verabreicht Ehsan seinem Bruder eine saftige Ohrfeige. »Bist du von allen guten Geistern verlassen? Mutter ist auch bei dem Bankett zugegen und sie ist schwanger. Dein Kampfrötling ist ein schwacher Giftpilz, der nur für ältere Menschen, besonders junge und eben Schwangere gefährlich ist. Womit nur habe ich euch als Brüder verdient!«

»Warum inszenieren wir keinen Unfall? Malik Kyros hat als Mitgift einen Zwergzyklopen mitgebracht. Malik Ariaram will ihn noch vor der Hochzeit töten, damit er sein Level steigern kann. Wir schwächen die Ketten, die den Zyklopen binden und wenn wir Glück haben, tötet er gleich beide Maliks.« Der jüngste Bruder hat beschlossen, sich in das Gespräch einzuschalten.

»Woher weißt du das?«

»Zwei Gardisten, die für die Sicherheit zuständig sind, haben sich darüber unterhalten.«

»Und sie wurden nicht misstrauisch, als du gelauscht hast?« Ehsan tritt aufgeregt von einem Fuß auf den anderen, aber so ganz scheint er der Sache noch nicht zu trauen.

Peroz lacht gezwungen. »Mich bemerkt niemand, ich bin nur der Letztgeborene der Ksersas und kaum eines zweiten Blickes würdig.«

So wie Ehsan seinen Bruder nun ansieht, scheint er Peroz ganz neu zu beurteilen. Die Idee mit dem Zwergzyklopen ist tatsächlich nicht schlecht, es könnte funktionieren, wenn sie vorher klären, wie sie seine Ketten sprengen wollen. In mir reift ein Entschluss: Ich werde dem Trio helfen. Nicht weil ich ihnen einen Gefallen erweisen möchte, sondern weil sie genau das tun, was ich vorhabe. Besser alles zeigt auf sie, statt auf mich. Und der Herrscher von Pers ist mir nun wirklich einerlei, solange nur Malik Kyros stirbt.

Kapitel 14

Die drei Brüder agieren auffällig, viel zu auffällig. Zwar hat noch keiner der Palastwachen oder Gardisten Verdacht geschöpft, immerhin reden wir hier von drei adligen Burschen, die sowieso nur Unsinn im Kopf haben, aber lange kann es nicht mehr dauern.

Zuerst laufen sie zielstrebig in den Palast, schicken einen Diener aus, eine Feile zu besorgen, einen anderen, Säure. Ich bin nicht überrascht, dass keiner nachfragt, sondern einfach die Befehle ausgeführt werden, doch es würde mich nicht wundern, wenn derjenige, der für das Lager verantwortlich ist, bei den recht speziellen Wünschen doch misstrauisch werden würde. Ich folge dem zweiten Diener mit Spider an der Decke, um den dreien nicht beim Warten zusehen zu müssen, und weil ich wissen will, was geschieht.

Der Mann läuft die Treppe hinunter, tiefer und tiefer in den Keller des Palastes. Doch jetzt kommt ihm ein ganzer Strom von Männern und Frauen entgegen oder reiht sich hinter ihm ein. Manche versuchen zu überholen, doch sofern ihr Rang nicht höher als der der anderen Diener ist, werden sie mit Fäusten rasch zurück auf den Boden der Tatsachen geholt. Den zuerst Ausgeschickten sehe ich auch, nur drei Leute trennen ihn von dem, der die Säure besorgen soll.

Die Schlange rückt relativ zügig voran, und als wir den hundert Meter langen Gang tief unter der Erde endlich hinter uns haben, sehe ich auch warum. Eine Vorhalle mit einem gigantischen Tresen empfängt diejenigen, die hier etwas holen müssen. Fünfzehn Bedienstete stehen dahinter und sobald sie den Wunsch eines Dieners erfahren, rennen sie durch eine der sechs Türen in ihrem Rücken davon und kommen alsbald zurück. Nur zweimal sehe ich, wie am Tresen gestritten und diskutiert wird, weil offenbar ein Wunsch nicht erfüllt werden kann. Wie sie bei diesem Chaos verhindern wollen, dass jemand stiehlt, ist mir absolut unbegreiflich.

Ich kann den beiden nicht bis zum Tresen folgen, dafür ist der Raum hier zu hell erleuchtet, und so bleibe ich an der Decke knapp hinter dem Eingang sitzen. Doch die zwei werden genauso rasch abgefertigt wie alle anderen auch. Ich vermute, bei der Hektik fragt keiner zweimal nach, warum Säure oder eine Feile bei einer Hochzeit gebraucht werden. Sie sind einfach froh, zwei Bittsteller zufriedengestellt zu haben.

Selbst auf dem Rückweg weichen die Diener nicht vom direkten Weg ab und melden auch keinem Spion oder einer Palastwache, dass sie sonderbare Wünsche erfüllen sollen. Ehsan und Mirijan nehmen kommentarlos das Verlangte entgegen und die zwei Diener verschwinden im Strom ihrer Kollegen.

Dafür verhält sich das Trio mehr als auffällig, als sie als Einzige, die nicht der Dienerschaft angehören, das beständige Kommen und Gehen stören und sich so rabiat durch eine Gruppe von Männern mit Blumensträußen drängen, dass zwei Vasen scheppernd zu Boden fallen.

Den dreien ist wirklich nicht zu helfen, sie können sich nicht aus ihrer privilegierten Stellung lösen und benehmen sich weiterhin wie der sprichwörtliche Elefant im Porzellanladen. Hinter ihnen wird aufgeräumt und überall, wo sie auftauchen, stockt das geschäftige Treiben der Diener und Dienerinnen. Ich komme aus dem Kopfschütteln nicht heraus, aber gleichzeitig kümmert sich tatsächlich niemand um das Benehmen der drei Trottel. Niemand scheint etwas anderes von ihnen zu erwarten. Vielleicht wird der Anschlag auch genau deswegen gelingen. Kein Attentäter würde so auffällig vorgehen.

Vom Erdgeschoss aus geht es erneut in die Tiefe, doch diesmal im südlichen Teil des Palastes. Hier ist es viel ruhiger, da weder das Lager noch der Hauptausgang sich in der Nähe befinden. Wir erreichen über eine breite Treppe das erste Untergeschoss, doch Ehsan und seine Brüder eilen daran vorbei und stoppen erst beim dritten Untergeschoss. Sie treten aus dem Treppenhaus und ich bin froh, dass hier die Türen offenstehen, sonst hätte ich ein Problem, ihnen weiter zu folgen. Es geht einen kurzen Gang entlang, der mit Kristallen beleuchtet wird, und am Ende stehen vier Gardisten vor einer genieteten Metalltür. Gelangweilt blicken sie die drei Neuankömmlinge an.

»Macht auf, wir wollen den Zwergzyklopen sehen!«

»Das geht nicht, der Malik hat es untersagt.« Der jüngste und, wie ich nach einer Reihe Analysen weiß, schwächste Gardist tritt den drei Brüdern mutig in den Weg.

Bevor jedoch Ehsan, der gerade tief Luft holt, eine Erwiderung von sich geben kann, winkt der Anführer der vier Wachen seinen Untergebenen zur Seite, macht selbst den Weg frei und entriegelt die Tür. »Macht schnell, der Malik kommt bald und dann solltet ihr nicht mehr hier sein.«

»Danke, Shervin, auf dich ist immer Verlass.« Ehsan klopft dem Mann gönnerhaft auf die Schulter und lässt klimpernd einige Goldmünzen in dessen offene Hand fallen. Die drei Untergebenen bekommen je eine und er selbst behält zwei. Der Jüngste will aufbegehren, doch er erhält einen derart eisigen Blick von seinem Vorgesetzten, dass er stumm sein Schweigegeld einsteckt.

Mit hinein sollte ich hier definitiv nicht. An der Decke kann ich mich nur etwas weiter weg bewegen, wenn ich nicht entdeckt werden will. Selbst wenn sie mich als Waldschreck sehen sollten, dürften sie sich wegen einer tellergroßen Spinne kaum die Mühe machen, mich zu jagen. Ich wäre eher ein Fall für den Kammerjäger als

für einen Gardisten. Doch wenn ich zu nahe komme …
Ein schneller Schwertstoß und das war's dann.

Die Minuten vergehen, ohne dass die drei zurück-
kommen, und ich blicke immer wieder nervös von den
Gardisten zu der Tür. Eine geschlagene halbe Stunde
vergeht, bis es klopft und die Gardisten dem breit
grinsenden Ehsan die Tür öffnen. Hinter ihm steht der
nicht weniger zufriedene Mirijan, und dahinter Peroz,
dessen Kleidung Löcher aufweist. Säurespuren, auf
einen Blick zu erkennen. Einfaltspinsel, Nichtskönner!
Spätestens jetzt dürften die Gardisten misstrauisch
werden. Wenn dem Malik etwas passiert, sind es ihre
Köpfe, die rollen, das sind die fünf Goldtaler nicht …

»Ich hoffe, ihr hattet euren Spaß. Beeilt euch lieber,
wenn ihr nicht gesehen werden wollt.« Der Anführer
spricht herablassend, doch keiner der drei geht auf
den Ton ein. Dafür rennen sie mehr davon, als dass sie
schreiten würden. Einige Minuten herrscht Schweigen,
dann hält es eine der Wachen nicht mehr aus.

»Was sollte das? Ich gehe nachsehen und …«

In diesem Moment treten zwei Gardisten aus dem
Treppenhaus, dahinter folgen Malik Ariaram und Malik
Kyros und am Ende noch einmal vier schwer gepanzerte
Gardisten. Ich kann nicht anders, ich muss einfach
wissen, was hinter der Tür passieren wird. Ich lasse mich
fallen und klammere mich an den Metallharnisch des

letzten Mannes. Er bemerkt das winzige Extragewicht nicht und marschiert einfach weiter.

»Bericht!«, bellt der neue Gardist seine Kollegen vor der Tür an.

»Wie erwartet ist Ehsan Ksersa mit seinen Brüdern Mirijan und Peroz zum Zwergzyklopen hineingegangen.«

»Und ich dachte, sie würden versuchen, das Hochzeitsessen zu vergiften. Lasst dennoch für alle Fälle den Tierbändiger mit dem Giftmungo durch die Küche laufen.« Malik Ariaram selbst gibt die Anweisungen. »Machen Euch Eure Familienmitglieder auch so viel Arbeit?«, fragt er an meinen Vater gewandt.

»Nein. Einer wagte es vor zwanzig Jahren, einen Anschlag auf mein Leben zu unternehmen. Ich habe ihn vor den Augen aller hinrichten lassen, seitdem gab es keine weiteren Versuche.«

»Ich erinnere mich an den Bericht. Er wurde langsam in Öl gebraten und seine Überreste an Goblins verfüttert, nicht wahr? Sein Geschrei soll im ganzen Palast zu hören gewesen sein. Eure Grausamkeit sucht ihresgleichen, Malik Kyros.« Der freundliche Ton passt so gar nicht zu den Worten.

»Auch Euch würde ein härteres Durchgreifen einiges ersparen.«

»Aber wo bliebe das Vergnügen? Und so dumm, wie sie sich anstellen, weiß ich zumindest, dass ich sie auf keinen Fall meinen Thron erben lasse.«

Die Maliks lachen und auch die Gardisten müssen schmunzeln. Dabei öffnen sie die Tür und alle treten nacheinander über die Schwelle. Ich lasse mich drin zu Boden fallen und krabbele eilig die Wand hinauf. Dies ist keine kleine Zelle, es ist eine natürliche Höhle, zwanzig Meter hoch, fast siebzig im Durchmesser und trotzdem kann der Zwergzyklop nur kauern, da er auch so schon mit dem Kopf an die Decke stößt. Wenn er noch größere Artgenossen hat, wie groß werden die, bitteschön? Der Zyklop ist in dicke Ketten geschlagen und scheint darüber hinaus betäubt worden zu sein und nichts von seiner Umgebung wahrzunehmen.

»Möchten sich Eure Männer nicht den meinen anschließen, Malik Kyros? So ein prachtvolles Geschenk möchte ich gerne mit Euch teilen.«

Mein Vater verneint knapp, doch Malik Ariaram besteht darauf. Also treten endlich auch die zwei letzten Gardisten vor, und jetzt erst bemerke ich, dass sie das Wappen meiner Familie tragen.

Als Gefolgsleute des Kyros' werden sie einen guten Teil ihrer Erfahrungspunkte an den Malik weitergeben, so wie die Männer des Ariaram an ihren Herrn. Vielleicht halten sie sogar vor dem tödlichen Streich inne und überlassen den letzten Schlag den Maliks. Leveln fast ohne Risiko.

Ich krabbele zum Zyklopen, lasse mich an seinem fettigen Haar herunter, steige immer tiefer und begutachte unten die dicken Ketten an den Füßen. Ich erkenne Kratzspuren der Feile. Nach der Bearbeitung der Oberfläche scheinen die Brüder die Säure draufgegossen zu haben. Dadurch fraß sich die Säure tatsächlich bis zur Mitte durch. Kein Wunder, dass sie so zufrieden ausgesehen haben.

»Was ist mit den Ketten, wie weit haben es meine unfähigen Neffen geschafft, sie zu beschädigen?«

»Bis zur Mitte. Zusätzlich haben sie eine Flasche mit Reinigungsessenz an seinen Rücken geklebt, die bei der kleinsten Bewegung zerbricht und deren Inhalt den Zwergzyklopen für Debuffs kurzfristig unempfindlich macht. Wenn er aufwacht, könnten wir ihn deshalb nicht erneut betäuben oder schwächen«, antwortet ein Gardist und hält eine Flasche hoch. Dieser Teil des Plans der drei ist also ebenfalls nicht aufgegangen. Rasch ziehe ich mich wieder zurück und krabbele eilig zur Decke. Von oben sehe ich, wie die Gardisten alles prüfen und den Malik vom Gefundenen unterrichten.

»Also hätte der Versuch tatsächlich zum Erfolg führen können. Ich bin beeindruckt, sie haben sich in den letzten Jahren wirklich gemacht.«

»Jetzt wäre die Zeit, ein Exempel zu statuieren.« Mein Vater mal wieder.

»Ich habe lieber diese unfähigen Bengel vor mir und erkenne jeden ihrer traurigen Versuche, statt sie ins Verborgene zu treiben!« Der Herrscher von Pers zeigt zum ersten Mal eine Spur von Ungeduld. Er winkt seinen Gardisten und die schlagen zwei neue Ketten um die Knöchel des Zyklopen. Im Gegensatz zu den beschädigten sind die neuen kaum einen Finger dick. Und das soll halten? Ich wirke eine Analyse.

Die Ketten des Hornbergs. Diese göttergeschmiedeten Ketten sind unzerstörbar und wurden speziell zum Binden von Monstern geschaffen.

Mit dem ersten Schlag der Gardisten wacht der Zyklop aus seiner Bewusstlosigkeit auf und sieht sich brüllend um. Sofort werfen Gardisten zerbrechliche Glaskugeln auf ihn und alchemistische Lösungen ergießen sich über seine Haut. Die Debuffs daraus schwächen den Mob, er wird langsamer und schwerfälliger. Vier Gardisten stehen um ihn herum, zwei mit Hellebarden, zwei mit Schwertern, und hacken und stechen auf ihn ein. Immer wenn die Debuffs nachlassen, werfen die unbeteiligten Gardisten neue gefüllte Glaskugeln.

Der Zwergzyklop hat keine Chance, die Männer wissen genau, was sie tun und lassen ihm keine Möglichkeit zur Gegenwehr. Das orange Blut fließt bald in Strömen, doch Rillen am Boden leiten es zu Abläufen. Ich kann sogar sehen, dass Fässer dort aufgestellt wurden, die alles auffangen, was hinunterfließt.

Blut eines Zwergzyklopen. Es wird in der Alchemie
und der Magiewerkstatt gebraucht.

Mich würde es nicht wundern, wenn am Ende noch einige Metzger vorbeikommen, um den Mob in seine Einzelteile zu zerlegen, damit auch wirklich noch das kleinste bisschen verwendet wird.

Die Gesundheitsleiste des Zyklopen leert sich immer weiter, bis von den stattlichen zehntausend HP nur noch zehn übrig sind. Die Sehnen in den Armen, Beinen und Nacken zerschnitten, kann der Mob sich nicht mehr rühren. Die Gardisten treten einen Schritt von ihm weg und sie atmen nicht einmal schwer. Lediglich ein wenig Schweiß läuft ihnen über die Stirn und wäscht das orange Blut etwas herunter. Ihre Kameraden reichen ihnen Tücher und dankbar wischen sie sich die Gesichter notdürftig sauber. Selbst Wassereimer stehen bereit, aber solange der Zyklop nicht endgültig tot ist, lassen sie den Mob nicht aus den Augen.

»Malik Ariaram, es gibt ein Problem!« Ein Diener drängt in die Höhle. Er ist im Gegensatz zu den meisten anderen in kostbare Gewänder gekleidet und hat somit eine hohe Stellung inne. Anders hätte er es wohl auch nicht gewagt, den Malik zu stören.

»Was ist geschehen?«

»Der Herrscher von Parthi ist mit seinem Gefolge überraschend eingetroffen.«

»Parn Urud ist hier?« Der Malik lässt das bereits für den finalen Schlag ergriffene Schwert zu Boden fallen, dreht sich zu seinem Diener und fasst diesen bei den Schultern. »Was *will* er hier?«

»Ich ... ich weiß es nicht. Er bringt viele Geschenke für die Hochzeit, seine besten Grüße und ...«

»Und wir können ihn nicht einfach rauswerfen, wenn wir keinen Krieg mit Parthi wollen!« Das Letzte brüllt der Malik. Er mag seinen Herrscherkollegen wohl wirklich nicht. Von Elyar weiß ich, dass der direkte Nachbar Parthi in ständiger Konkurrenz zu Pers steht. Das Reich ist nur unwesentlich kleiner, ungefähr gleich wohlhabend und stark und seit Jahrzehnten versuchen sie sich gegenseitig beim Imperator anzuschwärzen. Wenn Pers und Eiban sich zu Persan zusammenschließen, wird Parthi das ganz sicher nicht gefallen. Hier gibt es so viele Parteien, die die Hochzeit verhindern wollen, dass ich mich eigentlich bequem zurücklehnen und zuschauen könnte. Doch ich will Rache, Rache für Heli.

»Dann werde ich ihn begrüßen.« Malik Ariaram wendet sich zur Tür. »Bringt es zu Ende, Malik Kyros!«, ruft er über die Schulter und ist auch schon verschwunden. Nur mein Vater mit seinen beiden Gardisten ist jetzt noch hier. Die Männer schauen überaus nervös zum Zyklopen. Dessen Regeneration hat ihm zwar an die hundert Gesundheitspunkte wiederhergestellt, doch er ist meilenweit davon entfernt, zu kämpfen.

»Malik Kyros, die Sache gefällt mir nicht. Was, wenn das nur eine List ist, um Euch alleine bei dem Zyklopen zurückzulassen?«

Mein Vater blickt misstrauisch vom Mob zu seinem Untergebenen und zeigt dann mit dem Schwert auf den Zyklopen. »Erledige ihn, dann gehen wir.«

Das ist meine Chance. Ich presse zweihundert Manapunkte in die Heilung des Zyklopen, um seinen Arm wiederherzustellen. Das sollte den ersten Gardisten beschäftigen. Ant wird den zweiten ablenken und ich höchstpersönlich werde Malik Kyros den Dolch ins Herz stechen. Ich muss mich nur fallen lassen. Eins ... zwei ...

Kapitel 15

Habt Ihr schon entschieden, ob die Dienerin Eures Sohnes sterben soll?«, fragt der erste Gardist beiläufig, während er auf den Zyklopen zuschlendert.

»Nein. Einerseits lässt sich an ihr hervorragend ein Exempel statuieren. Wenn ich sie vor aller Augen zu Tode peitschen lasse, wird das den Dienern eine Lehre sein. Andererseits ist sie ein sehr gutes Druckmittel gegen meinen Sohn – mir gefällt nicht, was mir über ihn berichtet wurde. Er soll den Segen des Kyros' erhalten haben, er hat sich um die von Pers festgesetzten Soldaten gekümmert und sich ihre Loyalität gesichert. Er hat sogar Gold für die Hinterbliebenen der Soldaten von Pers gespendet. Wo er geht und steht, schafft er sich Verbündete, und das unter den richtigen Leuten. Was hat er vor? Will er all seine Brüder und Schwestern loswerden, um irgendwann den Thron zu besteigen?«

»Dafür müsste er auch die Eheschließung von Bayla und Arasch verhindern, aber Ihr habt ihn nach Eiban teleportiert und somit ausgeschaltet.«

»Das habe ich und dennoch hat mir meine Hexe heute Morgen gesagt, dass die Gefahr durch ihn nicht gebannt ist.« Vater dreht sich vertraulich zu seinen loyalsten Kriegern. »Unterschätzt niemals den Segen des Kyros', er kann einen Mann grundlegend ändern und einen unbedeutenden Wurm in einen Drachen verwandeln.«

Heli lebt? Aber ihr Faden der Loyalität ist nicht da, wie …? Haben sie doch ihren Glauben an mich gebrochen? Ich brauche Antworten, und das sofort. Ich lasse mich fallen, wechsle rasch die Puppen und steige in Flow – sicher ist sicher. In der Puppe nehme ich meine eigene Gestalt an, während ich gleichzeitig Ant aus dem Speicher ziehe und sie fernsteuere.

»Heli lebt also noch, Vater?«

Alle drei drehen sich abrupt zu mir um und starren mich ungläubig an. »Es heißt Malik Kyros«, verbessert mich mein Vater.

»Ich frage dich noch einmal: Heli lebt?« Ich duze ihn unverfroren, was ihm sogleich die Zornesröte ins Gesicht treibt.

Beide Gardisten stellen sich zwischen ihren Herrscher und Ant, und nervös blicken sie immer abwechselnd auf die Drachenameise und hinter sich zu dem reglosen Zyklopen. Der regeneriert sich weiterhin nur langsam, aber ich bin bereit, dem Mob einen ordentlichen Energieschub zu verpassen. Notfalls lasse ich Bat mit meinen wirkungsvollsten Heiltränken direkt in seinen Mund fliegen.

»Junge, ich habe keine Zeit für Nebensächlichkeiten.«

Der Malik will zur Tür, doch ich lenke Ant dorthin und lasse sie mit den Beißwerkzeugen malmen. Die

Drohung wirkt, der Malik bleibt abrupt stehen. »Weißt du, es gab zwei Drachenameisen, eine ist vom Weißrichter Höhlenbeißer gefressen worden, doch die andere konnte ich meinem Willen unterwerfen. Doch lenk mich lieber nicht ab, ansonsten könnte ich die Kontrolle über sie verlieren und zurzeit beschäftigt mich die Frage, wo Heli ist, wirklich sehr.«

»Sie ist in Sicherheit, unversehrt und weit außerhalb deiner Reichweite.«

Ant springt vor, verbeißt sich im Schild des einen Gardisten, entreißt es ihm und ist in der nächsten Sekunde schon wieder außerhalb der Reichweite seines Schwertes. »Wo ist Heli? Du solltest wissen, dass du nur deshalb noch lebst, Vater, weil ich in letzter Sekunde gehört habe, dass ihr über sie gesprochen habt. Bayla behauptete, du hättest sie zu Tode peitschen lassen.« Verrate ich hier meine Schwester? Absolut! Sie hat mich getäuscht und nichts Besseres verdient. Von mir aus soll sie in der Hölle verrecken! Mir so eine Lüge aufzutischen, nur damit ich die Hochzeit in letzter Sekunde verhindere ... Wahrscheinlich erhofft sie sich, dass ich brüllend vor Wut bei den Feierlichkeiten erscheine und mich mit Dolchen bewaffnet auf unseren Vater stürze. Nur um, wenn ich dann überwältigt werde, in Ohnmacht zu fallen oder was auch immer zu improvisieren, damit sie der Zwangsehe entgeht. Wäre nicht ausgerechnet ich das Bauernopfer, hätte ich sogar Verständnis dafür.

»Bayla?« Vater lacht schallend. »Ja, sie sträubt sich schon die ganze Zeit, hat tausend und einen Grund aufgeführt, warum es für Eiban wichtig sei, unabhängig zu bleiben.« Er schüttelt amüsiert den Kopf. »Dabei weiß ich doch längst, dass sie in ihre Kammerzofe verliebt ist und einfach nur keinen Mann heiraten will. Als Malikania ist das aber nun mal ihre Bestimmung. Wir müssen uns alle an die Regeln halten und das tun, was das Beste für die Familie ist.«

»Wenn du meinst.« Ich habe wenig Verständnis für seinen Frohsinn. »Wo ist Heli? Langsam werde ich ungeduldig.«

Im nächsten Moment fliege ich durch die Luft. Es geht so schnell, dass ich den Angriff nicht kommen sehe. Wieder einmal habe ich mich selbst überschätzt, ich hätte eine Wespe auf meiner Schulter platzieren sollen, um meinen Rücken zu decken. Nachher weiß man es immer besser, es vorher zu erkennen, das ist die Kunst. Ich krache gegen die Wand.

Aufprallschaden: -100 HP.

Debuff Schwindel, Wirkung: Orientierungslosigkeit, Dauer: 3 Minuten.

Ohne Flow wäre ich tot. Bei lediglich fünfzig eigenen Hitpoints hätte der Schaden locker gereicht, um mich gleich zweimal umzubringen. Ich schaue zur Tür. Zwei weitere Gardisten der Kyros' stürzen sich gerade auf

Ant, die sich ohne meine Führung nicht rührt. Den Debuff kann ich jetzt gar nicht gebrauchen. Bevor ich in der Lage bin, Ant zu steuern, muss ich mich allerdings reinigen. Alle Augen sind auf die Drachenameise gerichtet, also wechsle ich rasch die Gestalt. Raduan ist zu schwach und seine Kurzsichtigkeit hinderlich für die Entfernung. Am liebsten würde ich Gol Kalb imitieren. Als Krieger auf Level 42 wäre er in dieser Situation viel besser geeignet. Aber ich habe ihn nie mit Flow berührt und unsere kurze Begegnung reicht für die Verwandlung in ihn wahrscheinlich nicht aus. Außerdem ist er ein netter Kerl und wenn ich hier in seiner Gestalt wüte, wäre das seiner Karriere sicher nicht zuträglich. Dann imitiere ich doch lieber den namenlosen Attentäter, der mich in der Bibliothek angegriffen hat.

Das bekannte Ziehen und Strecken an meinem Körper dauert nur wenige Sekunden und hinterher habe ich zumindest an seiner Wahrnehmung nichts auszusetzen. Seine Augen sind exzellent und auch sein Gehör ist scharf und klar. Endlich bin ich bereit und Ant erwacht wieder zum Leben, beißt zu, sprüht Feuer und Säure. Zwei der Gardisten erwische ich damit vollkommen unvorbereitet und sie stolpern mit schwersten Verletzungen zurück.

»Raduan! Stopp!«, brüllt mein Vater und dreht sich zu mir um. Doch nun steht ein unbekannter Mann vor ihm und die zwei unversehrten Gardisten müssen jetzt zwischen Ant, dem Zyklopen, der gerade zum ersten Mal zuckt, und der neu aufgetauchten Gefahr abwägen.

»Malik, es sind zu viele Gegner, wir müssen uns zurückziehen!«

»Wir sollen vor meinem Sohn den Schwanz einziehen?« Trotz seiner Rede über den Segen des Kyros' und wie gefährlich mich dieser machen kann, kann er sich zu einer Flucht vor mir nicht durchringen.

Und ich will das auch nicht, er soll mir endlich eine Antwort auf meine Frage geben! Erneut führe ich Ant in einen Sturmangriff, obwohl ihr Chitinpanzer schon etwas in Mitleidenschaft gezogen wurde. Die beiden Gardisten wehren die Säure aber mit ihren Schilden ab. Das Metall dampft und zischt, ich lasse Ant vorspringen, mit ihren scharfen Zangen nach ihnen schnappen und alles zerbeißen, was in ihrer Reichweite ist. Damit treibe ich die beiden weiter zurück – in die Richtung des Zyklopen. Mir entgeht nicht, dass dieser mit seinem einen Auge auf die sich nähernden Gardisten linst und auf seine Gelegenheit wartet. »Gebt auf, Malik Kyros, nennt mir den Ort, an dem die Dienerin Eures Sohnes festgehalten wird und Ihr werdet leben.«

Vater, der zwischen all den Gefahren in der Mitte steht, schiebt seinen Fuß unter das Schwert, das er fallen gelassen hatte. Er tritt von unten gegen den Knauf, packt den Griff und schleudert mir in einer fließenden Bewegung die Waffe entgegen. Haarscharf saust sie an mir vorbei und hätte der Attentäter nicht so schnelle Reflexe, wäre ich jetzt hinüber.

»Hat Euch niemand gesagt, dass Ihr niemals eine Waffe werfen dürft, wenn Ihr keine zweite habt?« Ich drehe mich rechtzeitig zurück, um zu sehen, wie Malik Kyros mit erhobener Faust auf mich zugeflogen kommt. Mal im Ernst, ich sollte mir dieses überhebliche Getue abgewöhnen. Was für Skills hat dieser Mann, dass er sich so schnell bewegen kann? Mein Übermut kostet mich genug Gesundheit, um Flow ernsthaft zu beschädigen. Ich presse so viel Mana in meinen Heilungsskill, wie ich kann, und leite die Wirkung auf meine Puppe. Das leert zwar meinen Manavorrat auf ein Viertel, aber es geht nicht anders. Ant werde ich so allerdings nicht mehr lange mit Magiefäden steuern können. Immerhin verbraucht auch sie alle zehn Sekunden einen Manapunkt. Es sei denn natürlich, ich minimiere ihren Hunger. Meine schönen Skillpunkte …

Skill Magiefäden verbessert, Rang 1 – Stufe 10.
Verbinde deine Magiefäden mit einem Objekt deiner Wahl und
bewege es aus der Ferne. Du kannst zehn (10) Magiefäden erzeugen.
Kosten: 1 MP alle zwei Minuten.

Damit ist Ant vorerst weiter im Spiel und mit der doppelten Menge an Magiefäden kann ich sie besser steuern. Doch die Gardisten setzen ihr trotzdem hart zu. Die Männer sind kampferprobt, ich dagegen bin ein Anfänger. Selbst mit einer Drachenameise komme ich, wenn ich mir nichts einfallen lasse, auf Dauer ins Hintertreffen. Außerdem kostet mich jeder Angriff mit Säure und Feuer weitere Manapunkte. Ich muss das hier rasch beenden. Was kann ich noch in die Schlacht werfen? Bat? Meine Wespen? Ich werde jetzt nicht daran denken, wie sehr mir Turtle fehlt, nein, das werde ich nicht!

Meine Wahl fällt auf Bat und ich schleudere die Panzerfledermaus aus dem Nichts auf meinen Vater und lasse sie eine Salve Giftdornen schießen. Doch der verfluchte Mistkerl wehrt nicht nur die Geschosse ab, er kommt mir wieder näher und ich muss ihn ablenken. Also lasse ich Bat um ihn herumfliegen und visiere stattdessen die Gardisten an. Das breite Grinsen auf meinem Gesicht lässt den Malik innehalten. Er wirft einen schnellen Blick zurück und erkennt die Gefahr für seine Männer.

»Achtung! Die Panzerfledermaus spuckt Dornen!«, schreit er.

Die Gardisten sehen auf, reagieren sofort, indem sie in einer gemeinsamen Bewegung Ant abblocken und sie weit zurückschleudern. Durch den gewaltsamen Stoß stolpern sie jedoch selbst zwei Schritte nach hinten und die Hand des Zyklopen schießt hervor. Er packt einen der Männer und drückt zu, dass die

Rippen krachend zerbrechen und die Organe in einer breiigen Masse austreten.

Gardist von Kyros (1, anteilig).

Das lässt meinen Fortschritt auf 87 % steigen. Ich muss nur noch einen erledigen, und schon levele ich auf. Wenn ich das schaffe, wird im gleichen Zug mein Mana und alles andere wiederhergestellt. Ich blicke auf die beiden Gardisten am Boden, die, von der Säure gezeichnet, regungslos daliegen.

»Willst du wirklich loyale Männer deiner Familie für ein bisschen Mana opfern?« Es ist die Stimme meines Vaters, also meines echten Vaters.

»Sie haben nichts Besseres verdient!«

»Warum? Weil sie diesem Malik gehorchen? Sie haben Heli nicht angerührt und dich auch nicht.«

Sekundenlang kämpfe ich mit meinen inneren Dämonen. Es wäre so leicht, die wehrlos am Boden Liegenden umzubringen. Doch will ich zum Monster werden? Wie viele Leute habe ich schon abgemurkst, seitdem ich hier in Jorden wiedergeboren wurde? Ich entferne mich immer weiter von meinem wahren Ich. »Ich werde nicht alles tun, was du willst, Ibris!«, stoße ich durch zusammengebissene Zähne hervor.

Malik Kyros und der letzte unversehrte Gardist schlagen auf den Zyklopen ein, behalten dabei aber immer Ant im Blick. Für mich reicht ihre Aufmerksamkeit nicht mehr, aber ich bezweifle nicht, dass sie irgendeinen Skill haben, der anschlägt, sollte ich mich ihnen nähern. Mir reicht's, ich habe die Schnauze gestrichen voll! Ich steige aus Flow und stecke die Puppe in meinen sicheren Speicher. Sollte mein Vater oder der Gardist sich jetzt zu mir umdrehen, wird wohl wirklich alles aufgedeckt werden, auch das ist mir egal. Ich leere einen der beiden Manatränke, die ich noch habe, in einem Zug und bin wieder im Spiel. In der nächsten Sekunde bin ich in Spider, wo ich als Erstes meine Heilerfähigkeiten verbessere. Es reicht sonst einfach nicht für zwei Kämpfer mit einer so gut gefüllten Gesundheitsleiste.

Skill Heilung verbessert, Rang 1 – Stufe 3.
Du kannst dein Mana kanalisieren, um die
Gesundheit wiederherzustellen.
Kosten: 1 MP = 4 HP.

Ich renne zu den beiden am Boden liegenden Gardisten und investiere je fünfzig Mana in ihre Heilung. Das sind zweihundert Gesundheitspunkte und ist mehr als ausreichend, um ihre Verletzungen zu beseitigen. Es bleiben einige Schrammen, vielleicht auch Narben, aber sie sind größtenteils wiederhergestellt.

Wenn ich hier schon keine Erfahrungspunkte durch Mord an Unschuldigen bekomme, dann hole ich mir wenigstens meinen Anteil am Zwergzyklopen. Ant stürzt sich in den Kampf – und so wie ich es vermutet habe, bemerkt der Gardist sie, bevor sie auf sieben Meter heran ist. Er stellt sich ihr entgegen, doch ich ignoriere ihn, mache einen weiten Bogen um die Männer und lasse Ant von hinten die Rückenwirbel des Mobs zerbeißen. Ab der Hüfte abwärts gelähmt, hat die Regenerationsfähigkeit des Zyklopen erneut alle Hände voll zu tun, seine Gesundheit wiederherzustellen, und dabei war sie schon wieder auf über fünfzig Prozent angestiegen. Nacheinander setze ich alles ein: Säure, Feuer und dazu die rasiermesserscharfen Zangen, die selbst mit Metall kein Problem haben. Vater zieht sich genauso vom Gemetzel zurück wie der Gardist, besonders, als die anderen zwei aufstehen. Zu viert machen sie sich aus dem Staub.

Ant braucht keine halbe Minute, bis ich die Siegesmeldung bekomme.

Zwergzyklop (1, anteilig).

Level 11 Aristokrat erreicht, + 3 Skillpunkte.

Level 21 Puppenspieler erreicht, +3 Skillpunkte.

Level 12 Aristokrat erreicht, + 3 Skillpunkte,
-1 Level (an Prinz Tasso übertragen).

Level 22 Puppenspieler erreicht, +3 Skillpunkte.

Zwergzyklopen sind eine wahre Freude, was Erfahrungspunkte angeht, stelle ich fest. Ich wundere mich, dass
es so viele sind, da doch schon zwei Maliks mit ihren
vier Gardisten so lange auf ihn eingeprügelt haben. Das
System muss berücksichtigt haben, dass der Zyklop
weitgehend wiederhergestellt war und mir somit um die
Hälfte der Erfahrung zustehen. Anders kann ich es mir
zumindest nicht erklären.

Ich genieße für drei Sekunden den Anblick meines
Profils.

Name:	Raduan Kyros
Klasse (1):	Level 11 Aristokrat (!)
Klasse (2):	Level 22 Puppenspieler
Fortschritt:	1 %
Gesundheit:	50 / 50
Manapunkte:	300 / 300
Energie:	150 / 150
Volk:	Mensch
Skillpunkte:	22
Attribute	
Stärke:	5
Intelligenz:	15
Geist:	12
Ausdauer:	10
Wahrnehmung:	5 (+1)
Geschicklichkeit:	6
Charisma:	6

Ich bin damit faktisch ein Level-33-Spieler. Langsam mache ich mich. Dennoch sind die fünfzig HP ein Witz. Ja, der eingesteckte Schaden von anderen verringert sich beträchtlich, wenn sie im Level unter mir stehen, aber selbst jetzt reicht in den meisten Fällen ein harter Schlag, um mich zu töten. Zumindest erhöht das Level der Puppenspielerklasse auch direkt alle Puppenspielerfähigkeiten, das ist ein wichtiger Vorteil.

Im Gang höre ich das Getrampel eisenbeschlagener Stiefel und ich hole Ant zu mir zurück. Für das Zerlegen des Zwergzyklopen bleibt mir keine Zeit, doch wenigstens halte ich rasch die geleerte Manaflasche an eine Wunde. Ich fülle mir eine Flasche Blut ab, verkorke sie und lege sie in meinen Speicher. Meine Mörderinnenbande wird damit sicherlich etwas anfangen können. Jetzt aber weg hier.

Niemand achtet auf den kleinen Level-3-Waldschreck. Alle Blicke fahnden nach einer riesigen Drachenameise, prüfen die Lebenszeichen des Zwergzyklopen und suchen den unbekannten Mann, der den Malik angegriffen hat. Auf den Attentäter werden harte Zeiten zukommen, aber vielleicht ist er auch schon längst beseitigt. Nicht mein Problem.

Das war ein einziges Fiasko. Bis auf das Wissen, dass Heli noch lebt, habe ich nichts erreicht und mir nur weitere Probleme aufgehalst. Wie soll ich nur erklären, was ich hier in Bexda mache? Mittlerweile dürften es schon alle wissen, also würde es nicht einmal ausreichen, meinen Vater und die drei Gardisten zu killen, damit sie schweigen. Was mache ich jetzt nur? Ist wenigstens die Hochzeit abgesagt?

Kapitel 16

Meine Hoffnung, dass die Hochzeit geplatzt ist, erfüllt sich nicht. Zwar eilen ganze Truppenkontingente durch den Palast, kehren das Unterste zuoberst und suchen nach der Drachenameise. Sogar den Zoo, der extra für die Hochzeit angekarrt wurde, durchkämmen sie. Doch als partout keine Spur von ihr gefunden wird, beruhigen sich alle wieder. Ich bekomme haarklein mit, wie Malik Ariaram und seine getreue Beraterin Tara Mir minütlich Berichte erhalten und wie sich eine Entscheidung abzeichnet. Der Herrscher von Pers hockt in einem relativ kleinen Raum, mit mehr Gardisten vor der Tür, als für einen Kampf gut ist. Sie werden sich eher gegenseitig behindern, sich auf die Füße treten und sich schwerer mit den Schwertern verletzen, als Ant es je könnte. Richtige Fenster gibt es hier nicht, der Raum wurde wahrscheinlich gewählt, weil er nur mit schmalen Belüftungsschlitzen versehen ist, damit sich nicht unbemerkt beispielsweise eine Drachenameise einschleichen kann. Doch für Spider ist das natürlich keine Herausforderung und so hocke ich zwischen Zimmerdecke und Wand oben auf dem Bilderrahmen eines gewaltigen Gemäldes. Solange nicht ein Gardist auf die Idee kommt, gerade jetzt den Rahmen abzustauben, bin ich hier sicher.

»Die Keller sind sauber, Malik.«

»Die erste Etage des Palastes ebenfalls.«

»Auch die zweite Etage.«

»Die dritte und vierte ebenso.«

So geht es weiter, bis die Soldaten in ihrer Berichterstattung auch die Turmspitze erreicht haben. Keiner kann sich erklären, was im Keller passiert ist. Alle fünfzehn Minuten erscheint zudem ein Bote des Parn Urud, weil sein Herr Antworten verlangt. Dabei lerne ich, dass »Parn« das Pendant zu »Malik« in Parthi ist. Parna wird seine Gattin genannt, Parnan seine Söhne und Parnana die herrschaftlichen Töchter. Warum ich das so genau weiß? Nicht aus dem Unterricht bei Elyar, denn das Thema haben wir bisher nicht behandelt, sondern weil der Herrscher von Parthi sich anscheinend einen Spaß daraus macht, alle seine Söhne und Töchter abwechselnd mit dem Boten vorbeizuschicken.

»Hol die Hexe des Maliks!«, herrscht Ariaram endlich vollkommen entnervt einen Gardisten an und der rennt los. »Behandle sie aber mit Respekt!«, ruft er ihm hinterher. »Es fehlt mir noch, dass ich von einer Hexe verflucht werde. Ich hätte nicht übel Lust, die ganze verdammte Hochzeit abzusagen!«

Ein Beamter schreckt bei diesem Ausruf auf. »Malik, Ihr …«

»Es besteht kein Grund, den Kopf zu verlieren … es geht alles weiter. Wir brauchen Eiban, das ist mir vollkommen klar. Noch wissen die Narren nicht, auf was für einem Schatz sie hocken. Außerdem will ich Persan wiederauferstehen lassen. Wenn nur der nichtsnutzige Parn zu einem ähnlichen Schritt bereit wäre wie Malik Kyros.«

Meine Ohren werden größer und größer. Welcher Schatz? Worauf sitzt meine Familie? Wie könnte ich an diese Information kommen und die Hochzeit verhindern? Und wer bei allen Göttern ist die Hexe meines Vaters? Ich presse mich enger an die Wand und ziehe die Beine an. Der Rahmen des Gemäldes sollte mich vor fremden Augen schützen, aber jemand mit Hexe als Klasse hat verschiedenste Möglichkeiten. Wenn ich meinen Vater beim Lauschen vorhin richtig verstanden habe, macht seine Hexe vor allem Prophezeiungen oder übt sich in einer Art Wahrsagerei. Sofern sie keine Betrügerin ist, nimmt sie aber vielleicht auch Auren wahr und könnte mich dann hier oben entdecken.

Bald kündigt ein Gardist Hexe Nisha an. Ich linse nicht vom Bilderrahmen herunter und vor allem wirke ich keine Analyse. Damit warte ich lieber, bis ich nicht mehr so exponiert bin. Wahrscheinlich würde sie ein Ausspähen auf die ein oder andere Weise bemerken und das war's dann für mich.

»Malik Ariaram, es ist mir eine Ehre.« Ihre Stimme klingt jünger, als ich erwartet habe, sie kann höchstens vierzig, fünfzig Jahre alt sein. Zu gern hätte ich nun einen winzigen Spiegel, um über die Kante des Rahmens zu blicken. Mit Magie traue ich mich das nicht, aber ein kleines versilbertes Glasstück würde mich bestimmt nicht verraten. Notiz an mich selbst: Spiegel besorgen.

Das Schweigen hält an und beinahe hätte ich, so in Gedanken versunken, doch hinuntergespäht. Ich höre das nervöse Verlagern des Körpergewichts eines Gardisten, die Metallgelenke seiner Rüstung knarzen leicht und das Schaben über den Boden lässt mich vermuten, dass ein anderer die Fußstellung ändert. Bereiten sie sich auf einen Kampf vor?

»Ihr wisst, warum Ihr hier seid?« So spricht der Malik mit einer einfachen Bürgerin? Er muss wirklich Respekt vor ihren Kräften haben.

»Nicht genau. Ich war der Meinung, dass ich heute die Hochzeit zwischen unseren beiden Reichen genießen dürfte. Stattdessen laufen Hunderte Soldaten kopflos hin und her und scheinen einen Feind zu suchen, der zu schlau ist, sich finden zu lassen.«

Ich muss das Lachen unterdrücken. Zum Glück hat Spider in dieser Hinsicht nicht viele Optionen, sonst hätten die da unten eine giggelnde Spinne hören dürfen. Hexe Nisha hat gerade gekonnt den Malik beleidigt, ohne ihn direkt anzugehen. Ich mag diese Frau jetzt schon.

»Eine Drachenameise ist in meinem Palast, dazu gibt es einen Hamnskiftare. Er hat sich nicht nur in den

Malikan Raduan verwandelt, sondern auch in einen meiner Männer. Dabei hat er Euren Malik angegriffen, wusstet Ihr das nicht?«

»Malik Ariaram, die Wahrsagung funktioniert anders, als die meisten Menschen glauben. Ich bekomme nicht von alleine mit, wenn etwas geschieht. Ich muss jedes Mal ein aufwendiges Ritual vollziehen, damit ich einen verschwommenen Blick in die Zukunft werfen kann.«

»Habt Ihr es darum verabsäumt, Malik Kyros vor dem heutigen Tag zu warnen? Er wäre beinahe gestorben, ein unverzeihlicher Fehler für seine beste Wahrsagerin.« Die Beraterin des Maliks, Tara Mir, mischt sich ein.

»Es gab keine Anzeichen, dass der heutige Tag so eine Katastrophe werden würde, und wir sind ja auch an der Planung nicht beteiligt. Ich berate den Malik, so wie Ihr es tut, nur dass ich dabei ab und an einen Blick in die Zukunft werfe, weshalb meine Ratschläge genauer sind. Hat Euch der Zwergzyklop gefallen, Malik Ariaram? In meiner Vision habe ich Euer Herz bei seinem Anblick tanzen sehen.«

Der Malik schweigt, zumal er letztlich nichts von ihm gehabt hat. Stattdessen erhebt er sich und beginnt, vor den schmalen Fenstern auf und ab zu gehen. Dabei verlagern sich alle Blicke in seine Richtung und nun riskiere ich doch ein Auge. Hexe Nisha steht gelassen da, ihre Haare zu zwei schwarzen Hörnern links und rechts frisiert, was ihr eine geradezu dämonische Aura verleiht. Sie weiß auf jeden Fall, wie sie Eindruck hinterlassen kann.

»Also könnt Ihr mir nicht helfen?«, fragt er dann nach einigen Minuten.

»Das habe ich nie behauptet. Für eine große Weissagung habe ich hier weder die Mittel noch die Zeit, aber ich kann Euch die Knochen werfen oder aus den Eingeweiden eines Löwen lesen.«

»Nehmt die Knochen, einen Löwen haben wir gerade nicht zur Hand.«

Die Hexe tritt an den Tisch heran, wo bis eben der Malik neben seiner Beraterin gesessen hat, löst einen Beutel von ihrem Gürtel und schüttelt ihn. Während sie unverständliche Worte murmelt, kippt sie dessen Inhalt auf die Tischplatte. Doch nicht alles, was sich in dem Beutel befindet, sondern nur etwa die Hälfte kommt zum Vorschein. Auf der Erde würde ich mein Geld zurückfordern. Hier allerdings … wer weiß, was es damit für eine Bewandtnis hat?

»Was seht Ihr?« Der Malik ist an den Tisch getreten und blickt auf das Durcheinander von großen und kleinen Knochen. Sie scheinen nicht alle von einem Tier, nicht einmal von einer Tierart zu stammen. Ich habe genug Hühner und Truthähne auf der Erde gegessen, um ihre Knochen wiederzuerkennen, daneben gibt es aber auch schmalere Knochen wie von Wachteln und noch kleineren Vögeln.

»Es besteht keine Gefahr mehr für den Palast, was Mobs angeht – weder für die Bewohner, noch für Gäste.«

»Das kann nicht sein, die Drachenameise …«

»… ist nicht hier. Die Knochen lügen nicht, es ist keine größere Macht anwesend, als die Eure und die Eurer Gardisten.«

Schmeichelt sie ihm? Eher nicht, der Malik bekommt ganz nebenbei von jedem Kampf seiner Gefolgsleute eine Portion Erfahrungspunkte. So hat auch mein Vater garantiert seinen Skill bekommen, mit dem er mich beim Kampf im Palastkeller besiegt hat. Es fehlt ihnen zwar an praktischer Übung und ich vermute, die Herrscher bleiben lieber in der zweiten Reihe, wo es deutlich ungefährlicher ist, doch dürfte der Malik eine nicht zu unterschätzende Kampfkraft haben.

»Doch wer ist dann derjenige, der Euren Malik im Keller angegriffen hat?«

Die Hexe sammelt bedächtig die Knochen wieder ein und ich erkenne amüsiert, wie sie die Geduld aller Anwesenden auf die Probe stellt. Diese Frau hat es faustdick hinter den Ohren. Erneut schüttelt sie die Knochen und verstreut sie auf dem Tisch.

»Es ist ein alter, junger Mann, der hier sein Unwesen treibt.«

»Was soll das für ein Blödsinn sein?«, braust der Malik auf. »Ist er alt oder jung?«

»Beides!«

Mir läuft die sprichwörtliche Gänsehaut über den Rücken.

»Hexe Nisha, erklärt Euch!«, verlangt nun auch die Beraterin.

»Ich kann nur sagen, was ich hier lese. Vielleicht meinen die Knochen, dass ein junger Mann für einen alten Mann arbeitet. Vielleicht spielt aber auch eine alte Organisation eine Rolle, oder es ist eine alte Verschwörung.«

»Diese Wahrsagerei ist zu nichts gut, Malik Ariaram.« Tara Mir will gerade mit einer Hand die Knochen vom Tisch fegen, da schreit die Hexe auf.

»Berührt die Knochen und Ihr werdet von ihnen verflucht! Nur ich, die große Hexe Nisha, darf sie anfassen!«

Ich beuge mich weiter vor, um zu erkennen, ob die Beraterin den Worten Glauben schenkt oder ihr Vorhaben ausführt. Selbst die Gardisten und der Malik sehen gebannt auf die erhobenen Hände, die nun langsam wieder zurückgezogen werden. Nur ein Augenpaar sieht nicht auf das Schauspiel mit den Knochen, sondern starrt direkt zu mir: das von Hexe Nisha. Ein boshaftes Grinsen verzieht ihre Lippen zu dünnen Strichen, während ihre Zunge einmal rasch hervorschnellt wie die einer Schlange.

Ich wappne mich für eine Anklage, für einen Aufruf zum Kampf, doch stattdessen schüttelt sie den Kopf und deutet fast unmerklich mit dem Kinn zur Tür. Will sie mit mir unter vier Augen reden? Eine Warnung oder

Drohung aussprechen, dass, wenn ich so weitermache, mein Leben – oder das von Heli – verwirkt ist?

Wieder sammelt sie aufreizend langsam ihre Knochen ein. »Die Gefahr, die im Keller lauerte, ist gebannt. Die Gelegenheit wurde vertan. Soll ich nach weiteren Gefahren suchen, Malik Ariaram?«

»Nein, ihr könnt jetzt gehen.« Es antwortet zwar Tara Mir und nicht der Malik, doch der winkt bestätigend. Die Hexe nimmt sich alle Zeit der Welt, bis sie ihren Kram eingepackt hat, bindet sich in Seelenruhe den Beutel um und die Blicke der Anwesenden folgen der kleinsten Regung ihrer Hände, als wenn sie nach einer Bedrohung Ausschau halten würden. Und ich? Ich habe alle Zeit der Welt, mich zu verdrücken, während alle auf den Tisch starren.

Kapitel 17

Auf der Suche nach einer Möglichkeit, wieder in den Palast einzusteigen, ohne dass mich jemand bemerkt, krabbele ich an der Außenmauer des Palastes entlang. Gedanklich bin ich immer noch bei der Hexe. Ich bin mir sicher, dass sie mich in Spider erkannt hat, ähnlich wie Necla damals im Kerker. Vielleicht nicht mich als Raduan, doch zumindest wusste sie, dass es sich bei Spider um eine Puppe und keinen echten Waldschreck handelt.

Ziellos krieche ich an der Mauer herum, doch egal, durch welches Fenster ich spähe, es sind immer nur Diener, Gäste oder Wachen in den Räumen und Gängen und Hexe Nisha ist nirgends zu sehen. Der Palast platzt aus allen Nähten, nicht zuletzt, weil der Herrscher von Parthi uneingeladen mit seinem riesigen Gefolge aufgetaucht ist. Am Ende bleibt mir nichts anderes übrig, als zum Dach hinaufzukrabbeln und mir einen Weg über die ungenutzte Kammer zu suchen, die ich vor einer halben Ewigkeit entdeckt habe.

»Mist!« In Wirklichkeit ist nur ein wütendes Knirschen der Mandibeln von Spider zu hören. Irgendwer hat die Tür aufgebrochen und die Kammer hergerichtet. Und der Gast, der hier untergebracht wurde, ist offenkundig kein kleines Licht. Es liegt kostbarer Schmuck herum, etliche Bücher und ein großer Schrankkoffer, der noch nicht ausgepackt wurde. Als Rache sollte ich mich zumindest mit interessanten Dingen eindecken; vielleicht kann ich die Bücher gebrauchen. Ich krabbele durch das Fenster hinein, und mir ist durchaus bewusst, dass das, was ich vorhabe, Diebstahl ist. Doch meine Sammelwut flüstert mir ein, dass das in Ordnung sei. Ich weiß, sie lügt und sie weiß, dass ich es weiß, aber wir beide tun so, als wenn wir es nicht wüssten.

Moment, die Kleidung da, die kenne ich doch!

»Kommt endlich rein, damit wir uns unterhalten können.« Nur drei Schritte vom Fenster entfernt, auf einem Platz, der von außen für mich nicht einsehbar war, sitzt Hexe Nisha und blättert in einem Buch. Bei ihrem Anblick muss ich einfach an das Märchen Schneewittchen denken, um ihr Aussehen zu beschrieben: ein Töchterlein, das war so weiß wie Schnee, der Mund so rot wie Blut und das Haar so schwarz wie Ebenholz. Nur dass Hexe Nisha davon abgesehen in allem anderen definitiv mehr der bösen Stiefmutter gleicht als der unschuldigen Tochter. Besonders das gekonnt zu zwei hornähnlichen Gebilden gedrehte Haar, das ich schon bei ihrer Unterredung mit dem Malik bewundern durfte, ist geeignet, die Kinder von Pasargadae in Angst und Schrecken zu versetzen. »Ihr habt Euch Zeit gelassen. Zu Eurem Glück wurde die Hochzeit nach dem ganzen Aufruhr auf die Abendstunden verlegt, sonst wäre ich nicht hier. Und nun steigt endlich aus Eurer Puppe, so etwas ist unhöflich, wisst Ihr?«

Ganz ehrlich? Ich weiß nicht, was ich machen soll. Wenn das ein Bluff ist, dann ein wirklich guter. Ist es eine Falle? In Spider kann ich einfach aus dem Fenster springen und fliehen, als Raduan ... eigentlich auch. Notfalls habe ich meine Wespen und Motten. Auf Bat will ich in der Mittagszeit lieber nicht zurückgreifen, mit ihr würde ich bei dem gleißenden Licht blind fliegen müssen.

»Was willst du von mir?« Nachdem ich aus Spider gestiegen bin, lehne ich am Fensterbrett, hinter mir die Puppe, die absprungbereit dahockt.

»Es heißt Hexe Nisha und ›Ihr‹!«

»Warum lassen wir das nicht sein und duzen uns gegenseitig.«

»Wie erfrischend, meinetwegen.«

Wenn wir uns schon so Auge in Auge gegenüberstehen, will ich auch wissen, wen genau ich vor mir habe.

Name:	Hexe Nisha
Klasse:	Level 77 Wahrsagerin
Fortschritt:	6 %
Gesundheit:	110 / 110
Manapunkte:	300 / 300
Energie:	180 / 180
Volk:	Dämonenelfe

wichtigste Skills	
Wahrsagerei	Rang 2 – Stufe 4
Knochenlesen	Rang 2 – Stufe 1
Flüche wirken	Rang 1 – Stufe 8
Blutrunen	Rang 1 – Stufe 8
Reinigung	Rang 1 – Stufe 7
Ritualmagie	Rang 1 – Stufe 7

Eine Dämonenelfe? Was soll das bitte sein? Und auf welchen Stufen hat sie ihre Skills? Außerdem bemerke ich, dass zwar ihre Stimme jung klingt, ihre Augen dagegen alt wirken. Ihrem Äußeren nach ist sie höchstens in ihren Vierzigern, aber bei Elfen kann das täuschen und sie ist womöglich tausend Jahre alt.

»Das war nicht die feine Art.« Ihre Worte sind ganz ruhig, doch ihre Finger verkrampfen sich zu Klauen, als wenn sie mich am liebsten in Stücke reißen würde.

»Vielleicht war das unhöflich, doch ich will wissen, mit wem ich es zu tun habe.«

»Sicherlich …«, sagt sie langsam.

Was mir gar nicht gefällt, ist, dass sie mir in praktisch allen Attributen überlegen ist. Nur in Intelligenz sind wir gleichauf, aber hier dürfte sie mich mit mehr Lebenserfahrung ausstechen. Vielleicht ist Angriff die beste Verteidigung. »Was willst du besprechen? Und vor allem, warum hast du mich nicht verraten?«

»Es ist wirklich erstaunlich, früher konntest du mir nicht einmal in die Augen sehen, so viel Angst hattest du. Doch nun sprichst du ohne Furcht, als wenn du mir überlegen wärst. Bist du es wirklich, Raduan?«

Sie weiß nicht, dass ich nicht mehr der echte Raduan bin. Oder tut sie nur so? »Überlegen? Du bist stärker, ausdauernder, älter, hast mehr Charisma und garantiert auch mehr Geschicklichkeit und Geist. Allein was die Intelligenz angeht, sind wir uns ebenbürtig, aber ich glaube noch lange nicht, dass ich dich austricksen kann.«

»Wahr gesprochen … und du hast keine Angst vor einer Dämonenelfe?«

»Ich weiß nichts von Dämonenelfen. Hast du einen Pakt mit dem Bösen geschlossen?«

»Nein.«

»Dann nicht.«

Sie schaut mich verblüfft an. »Das war's? Keine Prüfung, ob ich die Wahrheit sage?«

»Ich bin kein Wahrheitssucher und habe auch keinerlei Fähigkeiten darin.« Leider habe ich in meinen Spielen nie an so einen Skill gedacht. Gegen NPCs, die einen Spieler auf einen Umweg schicken sollen, hätte ich mich mit so einem Skill selbst torpediert und bei anderen Spielern ging das aufgrund von Datenschutzgründen nicht. Ich hätte deren Gehirnströme auswerten müssen oder dergleichen, damit der Skill überhaupt Sinn ergibt, und das ist ein Ding der Unmöglichkeit, zumindest juristisch.

»Entweder bist du sehr naiv oder klüger, als ich vermute.«

»Weder noch, ich bin pragmatisch und kenne meine Grenzen. Willst du mir nun verraten, was du von mir willst?«

Die Hexe lehnt sich in ihrem Sessel zurück, schlägt grazil die Beine übereinander und greift nach ihrer Teetasse. Dabei komme ich nicht umhin, ihre wohlgeformten Beine zu bewundern.

»Aber, aber, Malikan, ich bin eine alte Frau, schau nicht so lüstern auf meine Schenkel.«

Ertappt blicke ich ihr in die Augen. »Kannst du mir sagen, wo Heli ist?«

»Ja ... ungefähr.«

»Aber ...?«

»Das werde ich nicht tun.«

Auf einmal erscheint es mir gerechtfertigt, Ant zu aktivieren und sie Finger für Finger fressen zu lassen, bis die Hexe redet. »Was willst du für die Information?«

»Einen neuen Herren. Als Dämonenelfe muss ich mich vor deinem Volk verstecken und zu meinem will ich nicht zurück. Ich könnte zu den Zwergen gehen, aber ich bin nicht gerne unter der Erde und ihr Menschen seid so herrlich ignorant; wenn ihr etwas nicht sehen wollt, dann seht ihr es nicht.«

»Ich soll dich als meine Gefolgsfrau aufnehmen, warum?«

»Dein Vater hat seinen Zenit schon vor langer Zeit überschritten. Früher war er brillant, er hatte Ambitionen und Pläne. Und dann geriet er in einen Streit mit den Göttern. Die Details kenne ich nicht, doch er verlor seinen Ehrgeiz und wurde ein bösartiger alter Mann. Nun will er sein Reich einfach verscherbeln, weil es ihm leichter erscheint. Er hat nur noch wenige Jahre vor sich, aber die Familie Kyros wird daran nicht wachsen.«

»Wenn die Ehe vollzogen ist und Malikan Arasch nach dem Tod seines Vaters zum Malik aufsteigt, wollen sie doch den Namen Kyros annehmen und ...«

»Er wird nicht lange genug überleben. Praktisch alle seine Zukunftslinien brechen in wenigen Jahren abrupt ab, einige deutlich früher.«

»Dann hilf ihm doch.«

»Das würde ich, wenn ich wollte.«

»Und warum willst du es nicht?«

»Weil er sich zu einem langweiligen Herrscher entwickeln wird. Er wird zufrieden sein, Persan zu verwalten. Es wird einige Reibereien mit Parthi geben, und ich könnte dafür sorgen, dass sich die Grenzstreitigkeiten zu einem echten Krieg auswachsen. Doch sobald der Imperator ein Machtwort spricht, wird Arasch den Schwanz einziehen und allen Forderungen des Nachbarreiches nachgeben, was Persans Position nur schwächen wird.«

»Und ich wäre ein Herr nach deinem Geschmack?«

»Das Bild von deiner Zukunft weist auf große Kriege und gewaltige politische Umwälzungen hin. Alle werden nach deinem Blut lechzen und dich mit größter Freude bei erstbester Gelegenheit umbringen wollen.«

»Aber ich werde überleben und zum Imperator aufsteigen?«

Nisha lacht und es klingt alles andere als freundlich. »Nein, neun von zehn Möglichkeiten zeigen deinen qualvollen Untergang. Halver selbst will dich vernichten und doch, selbst wenn du dein Ziel nicht erreichst, wird es unterhaltsam werden. Ich bin dieses Jahr dreihundertfünfzig Jahre alt geworden, Raduan. Seit über hundertfünfzig Jahren berate ich verschiedene Herrscher des Imperiums. Das langweilt mich zunehmend, doch kann ich sonst nirgends hin. Dann habe ich dich entdeckt …«

»Spiel, Spaß und Spannung, was?«, ätze ich.

»Ganz genau.«

»Schwöre mir die Treue und ich werde dich als Gefolgsfrau aufnehmen und …«

»Nicht so schnell, Raduan. Meine Loyalität ist nicht so leicht zu haben. Vorher wird es eine Prüfung geben. Wenn du sie bestehst, werde ich dir die Treue schwören.«

»Was für eine Prüfung?«

»Wenn ich dir das erklären muss, dann können wir das hier gleich beenden.«

Endlich geht mir ein Licht auf. Diese Hexe! Sie will ebenfalls die Eheschließung verhindern. Jetzt könnte ich wirklich einen Tipp gebrauchen, wie ich das anstellen soll. Mir fällt nichts anderes mehr ein, als den Palast abzufackeln – genug Drachenodem hätte ich noch. Doch bei meinem Glück werden sie die Hochzeitszeremonie trotzdem durchführen. Malik Ariaram will unbedingt Eiban in sein Reich eingliedern und an den »Schatz« kommen, was auch immer sich dahinter verbirgt. »Weißt du von einem Schatz Eibans, auf den es Pers abgesehen hat?«

»Nein. Vor zehn Jahren hatte ich eine Vision von etwas ungeheuer Mächtigem und habe den Malik Kyros unverzüglich davon unterrichtet. Er hat – gegen meinen Rat! – alle seiner Berater hinzugezogen, aber sie kamen zu keinem Ergebnis. Sie halten es für am wahrscheinlichsten, dass ich wertvolles Erz oder gar eine Diamantmine gesehen habe, sie wissen allerdings nicht, wo.«

»Doch es ist etwas anderes?«, rate ich.

»Das denke ich, ja. Wenn du mich fragst, ich tippe auf eine Hinterlassenschaft der Nuv.«

Bei dieser schwammigen Aussage kann ich irgendwie verstehen, dass mein Vater nicht länger suchen wollte. Eiban ist klein, nicht nur im Vergleich zu den anderen Reichen, aber selbst auf unserem Staatsgebiet kann sich etwas so verstecken, dass es niemals gefunden wird. Und dass es ein Turm ist, glaube ich nicht. Die Türme der Nuv sind mindestens fünfzig Meter hoch, locker auch mal einhundert Meter, und von Elyar weiß ich, dass der Turm im Kernimperium eine Meile in den Himmel ragt. An bewölkten Tagen stoßen diese Bauwerke sogar durch die Wolkendecke.

»Ich werde die verdammte Hochzeit verhindern und dann wirst du in meine Dienste treten. Wie du das Vater erklären willst, bleibt dir überlassen.«

»Wenn die Hochzeit nicht stattfindet, wird er mich so oder so aus seinen Diensten entfernen. Dann hoffe ich allerdings, dass du ein hübsches Plätzchen für mich hast.«

Kapitel 18

Nisha hat ihre Fähigkeiten in meinen Augen allein schon dadurch bewiesen, dass sie die Kammer für sich beanspruchen konnte. So weit oben und so weit weg von meinem Vater – das ist mit Sicherheit kein Versehen. Sie hat alles auf diese Begegnung mit mir angelegt und nicht eine Sekunde glaube ich, dass das Zufall war.

Mit ihr als weiterer Gefolgsfrau könnte ich viele Schwierigkeiten umgehen und Gefahren frühzeitig erkennen. Blind vertrauen sollte ich auf ihre Fähigkeiten aber nicht, immerhin ist sie ihren eigenen Worten nach schon seit Jahrzehnten im Dienst meines Vaters und wo steht Eiban heute? Und da kann sie noch so sehr beteuern, dass er zu oft nicht auf ihren Rat gehört hat.

Aber ein Tipp von ihr, wie ich die Hochzeit vereiteln kann, nachdem schon so viele Parteien versucht haben, sie zu verhindern, wäre schön gewesen. Was wurde bisher getan? Eine Entführung und zwei Mordanschläge. Ich hätte aufgrund der falschen Anschuldigungen meiner Schwester beinahe meinen Vater umgebracht – im Gegenzug könnte ich ihr den Hals umdrehen, dann gibt es garantiert keine Hochzeit. Ant ist ja schon Amok gelaufen und hat damit die Feier zumindest vom Vormittag auf den Abend verschieben können. Aber ich will sie nicht noch einmal einsetzen. Erstens will ich keine Unschuldigen töten, und das würde zwangsläufig passieren. Zweitens hat Nisha schon vor Zeugen versichert, dass es keine Drachenameise im Palast gibt. Strafe ich ihre Worte Lügen, hat sie unter Umständen ihr Leben verwirkt.

Ich komme einfach zu keiner brauchbaren Lösung, da geht mir auf, dass Nisha mir vielleicht doch – ganz nebenbei, praktisch unter dem Radar – einen Tipp gegeben haben könnte. Also entweder das, oder ich interpretiere zu viel in ihre Worte hinein. Der Herrscher von Parthi, Parn Urud, ist ebenfalls nicht glücklich über die Eheschließung. Darum ist er wahrscheinlich auch gekommen. Ob er gleichfalls versuchen will, sie in letzter Sekunde zu verhindern, oder ob zumindest die Feier zu einer denkwürdigen Nacht werden soll … ich könnte darauf aufbauen. Nur das Wie ist noch gänzlich ungeklärt. Immerhin weiß ich nichts von ihm. Es wird höchste Zeit, das zu ändern.

• • •

Die Unterkunft von Parn Urud zu finden ist kein Problem. Nicht nur kam es bei seiner Ankunft zu einem großen Stühlerücken – niederrangige Besucher mussten für den Herrscher von Parthi Platz machen –, er hält auch die Diener des Palastes mächtig auf Trab. Als wenn sie nicht mit der Hochzeit schon genug um die Ohren hätten, verlangt es Parn Urud alle paar Minuten nach neuen Dingen. Mal schmeckt der Wein nicht, mal will er süße Speisen, aber nicht die, die für ihn herbeigeschafft werden, und auch nicht die, die man danach bringt. Er braucht andere Bettwäsche, frische Blumen, aber bitte keine gelben, weswegen die Diener die zwanzig Vasen wieder mitnehmen dürfen und neue besorgen müssen.

Dementsprechend kommt es hinter vorgehaltener Hand zu einem regelrechten Fluchgewitter gegen den ungeliebten und ungeladenen Gast. Selbst die Palastwache, sonst immer schnell mit dem Knüppel dabei, wenn es auch nur die Spur von Aufsässigkeit gegenüber der Obrigkeit gibt, hält sich zurück. Parn Urud beschwert sich über ihren schweren Schritt bei der Patrouille, weswegen sie auf Zehenspitzen an seinen Gemächern vorbeigehen müssen. Er beklagt sich über ihren Körpergeruch, den seine feine Nase wahrnimmt, weswegen alle kurzerhand zum Duschen abkommandiert und hinterher mit blumigen Parfüms eingenebelt werden. Ob er sie damit nur ärgern will oder ob sein Ziel ist, dass sie einen immer größeren Bogen um seine Unterkunft machen, das Resultat ist, sie meiden nun wann immer möglich den Trakt mit seinen Gemächern. Auf einmal sind die Palastwachen findige Ausleger der Wachbefehle, sodass sie ihre Arbeit tun, ohne sie wirklich tun zu müssen, zumindest nicht in der Nähe von Parn Urud.

Mir kommt das durchaus gelegen, denn je weniger Wachen hier sind, desto freier kann ich mich in Spider bewegen. Ich halte nur für eine kleine Pause an, verdrücke einige gestohlene Happen, strecke die Muskeln und laufe unbehelligt zum Parn.

Der Mann in den besten Jahren, ich schätze ihn auf Anfang vierzig, sitzt in seinen Seidengewändern in einem Sessel, lässt sich von zwei Dienerinnen die Füße massieren und sich von zwei weiteren mit Trauben füttern und Wein reichen. Ein dürrer Mann, schon ergraut und mit dunkelbrauner Haut, steht neben ihm, hat ein Buch in der Hand und liest vor.

»Das Ehegelübde muss fehlerfrei vorgetragen werden und darf auch nicht durch eine Störung von außen unterbrochen werden, sonst bringt es Schande über die Vereinigung. Außerdem …«

Ich rolle mit den Augen. Ihr Plan ist, die Familien der Braut und des Bräutigams zu blamieren? Mehr nicht? Was haben sie vor? Eine Torte aus dem Hinterhalt werfen? Ich hätte mehr von ihnen erwartet, nachdem sie mit so großem Brimborium hergekommen sind. Ganz abschreiben will ich sie nach den wenigen Minuten, die ich hier bin, aber auch nicht. Ich lasse eine Wespe frei und erkunde durch ihre Augen die Umgebung. Alles scheint unauffällig, weder liegen irgendwelche Pläne herum, wie sie die Hochzeit stören wollen, noch finde ich indirekte Hinweise. Das wäre wahrscheinlich zu viel Glück und auch wirklich unvorsichtig gewesen, immerhin gehen die Diener des Palastes hier ein und aus. Apropos, was ist mit dem Spion? Gibt es hier keinen? Ich suche alle Ecken, Kanten und Ritzen ab, aber ich finde tatsächlich keine versteckte Kammer oder verborgenen Kristalle. Entweder genießt Parn Urud Narrenfreiheit oder er hat Leute dabei, die eine Überwachung sofort entdecken würden, und der Malik will einen Skandal unter allen Umständen vermeiden.

Eine Stunde verschwende ich in der Unterkunft des Parn, bis ich aufgebe. Falls er etwas plant, wurde alles schon von langer Hand vorbereitet. Oder er will wirklich nur rumstänkern.

Ich verlasse den Parn wieder durchs Fenster und krabbele Richtung Turm. Mir gehen die Ideen aus und mein letzter Strohhalm ist der Malik. Vielleicht erfahre ich über ihn etwas, das mir helfen könnte.

»Nein, das geht nicht. Hast du nicht gesehen, was dein Vater mit Malikan Raduan gemacht hat? Du willst doch nicht ebenso bestraft werden!« Die Person, die hier mit höchst erregter Stimme spricht, ist mir unbekannt. Das Fenster, durch das sie kommt, nicht. Hier ist Baylas Unterkunft. Ich spähe hinein und sehe eine mir unbekannte Dienerin bei meiner Schwester stehen. Beide umarmen sich und Bayla weint. Ist das die Kammerzofe, in die meine Schwester verliebt ist?

»Aber ich will Arasch nicht heiraten und schon gar nicht mit ihm das Lager teilen!«

Arrangierte Ehen können echt bitter sein, aber wenn sogar die sexuelle Orientierung dabei missachtet wird, dann trifft es doppelt und dreifach hart. Einerseits scheint Jorden deutlich toleranter zu sein, ich habe bisher nicht eine Stimme gehört, die eine gleichgeschlechtliche Beziehung verurteilt. Nur nimmt mein werter Herr Vater eben auch keine Rücksicht, wenn es um seine Interessen geht.

Am Turm geht es dann im Slalom an den Fenstern vorbei, bis ich beim Malik ankomme. Zumindest an seiner Etage, denn in seinem Zimmer ist er nicht. Ebenso wenig ist mein Vater in seiner Unterkunft und so laufe ich einmal an der Außenseite herum, bis ich beide Maliks in einem Raum vereint vorfinde. Auch hier herrscht nicht unbedingt gute Stimmung. Sie stehen sich vor einem Schreibtisch gegenüber und die Gardisten der Maliks scheinen höchst angespannt, als wenn sie eine körperliche Auseinandersetzung befürchteten.

»… und ich protestiere dagegen, dass Ihr meine Hexe ohne meine Einwilligung befragt habt.«

»Hexe Nisha hat nie erwähnt, dass sie Euch nicht vorher kontaktiert hat.« Der Malik Ariaram überlässt das Reden Tara Mir, was meinen Vater nur noch mehr auf die Palme bringt. Natürlich, der Herrscher von Pers ist dem von Eiban übergeordnet, da sein Reich größer und vor allem mächtiger ist, aber beide sind sie Maliks und sie sollten eigentlich auf Augenhöhe miteinander reden.

»Wie hätte sie mich fragen sollen, wenn sie direkt von Euren Gardisten abgeführt wurde?«

»Abgeführt? Haben die Männer Gewalt angewendet?«

Nun schweigt er. Natürlich haben sie Hexe Nisha nicht gezwungen, mitzugehen, aber wer weigert sich, wenn bewaffnete Männer vor einem stehen und sagen, dass der Herrscher einen sofort zu sprechen wünscht?

Zufrieden über ihren Sieg zieht sich die Beraterin zurück und Diener bringen Wein und kleine Speisen, vor allem Obst und Gebäck, wenn ich das von hier aus richtig sehe. Malik Kyros ignoriert das Angebot und schmollt, indem er aus dem Fenster schaut, weswegen ich mich hastig unter dem Fenstersims verstecken muss.

Ich höre Schritte und mein Vater dreht sich wieder zum Rauminneren. Vielleicht sorgt sich Ariaram doch um die Hochzeit, zumindest bringt er höchstpersönlich und mit einem versöhnlichen Lächeln einen zweiten Kelch Wein zu meinem Vater. »Es wird nicht wieder vorkommen, mein Wort darauf.«

Ich krabbele ein Stück hervor und linse in den Raum. Beide Männer stehen eng beieinander und ich sehe den Widerstreit der Gefühle im Gesicht meines Vaters: Einerseits sieht er sich geehrt, da der Malik persönlich ihn bewirtet, andererseits ist er noch immer beleidigt. Ich kann die günstige Gelegenheit einfach nicht verstreichen lassen. Als der Malik meinem Vater den Kelch reicht und der ihn gerade entgegennimmt, reiße ich mit einem Magiefaden Ariarams Hand in die Höhe und mit einem zweiten stoße ich gegen den Kelch. Wein ergießt sich über Gesicht und Brust meines Vaters und er sieht mindestens so verdattert aus wie sein Gegenüber.

»Das war keine Absicht, Malik Kyros, Malik Ariaram hat nur ...« Tara Mir verstummt. Was soll sie sagen? Dass er ein körperliches Leiden hat und somit seine Gesundheit und Kraft in Frage stellen? Oder doch einen willentlichen Akt andeuten. Beides würde ihn das Gesicht verlieren lassen. Selbst mein Skill Hofpolitik bietet keine Interpretation an, was die bessere der zwei schlechten Optionen ist.

Mein Vater könnte als Einziger noch das Geschehen überspielen, er könnte lachen und so tun, als wenn das ein absurder Scherz wäre. Er könnte sich dafür entschuldigen, Malik Ariaram angestoßen zu haben und somit die Schuld an dem Vorfall auf sich nehmen. Was darf es sein, alter Mann? Er scheint sich zu einer Entscheidung durchzuringen, da dreht der Malik Ariaram sich abrupt um und lässt ihn wie einen unbedeutenden Diener stehen. Die Beraterin sieht genauso deutlich wie ich, wie mein Vater die Augen aufreißt. Erst die Weindusche und dann, als er die rettende Hand reichen will, wird er eiskalt abserviert. Der Herrscher von Pers bekommt davon nichts mit, die Tür knallt gerade hinter ihm zu.

Und nun? Wird Tara Mir für ihren Herren eine Entschuldigung stottern? Sie bekommt keine Gelegenheit dazu. Bevor sie den Mund öffnen kann, verschwindet auch mein Vater türknallend. Ich krabbele an der Außenseite des Turms rasch zum Fenster seiner Unterkunft und komme zeitgleich mit ihm dort an. Er tobt. Dafür braucht er keine Worte, stattdessen zerschlägt er einen Stuhl mit der bloßen Faust und schmettern eine mit Goldfarbe bemalte Vase gegen die Wand. Keiner der Diener traut sich einzuschreiten, und ich kann es ihnen nicht verdenken. Er ist ein grausamer alter Mann, der schon seinen Kindern gegenüber kein Erbarmen zeigt. Für einen Diener kann das tödlich enden.

Ich bin so lange mit meiner Saat der Zwietracht zufrieden, bis mir aufgeht, dass ich nichts erreicht habe. Ja, das ist Wasser auf die Mühlen des Zorns, aber beide Maliks nehmen sich zurück und wollen, dass die Hochzeit stattfindet. Was soll ich tun?

Kapitel 19

Es sind nur noch wenige Stunden bis zur Hochzeit. Draußen sind Magier dabei, Bäume wachsen zu lassen, damit sie die Abendsonne abhalten und Schatten spenden. Es scheint eine kräftezerrende Arbeit zu sein, wenn ich mir ihre schweißüberströmten Gesichter anschaue. Die Bäume sind noch kaum zwei Schritte hoch und dennoch hängen Diener jetzt schon Tausende kleine Lampions in die Äste. Dass sie beim weiteren Wachsen in die Höhe getragen werden, ist nur praktisch, da sie so keine Leiter benötigen. Andere arbeiten am neuen Podium für die Musiker, das, wie auch alles andere, vom alten Platz, an dem am Morgen die Zeremonie stattfinden sollte, herbeigeschleppt wurde. Tierbändiger, die mit dem Wanderzoo gekommen sind, verfüttern beruhigende Substanzen an die Bestien, sodass die Gäste zur Feier des Tages ohne Gefahr nah an die Tiere und Mobs herantreten können. Arifanten, die wie gigantische Mammuts mit Reißzähnen aussehen, gibt es genauso wie meine geliebten Fokussierten Terrorbären oder Orks, die, bis auf einen Lendenschurz, nackt in ihren Käfigen ausgestellt werden. Daneben ist auch noch ein ganzer Haufen an flauschigen und niedlichen Tierchen zu sehen, aber die großen Fleischfresser werden wohl die Stars dieser Menagerie sein.

Warum dieser Umzug quer über den Palastbezirk stattfindet, wird wohl irgendein alter Wälzer für Traditionen
erläutern können. Ich habe keine Ahnung und keine
Zeit, mich damit zu beschäftigen. Unter Hochdruck
schuften alle in der gleißenden Sonne. Die Schatten sind
noch zu kurz, obwohl die Magier all ihr Mana in die
Bäume pumpen.

Parn Urud ist vor einer Weile herausgekommen,
schlendert mit einem langen Zug von Höflingen über
den Platz, steht allen im Weg und stört mit seinen Fragen
und ungebetenen Ratschlägen gehörig. Und dennoch
stellt er irgendwann fest, dass die Diener vorankommen.
Sie sagen zwar zu allem Ja und Amen, aber sie gehen
unbeirrt ihren Aufgaben nach. Und sobald der Parn
seinen Unmut darüber kundtut, verweisen sie auf die
Befehle des Maliks.

Ich sitze auf einem Baum, der mittlerweile an die
sieben Meter hoch ist und noch immer rund einen
Zentimeter in der Minute wächst, und überlege, ob ich
nicht doch irgendwie den Herrscher von Parthi für mich
einspannen kann. Er ist so offensichtlich der Bösewicht,
der die Hochzeit platzen lassen will, dass ich diese Steil-
vorlage nicht ignorieren kann. Ich klettere vom Baum
herunter, steige in Flow und frage mich, welche Gestalt
ich annehmen soll. Meine eigene verbietet sich von
selbst, denn ich will ganz sicher nicht, dass die Leute
von meiner Anwesenheit erfahren. Der Attentäter ist

auch schon zu bekannt, die Wachen würden sein Gesicht sofort wiedererkennen. Viel mehr Leute kenne ich aber nicht gut genug … außer Heli! Das könnte sogar in doppelter Hinsicht nützlich sein. Falls mich einer aus dem Gefolge von Malik Kyros entdeckt, wird er vielleicht glauben, sie sei entkommen, sie einfangen und genau dorthin zurückbringen wollen, wo sie jetzt ist.

Es bleibt zwar ein Risiko, aber mehr habe ich zurzeit nicht. Ich stelle mir Heli in ihrer typischen Dienerinnenkleidung vor. In Sekunden verwandle ich mich in sie und schaue an mir herunter. Ich habe keine Zeit, mich zu drehen und gebührend zu bewundern, aber einen Stich verspüre ich schon. Ich muss sie retten, selbst wenn sie wegen der missglückten Flucht und meines plötzlichen Verschwindens nichts mehr von mir wissen will. Das bin ich ihr schuldig. In Flow habe ich den Vorteil, dass ich Leute berühren kann und ihre Grundinformationen, also das, was ich für eine Verwandlung brauche, gespeichert wird. Ich schnappe mir ein Tablett mit Blumen, das irgendwer abgestellt hat, drängele mich durch die Hofleute von Parn Urud und zeige ihm das Gesteck.

»Sind diese Blumen für Euren Tisch nach Eurem Geschmack, Parn Urud?«

Der Herrscher mustert mich von Kopf bis Fuß und ungeachtet Helis Schönheit rümpft er die Nase. Ohne sich zu einer Antwort herabzulassen, geht er weiter und seine Speichellecker drängen mich unhöflich zur Seite. Perfekt, das sind vier Leute aus dem engsten Umkreis des Parn, die ich nun imitieren kann. Wen ich hier allerdings nicht antreffe, ist ein Wachmann der Kyros', der mich zur echten Heli bringt. Hier sind nur Diener aus Pers, und so eile ich in den Palast. In einem unbeobachteten Moment verwandle ich mich in einen braunhaarigen Mann mit blasser Haut. Wer das ist, weiß ich selbst nicht, aber er stand immer besonders nah beim Parn. In seiner Gestalt streife ich durch den Palast, betrete Räume, verlasse sie wieder, gehe Treppen hinauf und woanders wieder hinab. Dank meiner früheren Erkundungen weiß ich, wo weniger Wachen stehen oder auch gar keine. Immer wieder tue ich so, als hätte ich mich verlaufen und lasse mich von den Palastwachen vertreiben. Als ich einmal unbeobachtet bin, wechsle ich erneut mein Aussehen und wiederhole das Spiel.

Nachdem ich mich zum dritten Mal in einen Höfling des Parn verwandelt habe, bemerke ich, dass die Wachen plötzlich deutlich aufmerksamer sind. Mehr Durchgänge hier sind bewacht, mehr Kreuzungen von Gängen unter Aufsicht. Mein Herumstromern hat also zu einer gewissen Alarmbereitschaft geführt und sie fahren die Bewachung noch weiter hoch. Ich entdecke nun auch immer mehr Männer, die das Gähnen kaum unterdrücken können.

»Ich bin schon fast einen ganzen Tag im Dienst«, jammert ein Soldat, in dessen Rücken ich gerade vorbeilaufe.

»Und ich habe seit zwei Tagen nicht geschlafen.« Sein Kamerad reibt sich über die Schläfen.

Viel zu spät hören sie meine Schritte, drehen sich abrupt um und starren mich übellaunig an. Sie sagen kein weiteres Wort, doch ich lese in ihren Augen, dass sie mir, also einem Höfling des Parn, die Schuld für ihre Misere geben. Obwohl der Malik keinen Mangel an Palastwachen hat, ist ihre Anzahl letztlich begrenzt. Dafür müssen die Männer hier Doppel- oder Dreifachschichten schieben, statt ihre wohlverdienten Ruhezeiten einzuhalten.

Warum ich kein Mitleid habe? Weil müde Männer Fehler machen. Mit übernächtigten Soldaten lässt sich vortrefflich Chaos anrichten. Aber in die Palastküche wird niemand durchgelassen, der nicht seit Jahren bekannt ist – und der nicht das gestickte Emblem der Palastküche auf der Kleidung vorweisen kann: zwei Kochlöffel über einem Kochtopf.

Das hält mich nicht lange auf, als Spider muss ich lediglich durch mehrere Belüftungsschächte hindurchkrabbeln. Jetzt bin ich ganz staubig und voller Spinnweben, aber das ist ein kleiner Preis dafür, unbehelligt in die Palastküche zu gelangen. Verstohlen sehe ich mich um. Dreißig mannshohe Backöfen stehen an den Wänden verteilt, die zahllosen Arbeitsplätze sind streng nach Speisen aufgeteilt. Fleisch wie auch Fisch, Gemüse, Obst und die Backwaren werden jeweils von speziell dafür vorgesehenen Köchen zubereitet. Es herrscht geschäftiges Treiben, durch den riesigen Saal werden Anordnungen gerufen und eine ganze Armee von Hilfsköchen schneidet, raspelt und hackt, passiert und rührt. In einer Ecke auf einem Podest, einen Meter über allen anderen, sitzt eine alte Frau vor einem Mörser und zerreibt und zerkleinert Gewürze. Von ihr bekommen nur die Köche etwas, die für die Speisen persönlich verantwortlich sind. Ich krabbele an der Decke hinüber, um einen Blick auf Pfeffer, Safran, Salz – in sieben verschiedenen Farben von Rosa bis Indigo – und tausendundeins weitere Gewürze zu riskieren. Eine ganze Reihe der Kräuter und Pulver kenne ich gar nicht. Aber so wie die Frau sie in kleinsten Mengen herausgibt, müssen das sehr kostbare Gewürze sein. Hinter ihr an der Wand steht ein wuchtiges Möbel von zehn mal sieben Metern, das an einen Apothekerschrank erinnert. Was sie nicht an ihrem Platz hat, holt sie umständlich mit einer Leiter aus der entsprechenden Schublade. Als sich ein Koch, der vollkommen abgehetzt scheint, selbst bedienen will, zieht sie ihm eine Gerte über den Rücken. Ihre Bewegungen sind erstaunlich geschmeidig, auch wenn alles andere, was sie tut, in Zeitlupe geschieht.

»Und wage es nie wieder, meinen Schrank anzurühren, oder ich werfe dich in deinen eigenen Kochtopf!« Sie schaut ihn böse an. »Was denn noch?«

Der Koch steht weiterhin wie ein geprügelter Hund da.

»Ich brauche noch roten Pfeffer und …«

»Du bekommst keinen roten Pfeffer. Nimm vom gewöhnlichen!«

»Aber ich brauche …«

Die beiden zanken sich und ich nutze den Umstand, dass sie abgelenkt sind, indem ich hinter die Streitenden krieche, wo mich keiner sieht, einmal tief durchatme und mich in einen Höfling des Parn verwandle. Niemand achtet auf mich, selbst als ich Schubladen aufziehe und wieder schließe. Erst als ich eine Schublade mit lautem Knall zuschiebe, schrecken beide auf und glotzen mich an.

»Einen guten Tag, interessante Gewürze habt ihr hier«, murmele ich scheinbar verlegen und mache, dass ich wegkomme.

»Warte, wer bist du, was hast du da gemacht?«, ruft mir die Alte hinterher.

Immer mehr Köche, Hilfsköche und Küchenhilfen schauen bei dem Geschrei auf. Doch zumindest gibt es hier keine Palastwachen. Keiner tritt vor und versucht mich zu packen, und als ich aus der Tür in den langen Flur trete, an dessen Ende der bewachte Zugang zum

Küchentrakt ist, nutze ich die unbeobachtete Sekunde, um als Spider zu verschwinden.

Der Koch, der eben noch mit der Gewürzmeisterin über den roten Pfeffer gestritten hat, eilt hinter mir aus der Küche, bleibt abrupt stehen und reibt sich über die Augen. Doch er kann mich nirgends finden und rennt den Flur hinunter.

»Habt ihr einen Mann gesehen? Er hat dunkles Haar, blaue Samtkleidung und …«

»Hier ist niemand vorbeigekommen«, unterbricht ihn eine Wache unwirsch. Der Mann hat rotgeränderte Augen und sieht dermaßen übermüdet aus, dass ich nun fast doch Mitleid bekomme. Der Koch allerdings ist auch schon seit vielen Stunden mit den Vorbereitungen für das Hochzeitsessen beschäftigt und dementsprechend ebenfalls nicht unbedingt in glänzender Stimmung.

»Er muss vorbeigekommen sein, da sind hundert Leute hinter mir, die bezeugen können, dass er soeben in den Flur gerannt ist. Wie soll er von dort verschwunden sein, wenn nicht durch diese Tür?«

Der Soldat hält weiter dagegen, doch irgendwann schickt er einen seiner Kameraden los, um einen Vorgesetzten zu holen. Ich sehe gespannt zu, wie der ebenso unausgeschlafene Leutnant sichtlich mit sich ringt, ob er dem Sachverhalt mühselig auf den Grund gehen oder einfach alles unter den sprichwörtlichen Teppich kehren soll.

Die einfachen Palastwachen hoffen definitiv auf Letzteres. Denn als er verkündet, dass ein Zeichner für ein Phantombild geholt werden soll, ein Tierbändiger seine Giftmungos herbeischaffen und die Alchemisten des Palastes die Küche nach Gift durchsuchen sollen, stöhnen sie im Chor. Alle Arbeit muss unterbrochen werden und nun streitet der Leutnant mit dem Küchenmeister, der angesichts dieser Anweisungen einen Wutanfall bekommt.

»Warum können meine Leute nicht weiterkochen? Wir mussten bereits alles wegwerfen, was für die Hochzeit am Morgen gedacht war, und vollkommen neu anfangen, damit wir, wie es der Malik befohlen hat, nur frischeste Speisen für das Bankett am Abend servieren!«

»Weil ich nicht will, dass hier irgendetwas vertuscht wird!«

»Vertuscht? Vertuscht!«, schreit der Küchenmeister völlig außer sich und sein eben bereits rotes Gesicht ist jetzt purpurfarben. »Hier vertuscht niemand was, alle tun ihr Möglichstes, um die Hochzeit zu retten. Glaubst du, dass es einfach ist, das Hochzeitsbankett vom Vormittag auf den Abend zu verlegen?« Mit dem Zeigefinger pocht der Küchenmeister hart auf den Brustpanzer der Wache, bis der seine Hand wegschlägt.

Ich verdrücke mich, aber nicht aus dem Küchentrakt. Vielmehr nutze ich das Chaos, um das Gift meiner Alchemistinnen zu verteilen. Am Gewürzschrank fange ich an, verteile hier eine Prise, dort ein paar Tropfen, und danach vergifte ich auch noch die Zutaten an drei Arbeitsplätze. Dabei nutze ich lediglich meine schwächsten Gifte, die niemanden umbringen, sondern einem Esser höchstens ein paar unangenehme Stunden bescheren würden, und bei denen der Giftmungo wahrscheinlich ausflippen wird.

Als die letzten Küchenhilfen hinausgegangen sind, klettere ich zur Decke. Hier, in sechs Metern Höhe, wo sich eine widerliche Schicht Fett vom Kochen abgelagert hat, die den Staub und nicht wenig Ruß bindet und manch mumifiziertes Insekt festhält, kann ich mich mühelos verbergen. Es dauert über eine halbe Stunde, bis erst die Tierbändiger eintreffen und nach ihnen fünf Alchemisten. An einer Leine führen zwei Frauen und ein Mann jeweils drei Giftmungos. Diese dackelgroßen Tiere stecken ihre spitze Schnauze in jede Ecke, jeden Beutel und Topf und kurz darauf schlägt auch schon der Erste an. Sein kehliges Bellen lässt die Palastwache den Arbeitsplatz umstellen und die Alchemisten nehmen ihre Arbeit auf. Nun geht es daran, herauszufinden, ob beispielsweise ein natürlich vorkommender Pilz wie Mutterkorn eine Speise vergiftet hat oder ob ein Giftgebräu oder Pulver verteilt wurde. Die Alchemisten sind mitten in der Arbeit, da ertönt das Bellen erneut. Nach und nach werden alle Arbeitsplätze identifiziert, die ich präpariert habe und ebenso der Gewürzschrank.

Der Küchenmeister ist ganz außer sich, da er nun absolut keine Chance mehr hat, irgendetwas von dem, was bereits gekocht wurde, auf die Tafel zu tragen oder gar seine Arbeit wiederaufzunehmen. Alle Köche, Hilfsköche und Küchenhilfen werden nun von den Giftmungos beschnüffelt und jedes Mal atmen die Leute erleichtert aus, wenn bei ihnen keins der Tiere anschlägt. Lärm im Gang erregt meine Aufmerksamkeit. Ein Trupp Gardisten kommt in die Küche und mitten unter ihnen Malik Ariaram.

Alles kommt zum Stillstand, selbst die Giftmungos bemerken den Schreck ihrer Halter und machen sich so klein wie möglich. In knappen Worten wird der Malik über alle Entdeckungen unterrichtet und nur die Alchemisten müssen stotternd zugeben, dass sie noch nicht wissen, welches Gift gefunden wurde, und sie nichts darüber sagen können, außer, dass es nicht natürlichen Ursprungs ist.

»Und das ist der Mann?« Der Anführer der Gardisten reißt einem Diener das frisch gezeichnete Phantombild aus der Hand und reicht es dem Herrscher. »Das sieht für mich nach Chakib aus, einem engen Vertrauten des Parn.«

Der Malik hat bisher kein Wort gesprochen. Unvermittelt dreht er sich um und marschiert aus dem Küchentrakt. Wohin er geht, muss ich nicht erst raten. Ich krabbele sofort aus dem nächstgelegenen unbewachten

Fenster hinaus und klettere so schnell ich kann die Außenmauern zur Unterkunft des Parn empor. Ich komme dennoch zu spät. Der Malik ist bereits da, sein Gardist hält demonstrativ das Phantombild in die Höhe und zeigt auf besagten Chakib, den ich mit Flow imitiert habe.

»Das ist eine ungeheuerliche Unterstellung!«, brüllt der Herrscher von Parthi. »Chakib war die ganze Zeit bei mir, das können alle Anwesenden bezeugen.«

»Und wir wissen, was Zeugen wert sind, die miteinander unter einer Decke stecken.« Einer der Gardisten murmelt das so laut, dass alle es hören.

»Wie kannst du es wagen!« Einer der Höflinge des Parn geht erzürnt zwei Schritte vor und baut sich vor dem gerüsteten Krieger auf. Dass er dabei gerade einmal bis zu dessen Brust reicht und dem Gardisten nur in die Augen schauen kann, wenn er den Kopf in den Nacken legt, ruiniert seinen Auftritt.

»Ruft Euren zahnlosen Hund zurück, Parn. Hunderte Köche, Hilfsköche und Küchenhilfen können bezeugen, dass Chakib in der Küche war!« Der Malik verliert die Geduld und sieht sich im Recht. Ich muss leise kichern. Wenn es so weitergeht, habe ich ruckzuck mein Ziel erreicht.

»Ich verlange ein göttliches Urteil. Weder ich noch einer meiner Getreuen hat Gift in der Küche verstreut. Mögen die Götter meine Zeugen sein!«

Ein Raunen geht durch den Raum und ich verstehe gar nichts mehr. Was mir aber am deutlichsten zeigt, dass mein Plan abermals schiefgelaufen ist, ist das Gesicht des Maliks, dem plötzlich Zweifel an der ganzen Sache abzulesen sind.

Schöner Mist!

Kapitel 20

Ich will wissen, was es mit dem Götterurteil auf sich hat und begleite den Zug in den Tempel der Fünf. Dabei muss ich nicht auf Umwegen hineinschleichen, es reicht, dass ich mich dem Tross des Parn anschließe. Seine Höflinge sind so beladen mit Dingen, die der Parn brauchen könnte und womit sie sich zu gegebener Zeit bei ihm einschmeicheln könnten, dass ich mich einfach auf einen Pelzhut setze und als hässlicher Kopfschmuck darauf throne. Keine Ahnung, wann bei dieser Hitze der Höfling meint, diesen Hut für seinen Herrscher zu benötigen, doch sollte ein Magier mit Eiszaubern um sich werfen, wird seine Stunde gewiss kommen. Ich stelle fest, dass sie alle irgendwelche Dinge tragen, einen Sonnen- und einen Regenschirm, einen mit Edelsteinen besetzten Spazierstock, einen silbernen Degen. Etliche haben Tabletts mit Gläsern und Karaffen in Händen, manche Decken, andere wiederum Spielzeug für den Zeitvertreib, falls dem Herrscher langweilig werden sollte.

Die Gruppe, angeführt vom Malik und seiner Garde, läuft durch den Palast, direkt auf den Tempel zu. Längst haben sich uns der Küchenmeister und die Gewürzmeisterin angeschlossen und dazu ein Dutzend weiterer Köche. Sie sollen wohl bezeugen, dass Chakib wirklich in der Küche war. Wie die Prüfung ablaufen soll, ob ich irgendwie das Ergebnis manipulieren kann … mal sehen.

Wir durchschreiten die breite Tür und irgendwer muss uns angekündigt haben, denn alle fünf Hohepriester, drei Männer und zwei Frauen, erwarten uns schon. Hinter ihnen haben sich fünfundzwanzig weitere Priester versammelt, und die Tempelgemeinschaft blickt uns ernst und von ihrer eigenen Wichtigkeit überzeugt entgegen. Es gibt eine knappe Begrüßung der Herrscher, dann führen sie die Besucher zu den Statuen der Götter.

Trommeln setzen ein. Ich blicke mich um, kann aber niemanden entdecken, der die Instrumente schlägt. Ohne ein Wort nehmen die Hohepriester bei den Statuen Aufstellung. Die Trommeln drücken aufs Gemüt und es fällt mir plötzlich schwer, meine Gedanken zu sortieren. Ich bin schon in Spider und würde mich am liebsten noch kleiner machen. Den Menschen um mich herum ergeht es nicht anders, sie stehen mit hängenden Schultern und geneigtem Kopf da, als wenn sie aufs Schafott geführt würden.

In einem weiten Halbkreis stehen wir vor den Statuen. Die Kristalle an der Decke erlöschen auf einen Schlag und aufgeregtes Gemurmel und kleine Schreie ertönen. Im nächsten Moment werden die Kristalle zu Füßen der Fünf eingeschaltet. Das gleißende Licht blendet uns, aber alles bis auf den Boden direkt vor den Götterstatuen ist in Schwärze getaucht.

Der Hohepriester Halvers nimmt den Küchenmeister bei der Hand und führt ihn an die Lichtgrenze, tritt jedoch selbst nicht ins Helle. Der Küchenmeister braucht einen kleinen Schups, damit er bis zur Mitte geht. Dort räuspert er sich nervös und steht dann einfach nur da.

»Nun sag, was du in der Küche gesehen hast und lasse die Götter bezeugen, dass nichts als die Wahrheit aus deinem Mund kommt.« Halvers Hohepriester hat eine wohltönende Stimme, die jedoch eine Spur Ungeduld erkennen lässt.

Ein Ruck geht durch den Mann und auf einmal sprudeln die Worte nur so aus ihm heraus. »Ich habe heute Milchbrei zum Frühstück gegessen und konnte mich ...«

Ohne Punkt und Komma und scheinbar auch ohne jede Kontrolle über seine Worte redet der Küchenmeister drauflos. Einer neben mir kichert leise, doch er bekommt den Ellenbogen eines anderen in die Seite gerammt, der ihm zuzischt: »Glaubst du etwa, das ist lustig? Die Götter lösen deine Zunge und du kannst nicht mehr aufhören zu reden. Deine geheimsten Gedanken und Wünsche werden so offenbar.«

Kein Wunder, dass sich die Anhänger des Parn so überrascht gezeigt haben, als der Herrscher von Parthi zum Götterurteil bereit war.

Der Hohepriester Halvers versucht nun doch, den Wort-
schwall zu lenken. »Seit wann warst du in der Küche ...«

»Seit heute kurz nach Mitternacht, ich habe ...«

»Warst du die ganze Zeit da oder ...«

»Ich war nicht die ganze Zeit da, ich habe eine Abort-
pause gehabt, wonach ich mir aber nicht die Hände
gewaschen habe, und dann ...«

Ein angewidertes Raunen geht durch die
Versammelten.

»Und das als oberster Koch des Maliks.«

»Eine Schande, selbst wenn er so wenig Zeit hat.«

»Er muss sofort entlassen werden!«

»In den Kerker mit ihm!«

Aus der Dunkelheit kommen noch mehr solcher
Zwischenrufe und ich habe keinen Zweifel, dass der
Küchenmeister sich ab sofort nach einer neuen Auf-
gabe umsehen darf.

»Hast du diesen Mann in der Küche gesehen?« Der
Hohepriester schreit jetzt, um sich über dem Lärm
Gehör zu verschaffen, und zerrt Chakib zur Licht-
grenze, sodass sein Gesicht klar zu erkennen ist.

»Ich nicht, aber meine Leute. Sie haben ihn deutlich
gesehen und auf den Phantombildern erkannt ...«

»Sagte ich es doch! Alles Lüge!«, ruft der Parn aus.

Halvers Hohepriester wirft ein Seil mit einer Schlinge,
fängt den Küchenmeister damit ein und reißt ihn aus
dem Licht. Sobald er die Grenze in die Dunkelheit

übertritt, fällt er schluchzend zu Boden. »Es war nur heute, Malik, nur heute habe ich mir nicht die Hände gewaschen, verzeiht mir …!«

Doch der Malik zeigt keine Gnade, eine Palastwache zerrt den Küchenmeister auf die Füße und durch die Menge hindurch aus dem Tempel.

»Wenn nun die Farce vorbei ist …«, ruft der Parn erneut.

Alle blicken nach links und rechts und wissen nicht weiter. Da kommt Bewegung auf und diesmal tritt die Gewürzmeisterin selbst in den hellen Bereich. Durch sie geht ebenso ein Ruck wie zuvor durch den Küchenmeister, doch ihr gelingt es besser, ihren Redefluss zu kontrollieren. Sie muss einen eisernen Willen haben. »Der Mann war nicht nur in der Küche, sondern hat sich auch an meinen Schränken zu schaffen gemacht!«, donnert sie wütend. Gleich daraufhin verlässt sie fluchtartig das Licht, bevor sie doch noch die Herrschaft über ihre Zunge verliert und mehr preisgibt, als ihr lieb ist.

Von diesem Beispiel, wie man das Götterurteil unbeschadet überstehen kann, inspiriert, springen nun nach und nach alle Köche ins Licht, bezeugen rasch, was sie gesehen haben, und verlassen schnellstmöglich den erleuchteten Bereich zu Füßen der Statuen wieder.

»Meine Küchenleute sind sich einig, Chakib war in der Küche.« Der Malik erhebt nicht die Stimme, doch seine Worte erreichen alle.

»Sie glauben zumindest, dass sie die Wahrheit sagen, das Götterurteil verhindert nur, dass sie eine Lüge aussprechen!« Der Parn schubst seinen Untergebenen über die Lichtgrenze und der schreit praktisch seine Worte heraus.

»Ich war nie in der Küche, weder heute noch früher. Ich habe kein Gift verteilt und … ich liebe den Parn. Er ist der größte Herrscher der Welt und würde er den Imperator …«

Rasch wird Chakib wieder aus dem Lichtschein gezerrt, bevor er sich um Kopf und Kragen redet, doch das Wichtigste ist gesagt.

»Damit habt Ihr Euren Beweis. Wer auch immer die Küche betreten hat, es war nicht Chakib«, meldet der Parn sich zu Wort und überschreitet nun höchstselbst die Lichtgrenze. »Und ich habe auch sonst niemanden ausgeschickt, um in die Küche einzudringen oder gar Gift zu verteilen.« Er breitet erhaben die Arme aus, dann dreht er sich zu den Götterstatuen, verneigt sich und schickt sich an, den Lichtkegel zu verlassen.

»Warum seid Ihr dann uneingeladen gekommen?« Eine Stimme ruft die Worte unerkannt aus dem Dunkel.

»Die Vereinigung mit Pers ist ein schwerer Fehler. Eiban wird alles verlieren und Pers wird ebenfalls untergehen.« Parn sieht in die Richtung des Sprechers, doch als sich sein Mund zum Weiterreden öffnet, verlässt er rasch das Licht.

Er hat die Wahrheit gesprochen, zumindest so, wie er sie sieht. Er hat auch nie behauptet, dass Parthi nicht diejenigen sind, die Pers dann vernichten werden. Und der Teil zu Eiban ... vielleicht hat er ja ebenfalls schon etwas von einem geheimen Schatz gehört. Der halbe Hofstaat von Eiban scheint ja damals versucht zu haben, herauszufinden, was es mit der Prophezeiung von Hexe Nisha auf sich hat. Es würde mich nicht wundern, wenn darüber an allen Höfen getuschelt würde und sich sämtliche Herrscher bereits ein eigenes Urteil gebildet hätten.

Aber was mache ich nun? Mir gehen die Ideen aus und ich sehe keine Optionen mehr, wie ich die Hochzeit noch in letzter Minute verhindern kann. Das Götterurteil ist gesprochen und alle Kristalle leuchten wieder, dass der ganze Tempel erstrahlt. Ich sehe hier und da einige, die zu ihren Göttern beten, doch die meisten verlassen rasch diesen Ort.

»Was tun wir jetzt, Malik? Das Essen ist verdorben, niemand wird es noch essen wollen, schon allein wegen der Aussage des ehemaligen Küchenchefs ...«

Ein Beamter ist an Malik Ariaram herangetreten. Wenigstens das habe ich geschafft heute Abend. Ohne ein fürstliches Mahl kann die Hochzeit nicht stattfinden. Sie werden das Fest neu organisieren müssen und vielleicht auf nächste Woche verschieben. Schon die verbrauchten Zutaten für das Hochzeitsbankett zu ersetzen, wird Zeit brauchen. Bis dahin muss ich einen todsicheren Plan entwickeln und …

»Die Kinder werden heute noch heiraten – mit Essen oder ohne.«

»Das kann doch nicht wahr sein!«, brülle ich, was sich im wütenden Knirschen meiner Mandibeln bemerkbar macht.

»Wo kommt die Spinne her?«

»Entferne sie jemand, das riesige Ding ist bestimmt giftig!«

Die Höflinge um den Parn haben mich entdeckt. Der Stock eines Sonnenschirms rast auf mich zu und ich springe in letzter Sekunde vom Pelzhut. Etliche Füße stampfen nach mir und ich muss beim Ausweichen mein ganzes Können aufbringen – freilich kassiere ich viele Treffer. Das Chitin knackt unheilvoll bei diesen Angriffen und ich heile die Puppe fortwährend, so schnell ich kann. Zum Glück habe ich den Skill hochgestuft. Dennoch renne ich lieber zur Wand, klettere geschwind in die Höhe und bevor die Männer mit Gegenständen nach mir werfen können, eile ich an der Decke zu einem Fenster und quetsche mich durch den Spalt hinaus. Gerettet!

• • •

Was bleibt mir noch? Ich hätte nicht übel Lust, den ganzen verdammten Palast abzufackeln, aber das würde ebenso die vielen einfachen Leute treffen, die hier nur arbeiten. Außerdem leben hier auch Kinder und ihren Tod möchte ich nun wirklich nicht auf mein Gewissen laden.

Ich hocke über dem Haupteingang des Palastes und schaue missmutig auf die emsigen Diener herunter, die dort hinein- und herauslaufen. Doch auf einmal wandelt sich das Bild, als etliche bewaffnete Palastwachen herausmarschieren und sich stets zu zweit in alle Richtungen verteilen. Was ist denn nun los? Diesmal bin ich aber unschuldig. Ich sehe, wie der nächste Pulk Wachen herbeigelaufen kommt und von einem Leutnant instruiert wird. Mit einem Spinnfaden lasse ich mich weiter hinunter und lausche.

»Malikania Bayla ist verschwunden. Riegelt die Tore ab, kontrolliert alle, die hinauswollen gründlich. Achtet genauso auf Verkleidungen wie auf Verstecke und doppelte Böden in Fuhrwagen und Koffern!«

Meine große Schwester ist getürmt? Ich kann ihr nur die Daumen drücken, dass die Flucht gelingt. Dafür braucht sie jedoch jemanden, dem sie vertraut und der imstande ist, sie aus dem Palastbezirk herauszubringen. Irgendwie bezweifle ich, dass es hier viele Menschen gibt, auf die das zutrifft. Die Soldaten aus Eiban sind noch immer im Lager und können sich nicht frei bewegen, und außer ihrer Geliebten, der Kammerzofe, hat sie keine eigenen Diener. Minu zähle ich nicht, sie ist vornehmlich die Dienerin und Vertraute meiner Mutter und würde Lilith niemals etwas verschweigen. Andererseits will diese die Vereinigung der Reiche ebenso wenig, vielleicht ist sie also das Ass im Ärmel meiner Schwester.

Es nützt alles nichts, ich brauche Gewissheit. Möglicherweise kann ich ihr ja sogar bei der Flucht helfen. Ich wechsle in Bat und steige hoch in die Luft. Die Schatten werden bereits länger und in wenigen Minuten wird die Dunkelheit hereinbrechen. Ich lasse zehn Motten in alle Richtungen ausschwärmen. Die zehn Bildschirme, die nun in meinem Sichtfeld aufploppen, sind nicht so leicht im Blick zu behalten und ich hoffe inständig, dass ich Bayla nicht schlicht übersehe. Zusätzlich ziehe ich meine Bahnen um den Palastbezirk, setze mein Echolot ein, falls sie irgendeine Art von magischer Tarnung nutzt, fliege in engen Kurven zwischen den Gebäuden und halte nach Flüchtenden Ausschau.

Schon werden die Lampions entzündet und die Gäste strömen langsam zum Ort, an dem die Hochzeitszeremonie vollzogen werden soll. Ich höre hier und da Beschwerden, dass es nichts zu essen gib und lediglich Wein und andere abgefüllte Getränke gereicht werden. Die beliebten Fruchtbowlen wurden, wie ich höre, genauso weggekippt wie alles andere, das am Tag zubereitet wurde.

In der Nähe wird Bayla sich kaum aufhalten, sondern sich so weit von hier entfernen wollen wie irgend möglich.

Ich beobachte, wie einige Soldaten zwei Menschen im Dunkeln anhalten und eile dorthin. Zwei Frauen werden die Kapuzen vom Kopf gezogen, aber sofort ist klar, dass dies nicht die Gesuchten sind. Hat meine Schwester Doppelgängerinnen ausgeschickt, die eine falsche Fährte legen sollen? Soldaten, die als Unterstützung herbeieilen, wenden sich gleich wieder ab. Ich will auch schon weiter, da dringt der erleichterte Seufzer einer der Frauen an mein Ohr. Sie klingt haargenau wie meine Schwester.

Ich drehe eine Extrarunde und halte Ausschau nach Soldaten, doch da die beiden bereits als die falschen Frauen eingestuft wurden, werden sie in Ruhe gelassen. Ich lasse mich auf einem Baumstumpf nieder und starre ihnen angestrengt in die Gesichter. Schminke tragen sie keine und dennoch sehen sie aus, als hätten sie das fünfzigste Lebensjahr überschritten. Graue Haare, von der Sonne verbrannte runzlige Haut und Nasen, die krumm sind, als wenn sie einmal gebrochen gewesen wären, lassen das zumindest vermuten.

Bei beiden jedoch leuchtet kaum merklich der Zeigefinger der rechten Hand. Nur dank der scharfen Augen der Vieräugige Panzerfledermaus erkenne ich das überhaupt. Ich wirke eine Analyse.

Ring von Rochal. Der Meister der Illusionen, Rochal, hat
seine Kunst in diesen Ring gegossen. Für bis zu drei Stunden
kann sich sein Träger für ein Fest oder eine andere kurzweilige
Veranstaltung so verändern, wie er sein wird, wenn er älter
ist und viel an der Sonne war. Dazu gibt es noch zufällige
Variationen der Erscheinung, um den Spaßfaktor zu erhöhen.

Die beiden eilen an mir vorbei. Sie laufen so schnell, dass sie mit Sicherheit Aufmerksamkeit auf sich lenken werden, und es ist nur eine Frage der Zeit, bis sie erneut kontrolliert werden. Sie steigen über das Gatter eines Zaunes, der eine Wiese mit Rindern einfasst, und auf einmal laufen alle Tiere auf die beiden zu. Die Frauen sind derart umstellt, dass sie nicht mehr zu sehen sind. Das ist doch eine gute Gelegenheit, um in Ruhe mit ihnen zu sprechen.

Ich flattere hinüber, kreise über der Herde, bis ich die zwei in der Mitte entdecke. Sie füttern die Tiere mit irgendetwas, das sie sehr zu mögen scheinen und bewegen sich im Schutz der massigen Leiber langsam über die Weide. Hinter der Viehwiese ragt die Mauer, die den Palastbezirk umgibt, auf. Der Weg ist gut gewählt, von der Weide bis zur Wehrmauer wird es von dort hinten nur noch ein halber Kilometer sein. Doch wie wollen sie ab da weiterkommen? Haben sie vor, über die Mauer zu steigen und die Wachen auszuschalten? Fragen kostet nichts. Ich lande auf dem Rücken eines Ochsen und steige aus Bat.

»Einen guten Abend, liebste Bayla«, begrüße ich meine Schwester.

»Raduan!«

»Ihr irrt Euch, Herr, wir kennen keine Bayla.«

»An euren Antworten müsst ihr noch feilen. Nette Ringe übrigens, wo habt ihr sie her?«

Bayla schaut ihre Geliebte an, dann schüttelt sie den Kopf. »Was willst du, Bruder? Ich bin auf der Flucht, wie du sicher schon weißt. Willst du mich erpressen oder an Vater verkaufen?«

»Warum sollte ich? Nur weil ich ihn beinahe wegen deiner Worte getötet hätte? Sehe ich aus wie jemand, der nachtragend ist?«

»Wenn du schon immer eins warst, dann nachtragend.«

»Vielleicht«, ich lasse sie ein wenig schmoren, indem ich mich in aller Ruhe auf die Seite lege und dabei ein Bein anwinkele, als wenn ich auf einem Strandausflug wäre. Auf dem Rücken des Ochsen bin ich weiterhin hoch genug über der Erde, um auf die beiden herabzusehen. Im wahrsten Sinn des Wortes. »Aber noch weniger will ich, dass Eiban an Pers geht. Wie hast du dir vorgestellt, die Mauer zu überwinden?« Ich spähe hinüber und recke demonstrativ den Kopf, um ihre unüberwindliche Höhe anzudeuten.

»Wir haben das eingeplant.«

»Und sieht dein Plan auch vor, mich einzuweihen?«

»Nein!«

»Warum nicht? Ich könnte euch helfen.«

»Du?« Bayla lacht. »Wie bei allen Göttern willst *du* uns helfen?«

»Ich könnte für eine Ablenkung sorgen. Aber ich gehe das Risiko nur ein, wenn du einen echten Plan hast. Ansonsten sage ich nur ›viel Glück‹ und verschwinde.«

»Ein geheimer Tunnel. Wir haben herausgefunden, dass es in der Mauer einige versteckte Durchgänge gibt, und den Zugang zu einem davon gefunden.«

»Und du bist dir sicher, dass da ein Gang auf dich wartet? Woher hast du die Information?«

»Das geht dich nichts an.«

»Doch, denn immerhin will ich meinen Kopf für dich hinhalten.«

Bayla kaut auf ihrer Unterlippe, bis ihre Geliebte endlich das Wort ergreift. »Hexe Nisha hat uns das geweissagt.«

»Tatsächlich?« Ich bin zu verblüfft für eine beeindruckendere Reaktion. Hat die alte Hexe also doch noch einiges hinter meinem Rücken eingefädelt. Oder war das hier von langer Hand geplant? »Und wie geht es dann weiter?«

»Was meinst du?«

»Versteckt ihr euch in Bexda, wo bald schon sämtliche Stadtwachen alle Häuser und Lager durchsuchen dürften? Habt ihr ein Boot, das euch auf dem Fluss fortbringt, oder was ist der Plan?«

»Wir reisen auf einem Flusskahn zum Meer. Es sind nur siebenhundert Persmeilen und mit der Strömung können wir in weniger als zwei Tagen an der Küste sein und ein Schiff besteigen, das uns weit fortbringt.«

»Das klingt machbar, wenn auch gewisse Risiken bleiben. Habt ihr Geld oder Gold?« Meine Schwester hält einen Beutel hoch, in dem es klimpert. »Mehr nicht?«

»Es ist nicht so, dass ich auf meinen Schmuck in Eiban zugreifen könnte, Raduan. Wie sieht es aus, hilfst du uns, oder hältst du uns nur weiter mit deinen Fragen auf?«

»Ich helfe euch. Hier, nimm das, ich will nicht, dass meine große Schwester niedere Tätigkeiten verrichten muss, um sich über Wasser zu halten«, sage ich und reiche ihr von meinem erhöhten Platz auf dem Ochsenrücken fünf meiner größten Perlen. Das sollte selbst für sie eine Weile reichen und wer weiß, vielleicht baut sie sich ja ein erfolgreiches Geschäft in der Ferne auf. »Und könnt ihr kurz die Illusion fallen lassen und dieses Kristallei berühren? Ich kann es so schnell nicht erklären, aber damit werde ich die Palastwachen ablenken.«

• • •

Ich streiche mein Kleid glatt und spähe immer wieder nach links und rechts. Noch hat mich keiner der Soldaten entdeckt, aber ich will auch nicht zu früh gesehen werden. Mein Plan ist ganz einfach: Ich muss gefunden werden, um Bayla Zeit zu verschaffen, sodass sie den Flusskahn erreicht, bevor per Magie eine Nachricht an die Hafenstadt an der Küste geschickt wird, worauf alle Neuankömmlinge unter die Lupe genommen werden. Dazu brauche ich lediglich die Hochzeit zu überstehen, und vor allem die Feiernden zu ermutigen, sich derartig zu betrinken, dass der Bräutigam zu nichts mehr fähig ist. Ansonsten habe ich noch mein Schlafpulver – für alle Fälle. Denn trotz allem habe ich nicht vor, nur für meine Schwester oder damit Ibris seine verfluchte Wette gewinnt, mit Arasch zu schlafen. Zwei Tage muss ich durchhalten, damit der Malikan und alle anderen keinen Verdacht schöpfen. Dann fingiere ich den Tod meiner Schwester, und da die Ehe nicht vollzogen wurde und somit beide Reiche noch nicht vereint sind, war's das mit dem Versuch, das glorreiche Persan wiederaufzuerstehen zu lassen. Was soll da schon schiefgehen?

»Stehenbleiben! Wer da?« Ich drehe mich zu dem rufenden Mann um und lasse wie aus Versehen die Kapuze herunterfallen. »Malikania Bayla! Ich habe sie gefunden!«, brüllt der Kerl und alarmiert damit seine Kameraden.

Nun denn, es geht los.

Personenregister

Champions

Raduan Kyros

Champion von Ibris. Er steht als Malikan auf der vierzehnten Position der Thronfolge des Kleinreiches Eiban. Auf der Erde hieß er Anes Khaled und war ein erfolgreicher Spieleentwickler mit eigener Firma.

Astrée Roux

Champion von Ona, die in Jorden noch nicht in Erscheinung getreten ist. Auf der Erde hieß sie Patty Blyman und war eine Investorin und Geschäftspartnerin von Anes Khaled.

Ravi Indus

Champion von Aasaba, der in Jorden noch nicht in Erscheinung getreten ist. Auf der Erde hieß er Edward Harrington und war ein Investor und Geschäftspartner von Anes Khaled.

Aelric Ealdwine

Champion von Udos, der in Jorden noch nicht in Erscheinung getreten ist. Auf der Erde hieß er Roger Jones und war ein Investor und Geschäftspartner von Anes Khaled.

Tasso von Reichenberg
Champion von Halver. Er ist der Thronfolger des Imperators Karol der Weltenherrscher. Auf der Erde hieß er Robert Miller und war ein Assistent von Anes Khaled und Sohn der ersten Billionärsfamilie der Erde.

Die fünf großen Götter
Ibris
Er wählt Raduan Kyros als seinen Champion.

Ona
Sie wählt Astrée Roux als ihren Champion.

Aasaba
Sie wählt Ravi Indus als ihren Champion.

Udos
Er wählt Aelric Ealdwine als seinen Champion.

Halver
Er wählt Tasso von Reichenberg als seinen Champion.

Familie von Raduan
Lilith Kyros
Mutter von Raduan.

Bardiya Kyros
Vater von Raduan.

Arian Kyros
Bruder von Raduan.

Bayla Kyros
Schwester von Raduan

Gefolgsleute von Raduan
Olle Bergh
Tierbändiger aus Druyensee.

Silja
Tierbändigerin aus Kanem.

Heli Andreasson
Dienerin aus Druyensee.

Necla Said
Verurteilte Mörderin.

Gaddo Ricci
Betrüger, Waffenmeister und ausgebildeter Beamter aus
Franrike

Livie Moriner
Giftmischerin (Alchemistin)

Rahila
Giftmischerin und Alchemistin

Yesenia,
Giftmischerin und Alchemistin

Sol und Verda
Berserkerschwestern aus dem Kernimperium

Dalili
Bogenschützin

Kore
Schwertkämpferin

Mayla
Schwertkämpferin

Farah
Schwertkämpferin

Sadia
Schwertkämpferin

Personen aus Eiban

Kemal Ramri
Späher aus Eiban.

Minu
Zofe von Lilith Kyros.

Elyar Qasim
Privatlehrer von Raduan.

Hexe Nisha
Wahrsagerin und Beraterin von Malik Kyros

Personen aus Pers

Malik Ariaram
Herrscher von Pers.

Arasch Ariaram
Thronfolger von Pers.

Tara Mir
Beraterin von Malik Ariaram.

Gol Kalb
Soldat aus Pers

Nachschlagewerk

Attributsystem

(gilt für: Intelligenz/Manapunkte, Stärke/Gesundheitspunkte, Ausdauer/Energie)

Anzahl Punkte (Beispiel Intelligenz)	Zugehöriger Wert (Manapunkte)
1	10 MP
2	20 MP
3	30 MP
4	40 MP
5	50 MP
6	70 MP
7	90 MP
8	110 MP
9	130 MP
10	150 MP
11	180 MP
12	210 MP
13	240 MP
14	270 MP
15	300 MP
16	340 MP
17	380 MP
18	420 MP
19	460 MP
20	500 MP

Währung

1 Goldtaler = 25 Silberkronen

1 Silberkrone = 100 Kupferpfennige

Pflanzenlexikon

Gemeiner Rotseitling

Dieser Pilz wächst im Herz eines Baumes und seine Fruchtkörper reifen über Jahre heran. Er gilt als ausgesprochene Delikatesse und das führte in der Vergangenheit zur vollständigen Rodung ganzer Wälder, weswegen der Baumschlag allein zum Zweck seiner Ernte durch einen imperialen Erlass untersagt wurde.

Raspelgrün

Eine auf kargen Böden wachsende mehrjährige Pflanze. Sie braucht das Küstenklima, viel Sonne und einen heißen Sommer, um die in der Alchemie gefragten Blüten auszubilden. Anbauort: Dorf Abyane. Schutzklasse: 3.

Grünfunken, die

Diese in engem Familienverband lebenden Halbpflanzen gehören zu den dreizehn Plagen von Jorden. Sie ernähren sich zwar wie Pflanzen von Wasser, Mineralien und dem Sonnenlicht, doch auch Fleisch, das besonders viele Nährstoffe enthält, verschmähen sie nicht. Mit ihren wurzelähnlichen Beinen, die Hartholzwirzeln genannt werden, greifen sie Tiere, aber auch Humanoide an. Sie gehören zu den mäßig intelligenten Wesen. Durch das Austreiben von Hartholzwirzeln zum Zweck der Vermehrung ist ihre Ausrottung praktisch unmöglich. Nur Grünfunken können andere Grünfunken im Zaum halten, weswegen eine Eindämmung deutlich effizienter ist als der Versuch einer vollständigen Beseitigung.

Tier- und Moblexikon
Waldschreck, der
Diese spinnenartigen Wesen jagen als Einzelgänger und verlassen sich dabei auf ihren Sehsinn, der auch in der Nacht sehr gut funktioniert. Sie sind sehr territorial und verteidigen ihr Revier gegen jeden Artgenossen. Menschen dagegen betrachten sie als willkommenen Imbiss.
Ein Waldschreck besitzt wie viele andere Spinnen keine Ohren im eigentlichen Sinne. Dennoch solltest du dich nicht zu lauten Geräuschen verleiten lassen, besser, du rührst dich nicht einmal. Mit ihren hochentwickelten Rezeptoren in den Beinen können sie Schallwellen aufnehmen, in Impulse wandeln und diese wie Gehörtes an das Gehirn weiterleiten.

Hamnskiftare, der

Dieser legendäre Formwandler gehört nicht in den Bereich der Mythen und Legenden. Seine natürliche Erscheinung kennt niemand, da er sich immer nur in seiner verwandelten Gestalt zeigt. Manche vermuten, dass die Hamnskiftare eine Art Slime sind, denn nach ihrem Tod werden sie zu einem zähflüssigen Glibber. Sie sind intelligent, doch erst wenn sie mit Menschen zusammenarbeiten, entfalten sie ihr wahres Potenzial.

Schnappschildkröte, die

Dieses Wasserreptil erreicht eine Länge von bis zu fünf Metern und kann bis zu vier Tonnen wiegen. Die Schnappschildkröte hat einen massiven Körperbau und einen nahezu undurchdringlichen Rückenpanzer. Der Brustpanzer dagegen ist relativ klein und nur durch ein schmales Band mit dem Rücken verbunden. Aus diesem Grund kann die Schnappschildkröte ihren Kopf nicht vollständig in den Schutz des Panzers ziehen. Der große Kopf mit dem Schnabel kann weit nach vorn schnellen und zermalmt auch Knochen mühelos.

Fun Fact: Die Schnappschildkröte wird auch Fokussierter Terrorbär des Wassers genannt.

Tornfalk, der

Dieser Raubvogel lebt in der Stadt und hat sich auf kleine Nager und Vögel spezialisiert. Er jagt alles, was von der Größe her in sein Beuteschema passt. Ältere Tiere können eine Flügelspannweite von bis zu eineinhalb Metern erreichen und sogar Lämmer reißen, wenn der Hirte nicht aufpasst.

Silberfuchs, der

Das seltene Tier mit den zwei bis sechs Schwänzen wird vor allem in den Wäldern des Nordens gesichtet. Es ist für seine hohe Intelligenz berühmt und entgeht fast jeder Falle. Sein dichtes silbermattes Fell ist sehr begehrt, sodass diese Gattung in manchen Teilen der Welt fast ausgerottet wurde.

Mård, der

Der wilde Mård lebt in den Wäldern und bewohnt vor allem Bäume. Er ist ein Allesfresser, wenn auch kleine Säugetiere seine bevorzugte Nahrung darstellen. Sein dunkelbraunes Fell tarnt ihn hervorragend. Pelzjäger treiben Mård-Populationen oftmals in die tiefen Wälder.

Giftmungo, der

Dieses seltene Tier aus dem tiefen Osten besitzt nicht nur das gefährlichste Gift aller Säugetiere, sondern auch einen unbändigen Stolz darauf. Sollte seine feine

Nase ein weniger potentes Gift erschnüffeln, wird er sein spöttisches, kehliges Bellen ertönen lassen. Doch Achtung: Mehr als ein Herrscher starb, weil der Giftmungo bei einem potenteren Gift als seinem eigenen vor Furcht zur Salzsäule erstarrte.

Feuerbrut, die
Eine Feuerbrut ist ein Höhlenwesen, das sich in allen unterirdischen Kammern der Welt finden lässt. Durch ihre sechs Beine ist die Feuerbrut sehr schnell und agil und ihre vergifteten Zähne können einen Menschen mit geringer Abwehr in Sekunden töten. In verschiedenen Mythen heißt es, dass ein längst vergessenes Volk diese Chimären auf die Welt losgelassen hat, um seinen Kindern eine schnellere Entwicklung zu ermöglichen.

Olyave Raubwanze, die
Dieses Insekt lebt in dunklen, meist feuchten Höhlen oder Gebäuden. Durch ihre Vorliebe für Blut und andere organische Flüssigkeiten sind Olyave Raubwanzen häufig in Kerkern zu finden, wo humanoide und nichthumanoide Lebewesen ihnen weitgehend ausgeliefert sind. Sie sind leicht giftig, wobei ihr beim Saugen injiziertes Gift Schläfrigkeit verursacht.

Vieräugige Panzerfledermaus, die
Diese Unterart der Panzerfledermäuse bewohnt mit Vorliebe die Türme und hohen Sakralbauten der Städte im Süden des Imperiums. Durch ihre wendigen Flugkünste, ihre verbesserte Sicht und die feine Echoortung gehört sie zu den besten Jägern ihrer Art. Die Reißzähne sind für sich allein genommen nicht giftig, doch leben zwischen ihren Zähnen Bakterienstämme, die ein hochtoxisches Gift absondern, wogegen die Panzerfledermaus selbst immun ist.

Weißschwanzkolibri, der
Dieser kaum fünf Zentimeter große Vogel gilt als kurzlebig und äußerst empfindlich gegen jede Art von Gift. In der freien Natur kann er nur auf besonders abgelegenen Inseln überleben, wo er einerseits keine Fressfeinde hat und andererseits keine Giftpflanzen wachsen, da er den unbändigen Drang besitzt, von wirklich allem zu kosten. Dank dieser Eigenart werden diese Vögel in manchen Reichen als Vorkoster eingesetzt.

Königsadler, der
Dieser majestätische Greifvogel hat eine Spannweite von bis zu sechs Metern und eignet sich dank seiner ihm innewohnenden Magie sowohl als Reittier wie auch als abgerichteter Jäger – wenn er denn gebändigt werden kann. Königshäuser halten sich mindestens einen dieser

gewaltigen Raubvögel, wenn sie ihren Status hervorheben wollen. Übertroffen werden diese erhabenen Tiere nur noch von den äußerst seltenen Luftgriffonen.

Drachenameise, die
Die Drachenameise lebt ausschließlich in tropischen Ländern und gräbt sich dort tiefe Bauten in den erdigen Boden. Die Nester der Drachenameise reichen bis zu einhundert Meter hinab und selbst harter Granit kann sie nicht aufhalten. Ihre Fresslust, die hohe Aggressivität, gepaart mit territorialem Verhalten, das sie mit Feuer, ihren scharfen und kräftigen Beißwerkzeugen und der Säure aus dem Hinterleib demonstriert, macht sie zur gefürchtetsten Tierart auf den südlichen Inseln. Das Glück dieser Welt liegt darin begründet, dass sie trockene oder kalte Umgebungen verabscheut und generell ihre Inseln nie verlässt.

Weißrichter Höhlenbeißer, der
Der Weißrichter Höhlenbeißer lebt ausschließlich unterirdisch und mit Vorliebe in den tieferen Regionen, die genug Platz bieten, um seinen bis zu dreißig Meter langen Körper zu beherbergen. Einmal an einer Wand festgesetzt, bewegt er sich nie mehr von seinem gewählten Standort weg und gräbt seinen Hinterleib immer tiefer in das Gestein. Er ernährt sich von Lebewesen, die an seiner Behausung vorbeikommen, und seine Mahlzähne

können jeden Panzer mühelos durchbrechen. Er ist resistent gegen Feuer, Wasser, Elektrizität und Säure.

Raubgajasa, die
Sie ist eine wendige Fliegerin, auch wenn ihre Größe von mehr als vier Metern bei einer Flügelspannweite von über zwölf Metern das nicht vermuten lässt. Die Raubvogel-Drachen-Chimäre ist bekannt für ihren Hass auf Insekten aller Art und gilt als natürlicher Beutegreifer der Drachenameise. Nicht selten überschätzt sie jedoch ihre Kraft und Geschwindigkeit und geht mit fliegenden Federn unter, wenn sie mehr als fünf Drachenameisen als Gegner hat.

Phönixschwalbe, die
Dieser Langstreckenflieger kommt niemals mit dem Boden in Berührung. Das Leben der Phönixschwalbe spielt sich ausschließlich in der Luft ab, selbst wenn sie sich paart oder brütet. Für ein Nest klebt sie die abgezogene Haut ihrer Beute zu einem Ballon zusammen und erhitzt die Luft darin mit ihrem Feueratem. Eine Kolonie Phönixschwalben kann bis zu drei Millionen Tiere umfassen und eine ganze Stadt unter ihrem Kot begraben.
Durch ihr hybrides Blut, das zum Teil dem eines Drachen ähnelt, kommt sie auf eine Spitzengeschwindigkeit, die in der fliegenden, laufenden und schwimmenden Fauna

unerreicht ist. Dennoch muss selbst sie nach spätestens sechzehn Stunden ruhen, indem sie auf der Thermik liegt und dahingleitet.

Da Aufzucht und Pflege extrem aufwendig sind, die Sterblichkeitsrate über 95 % beträgt, wird sie nur selten gezähmt und für Botenflüge eingesetzt. Ihre Intelligenz ist jedoch selbst für ein Magietier hoch und sie hat keine Schwierigkeiten, Anweisungen zu verstehen.

Skills

Skill Analyse: Rang 1 – Stufe 10.

Auf einen Blick erkennst du die Stärken und Schwächen deiner Gegner. Außerdem hat kaum eine Täuschung vor deinem Auge Bestand, solange die Stufe deines Skills über der Stufe des Skills Tarnung, Täuschung oder Illusion des anderen steht.

Kosten: 5 MP.

Skill Sinnesverschmelzung: Rang 1 – Stufe 3.

Es ist nicht immer praktisch, selbst in einer Puppe zu sein. Manchmal solltest du gefährliche Dinge lieber aus der Ferne observieren. Leistung: 100 %.

Kosten: 1 MP jede 3. Minute.

Skill Magiefäden: Rang 1 – Stufe 10.

Verbinde deine Magiefäden mit einem Objekt deiner Wahl und bewege es aus der Ferne. Du kannst zehn (10) Magiefäden erzeugen.

Kosten: 1 MP alle zwei Minuten.

Skill Spurenlesen: Rang 1 – Stufe 1.

Ist es ein Reh, ist es ein Wildschwein? Wohin ging es und wie lange ist das her? Für einen Jäger ist es essenziell, Spuren bestimmen zu können. Du beherrschst nun die Grundlagen, doch hüte dich vor Selbstüberschätzung.

Skill Zerlegen: Rang 1 – Stufe 8.

Es ist nicht alles Fleisch, was zerlegt werden muss. Die Welt ist so viel reicher an Lebewesen, die alle zerteilt, ausgelassen oder auf sonst eine Weise bearbeitet werden wollen.

Skill Puppenbauer: Rang 1 – Stufe 10.

Schnitze aus einem Stück Holz eine lebensecht aussehende Puppe oder nutze gleich die Überreste eines Lebewesens, um daraus eine hochwertige Puppe zu erschaffen. Die Grenzen liegen alleine bei deiner Fantasie.

Skill Puppenspieler: Rang 1 – Stufe 10.
Du hast die Meisterschaft dieser Fähigkeit erreicht.
Es gibt in den Bewegungen keinen Unterschied mehr
zwischen deinen Puppen und echten Lebewesen. Doch
muss das das Ende deines Könnens sein?

Skill Sabotage: Rang 1 – Stufe 2.
Ganz gleich, was deinem Gegner seine Macht verleiht,
du hast die Fähigkeit, das komplizierte Geflecht eines
gewirkten Zaubers zu erkennen und den Schwachpunkt
zu identifizieren.
Kosten: 15 MP.

Skill Preisspanne: Rang 1 – Stufe 1.
Wie ändert sich das Angebot auf den offerierten Preis?
Nur wer die Antwort auf die Frage kennt, kann das
beste Geschäft abschließen.

Waffenskill: Luftdegen: Rang 1 – Stufe 1.
Du kannst einen Luftdegen mit einer Gesamtlänge von
110 cm erzeugen. Haltbarkeit: 25.
Kosten: 50 MP.

Skill: Fechtkampf: Rang 1 – Stufe 1.
Ausfall, Balestra und Kreuzschritt sind für dich keine
böhmischen Dörfer mehr. Finte, Filo oder Riposte hast
du in der Theorie erlernt. Jetzt ist es an dir, die Anfänge

zu verinnerlichen und der größte Fechter aller Zeiten zu werden.

Skill Schlösserknacken: Rang 1 – Stufe 1.
Deins, meins ... egal. Du nimmst dir, was du willst, auch wenn es hinter einem Schloss gesichert ist. Einfache Schlösser kannst du nun mit einem Dietrich öffnen.

Puppencamouflage: Rang 1 – Stufe 10.
Gibt es noch einen Unterschied zwischen deinem Körper und dem deiner Puppe? Wenn, dann höchstens in deinem Kopf.

Skill Bestienblick: Rang 1 – Stufe 2.
Du kennst nicht nur die Lebensräume der Tiere, sondern weißt auch allgemein mehr über sie.

Skill Konservierung: Rang 1 – Stufe 1.
Ein Puppenbauer nutzt Organe, Nerven und andere Teile von Tieren und Pflanzen. Damit sie nicht nach wenigen Tagen verrotten, müssen sie haltbar gemacht werden.
Passiver Skill, Kosten: Mana (je nach Wertigkeit des Teils).

Skill Angsthase: Rang 1 – Stufe 2.
Siehst du dem Tod in die hässliche Fratze, verleiht dir das übermenschliche Kraft.

Wirkung: +12 Ausdauer, +12 Geschwindigkeit, +6 Wahrnehmung, +6 Geschicklichkeit.
Dauer: bis deine Angst sich legt.

Skill Kartografie: Rang 1 – Stufe 5.
Um die Welt zu kartieren, kann der Kartograf weite Reisen unternehmen oder einfach den nächstbesten Kartenhändler plündern und sie bequem vom Sessel aus zeichnen. Für welchen Weg wirst du dich entscheiden?

Skill Kräuterkunde: Rang 1 – Stufe 1.
Erkenne alle wichtigen Pflanzen.

Skill Dunkelsicht: Rang 1 – Stufe 1.
Nachts sind alle Katzen grau? Vielleicht, aber wenigstens siehst du sie.

Skill Heilung: Rang 1 – Stufe 3.
Du kannst dein Mana kanalisieren, um die Gesundheit wiederherzustellen. Kosten: 1 MP = 4 HP.

Skill Band der Loyalität verbessert, Rang 1 – Stufe 5.
Die Loyalität zwischen zwei Menschen ist immer ein Geben und Nehmen. Achte deine Untergebenen, setze dich für sie ein und schütze sie vor den Ungerechtigkeiten der Welt, dann werden sie dir durch die Hölle folgen.
Voraussetzung: Freiwilliger Schwur der Loyalität.

Skill Reinigung verbessert, Rang 1 – Stufe 4.

Debuffs können mit einer Wahrscheinlichkeit von 45 % beseitigt, mit einer Wahrscheinlichkeit von 33 % abgeschwächt werden. Die Wahrscheinlichkeit, dass einer der beiden Effekte eintrifft, liegt jedoch nie unter 78 %.

Kosten: 20 MP.

Skill Hofpolitik verbessert, Rang 1 – Stufe 5.

Was treibt dein Gegenüber zu seinem Handeln? Ist es das Streben nach Ehre oder Macht oder schlichtweg Gier? Erkenne die tieferen Beweggründe für die Handlungen deiner Umgebung. Einschränkung: Dein Skilllevel muss höher sein als das deines Gegners.

Skill Verhütung erlernt.

Eine gute Kinderplanung schützt dich vor Skandalen, die du dir als Adliger nicht leisten kannst.

Skill Erholung: Rang 1 – Stufe 3.

Schlaf, war da was? Du brauchst wenig Schlaf und noch weniger Ruhepausen, um fit zu sein. Wirkung: -60 % Schlafdauer bis zur vollständigen Erholung, -20 % Ruhezeiten am Tag.

Skill Systemuhr implementiert, Rang 1 – Stufe 1.

Es ist nie leicht, ohne eine genau gehende Uhr auszukommen. Manchmal ist es wichtig, exakt zu wissen, wie viel Zeit einem noch verbleibt.

Skill reiten: Rang 1 – Stufe 5.

Ob Galopp oder Trab, über Hindernisse springen oder querfeldein preschen, du wirst zwar keine Preise gewinnen, aber auch nicht vom Pferd fallen. Deine Energie nimmt um 50 % langsamer ab.

Skill Homunkulus: Rang 1 – Stufe 10.

Wer wollte nicht schon immer seinen eigenen Roboter besitzen? So gut werden die selbststeuernden Puppen zwar nie, aber sie können Anweisungen ausführen, die nicht zu komplex sind.

Eintauchen in die Zukunft des Gaming – willkommen in „Unterwelt des Lichts"!

Hast du jemals davon geträumt, vollständig in eine andere Welt einzutauchen, wo du die Grenzen deiner Vorstellungskraft überschreiten und ein Held in einer epischen Saga sein kannst? Die Zukunft des Gamings ist jetzt! Unsere revolutionäre Spielefirma präsentiert stolz das ultimative Vollimmersions-MMORPG „Unterwelt des Lichts".

Erlebe totale Freiheit in einer grenzenlosen Welt

In „Unterwelt des Lichts" gibt es keine Regeln – nur Möglichkeiten. Erschaffe deine eigene Legende in einer Welt, die nur von den mutigsten und fähigsten Abenteurern beherrscht wird. Mit einer unübertroffenen Immersionstechnologie kannst du vollständig in diese atemberaubende Realität eintauchen, wo jeder Atemzug und jeder Schritt so real ist wie das Leben selbst.

Wähle dein Volk und erobere die Welt

Tauche ein in eine vielfältige Welt voller einzigartiger Völker. Menschen, Zwerge, Elfen, Drachlinge, Walküren und viele mehr erwarten dich, um ihre Geheimnisse zu entdecken und ihre Macht zu entfesseln. Jedes Volk bietet einzigartige Fähigkeiten und Eigenschaften, die deine Abenteuer noch spannender und herausfordernder machen.

Maximiere dein Potenzial mit exklusiven Kontoklassen

Deine Reise beginnt hier, aber wie weit wirst du gehen? Wähle aus verschiedenen Kontoklassen, um deine Macht zu steigern. Je hochwertiger dein Kontotyp, desto größer sind deine Belohnungen und Boni im Kampf. Vom einfachen Abenteurer bis zum legendären Champion – in „Unterwelt des Lichts" liegt dein Schicksal in deinen Händen.

Epische Quests und selbstentfaltende KI

Erlebe eine Vielzahl von Quests, die dein Können auf die Probe stellen und dich in die tiefsten Geheimnisse dieser Welt führen. Unsere ständig hinzulernende KI sorgt dafür, dass die Spielwelt dynamisch und lebendig bleibt, indem sie sich ständig weiterentwickelt und an die Aktionen der Spieler anpasst. Kein lästiger menschlicher Administrator stört dein Spiel, alles wird von einer intelligenten KI überwacht und gesteuert, die ein nahtloses und packendes Spielerlebnis garantiert.

Bist du bereit, die Spitze zu erklimmen?

„Unterwelt des Lichts" ist kein Spiel für schwache Nerven. Nur die Besten der Besten werden es bis an die Spitze schaffen. Tritt gegen andere Spieler an, schmiede Allianzen und werde zu einer lebenden Legende. Die Welt liegt dir zu Füßen – bist du bereit, dein Schicksal zu erfüllen? Schließe dich uns heute an und beginne deine Legende in „Unterwelt des Lichts"!

Interne Aktennotiz: Justiziar
Betreff: Dringender Haftungsausschluss für „Unterwelt des Lichts".
Bitte unverzüglich sicherstellen, dass der Haftungsausschluss alle potenziellen Beeinträchtigungen der Spieler (körperlich oder geistig) kategorisch ausschließt!

Die Zukunft hat die Menschheit an den Rand der Vernichtung gebracht und die Überlebenden dazu gezwungen, sich auf schwimmende Inseln zu flüchten.

Eingepfercht in enge Wohnröhren und die menschliche Arbeitskraft durch Roboter und KIs ersetzt, führen die meisten Bewohner ein Leben in Armut. Der Trostlosigkeit ihres Alltags können sie nur in der virtuellen Realität entkommen – der von einer allmächtigen Firma erschaffenen Unterwelt des Lichts. Hier gibt es Arbeit und Aufstiegsmöglichkeiten und es gelten keinerlei Regeln!

Seitdem die Firma ihre Eltern ermordet hat, ist Roya auf der Flucht vor dem Konzern. Gleichzeitig setzt sie alles daran, ihren Vater virtuell wieder zum Leben zu erwecken. Doch dazu muss sie erst einmal ins Zentralarchiv der Firma gelangen und dafür braucht sie Geld – viel Geld, das es nur in der Unterwelt des Lichts zu erbeuten gibt.

Roya taucht in Gestalt ihres Level-1-Charakters, der Erfinderin Raziah, tief in die virtuelle Welt ein und arbeitet entschlossen an der Entwicklung ihrer Figur. Doch das Spiel kennt keine Gnade und Verbündete sind seltener als Feinde: Player Killer machen Jagd auf Raziah und sie muss sich gegen erbitterte Rivalen und furchterregende Kreaturen behaupten.

Um schnellstmöglich voranzukommen und Skills und Ausrüstung zu verbessern, kann Raziah sich selbst im Angesicht des Todes kein Zögern erlauben. Mit Mut, Schläue und einer gehörigen Portion Dreistigkeit wagt sie sich in ihren ersten Dungeon und muss dabei zahlreiche Rückschläge einstecken. Will sie bestehen, darf sie vor nichts zurückschrecken, auch wenn das bedeutet, sich mit Orks und Nekromanten einzulassen. Das Risiko ist hoch, doch in den Schatten der Unterwelt des Lichts überleben nur die Stärksten. Raziah muss beweisen, dass ihr Wille unzerstörbar ist und sie die Geheimnisse der Magie und Mechanik nutzen kann, um sich mit jedem weiteren Level von der Gejagten zur Jägerin zu wandeln. Denn die virtuelle Welt ist mehr als ein Spiel, es ist die Chance auf ein neues Leben.

Der Mensch hat sich behauptet, obwohl er weder die stärkste noch die schnellste Spezies dieser Welt ist. Ohne Reißzähne oder Krallen setzt er sich dennoch an die Spitze der Nahrungskette – einzig durch die Macht seines Verstandes.

Für Raziah könnte das abgeschottete Himmelreich ein sicherer Hafen sein, eine Zuflucht, in der sie ihren Feinden aus dem Weg gehen und ihre Fähigkeiten weiterentwickeln kann. Doch das Warten liegt ihr nicht, gerade wenn noch so viel zu erledigen ist.

Ein neues Zuhause muss her, größer und besser als das vorherige. Und um es so unverwundbar wie möglich zu gestalten, begibt sich Raziah mit ihren treuen Gefährten auf eine Reise. Ihr Ziel: die Bergarbeiterstadt Erzdamm, wo Schürfer keine Staatsfeinde darstellen und sich mit Mut und harter Arbeit in den Tiefen der Berge Metall in rauen Mengen abbauen lässt.

So der Plan, doch dieser Schritt ist lediglich der Beginn einer wahren Odyssee. Bald schon müssen sie ihr neues Heim gegen gnadenlose Angreifer verteidigen und Acht geben, in der einsetzenden Flut von Schwierigkeiten nicht unterzugehen. In »Unterwelt des Lichts« ist nichts vorhersehbar. Das Motto »Was dich nicht tötet, macht dich stärker« werden ihre Gegner bald am eigenen Leib erfahren. Und als es einem von ihnen sogar gelingt, den Hass in Raziah zu entfachen, erwacht das Monster in ihr.

Teamwork ist mehr als nur Seite an Seite zu kämpfen, es bedeutet manchmal, getrennte Pfade zu beschreiten. Die Trennung birgt nicht nur Herausforderungen, sondern auch einen verlockenden Preis. Der Weg mag steinig sein, doch der mögliche Gewinn macht jede Anstrengung lohnenswert.

Eine Gilde mit Elfenfetisch, die kaum einem Spieler in der Unterwelt des Lichts bekannt ist, hat es scheinbar auf Raziah abgesehen. Doch kommt die Feindseligkeit tatsächlich aus dem Nichts oder ist Raziah jemandem auf die Füße getreten und hat dadurch den Ärger der Gilde auf sich gezogen? Um das herauszufinden, muss sie einen Gegenangriff starten, und wie heißt es so schön: Wo gehobelt wird, da fallen Späne.

Was für ein Glück, dass die Tausenden NPCs, die dabei ihr Leben lassen, nicht auf ihr Karmakonto gehen. Und wenn sich korrupte Beamte ihr in den Weg stellen, dann erfahren diese ziemlich schnell, was es heißt, eine Göttin zu verärgern.

Trotz der intensiven Zeit im Spiel sollte Raziah aber die Realität lieber nicht aus dem Blick verlieren. Noch immer ist die Firma hinter ihr her und sie rückt ihr dabei immer näher.

Raziah muss endlich ihren Hauptberuf als Erfinderin voranbringen. Vorbei sind die Zeiten, als sie noch allein vor sich hin getüftelt hat, denn dafür ist Unterwelt des Lichts trotz aller Vereinfachungen zu realistisch. Grundlagen müssen her, will Raziah selbst Apparate erschaffen, mit denen sie ihre Gegner vernichten, Erze abbauen und irgendwann endlich die Karawane überfallen kann.

Und wo ginge das besser als in Schraubthal, der Hauptstadt der Erfinder, dem feindlichen Moloch mit seinen undurchdringlichen Rauchschwaden, Bergen an Ruß und Gefahren an jeder Ecke? All das ist Raziah bereit zu akzeptieren, wenn man sie nur lernen lässt. Allerdings sind die alteingesessenen Meistererfinder nun wirklich nicht wild darauf, neue Konkurrenz heranzuzüchten. Doch wozu gibt es Legenden, wenn sie nicht wieder zum Leben erweckt werden können?

Gemeinsam mit ihren Freunden ist Raziah stark, doch was, wenn nicht nur feindliche Gilden, sondern auch die Realität Raziah von ihnen trennen will? Schleichend nähert sich die Bedrohung von allen Seiten und bald schon könnte sie gezwungen sein, mit dem schlimmsten Feind in der Realität zu kooperieren, um einen Freund zu retten.

Sei deinen Freunden ein Schild und deinen Feinden ein Schwert, das sie in die Dunkelheit zwingt.

Raziahs Geschick als Erfinderin ist nicht unbemerkt geblieben, doch das hat nicht nur Vorteile. Die Gilde „End of Days", die eh noch eine Rechnung mit ihr offen hat, stellt sie vor die Wahl: Entweder Raziah stellt ihnen ihre Fähigkeiten zur Verfügung oder sie sieht ihre Freunde nie wieder.

Ziel der Gilde ist der Dungeon des Ursprungs, den sie als Erste überhaupt durchlaufen und dadurch wertvolle Items bergen wollen, um ihren Wiederaufstieg voranzutreiben.

Zum Schutz ihrer Freunde willigt Raziah ein, die „End of Days" bei der Entwicklung und dem Bau nützlicher Apparate für ihren Run auf den Dungeon zu unterstützen. Ihren Feinden die einzigartigen Schätze zu überlassen, kommt jedoch gar nicht infrage, daher nutzt Raziah jede unbeobachtete Minute, um den Dungeon selbst zu erkunden und die Pläne der „End of Days" zu sabotieren.

Doch die sind längst nicht mehr die Einzigen, die es auf den Dungeon abgesehen haben. Die Zeit läuft: Kann Raziah nicht nur rechtzeitig ihre Freunde befreien, sondern auch die konkurrierenden Gilden lange genug gegeneinander ausspielen, um sich den Sieg gegen den Endboss und die Belohnungen des Dungeons zu sichern, oder hat sie damit zu hoch gepokert?

Die Trilogie Q-World

Elfen, Zwerge, Orks, Trolle, Sukkuben und etliche andere Völker warten in Q-World auf dich. Eine Welt voller Magie, Kämpfe, Intrigen, aber auch Freundschaften und Verbündeter.

Wir Quantencomputer erschufen die ultimative virtuelle Welt, in der die NPCs – Nicht-Spieler-Charakter – nicht einfach ihre Erinnerungen implantiert bekommen haben, nein, wir simulierten die 15.000-jährige Entwicklungsgeschichte vollständig, bevor wir euch hineinließen. Ihr werdet den Unterschied zu echten Spielern nicht bemerken und viel Spaß haben.

Worauf wartest du also noch? Willst du ein Schwertmeister sein? Ein Magier? Sehnst du dich nach der unberührten Natur eines Druidendaseins? Aber vielleicht konntest du mit deinem Dasein auf dem Land auch nie viel anfangen und würdest lieber als Aquarius unter der Meeresoberfläche leben?

Warte nicht länger und komm in unsere Welt, gründe eine mächtige Gilde und werde zum größten Spieler, den Q-World je gesehen hat.

In der vollautomatischen Q-Cap brauchst du dich nicht einmal mehr auszuloggen. Die Kapsel versorgt deinen Körper mit allem, was er braucht und trainiert ihn zusätzlich. Melde dich noch heute für die Warteliste an und du könntest schon bald eintauchen in die Welt aller Welten: Q-World.

(Auszug aus der Werbebroschüre für Q-World)

Ben hatte Glück. Er kam an eine der begehrten "Q-Caps" heran, mit der das Langzeiteintauchen in die virtuelle Welt möglich ist, und findet sich als einfacher Level-1 Charakter dort wieder. Eigentlich will er nur in Ruhe sein Avatar aufbauen und die Anfängerquests erfüllen. Doch unverhofft gerät er zwischen die Fronten der Zwerge und den von ihnen versklavten Kobolden. Was kann Ben ausrichten, in einer Welt, wo die lichten Zwerge düstere Absichten hegen, und ist diese Simulation tatsächlich nur ein Spiel der Menschen oder verschweigen die KIs ihr wahres Motiv?

Ben bereut nichts. Aus seiner Provinz verbannt, findet er sich in der Stadt Foxcastle wieder, in der Händler, Piraten und Adlige um die Vorherrschaft kämpfen.
In die Intrigen der Mächtigen hineingerissen, wartet ein ganzes Bündel an Quests auf ihn und verlangt sein äußerstes Können. Brachiale Gewalt ist keine Option, und so sieht Ben seine einzige Chance darin, die neuen Feinde gegeneinander auszuspielen. In diesem riskanten Spiel winken große Belohnungen, aber das Scheitern ist immer nur eine Haaresbreite entfernt. Wird Ben seinen Verbündeten trauen können? Am Ende wird er sich für eine Seite entscheiden müssen.

Alles und alle scheinen sich gegen Ben verschworen zu haben – und dabei hat er einem Mädchen doch nur das stärkste Monster von Q-World versprochen: einen Drachen.
Ben liegen keine Steine, sondern ganze Felsbrocken im Weg, denn die KIs überhäufen ihn mit einer nahezu unmöglichen Quest nach der anderen. Er verstrickt sich in Obre, der Stadt der Städte, tiefer und tiefer in Versprechen gegenüber Leuten, die er besser nicht enttäuschen sollte.
Doch findet Ben auch neue Verbündete: Dämonische Kräfte schlagen sich auf seine Seite und am Ende scheint es nur darauf anzukommen, weise zu wählen und standhaft zu bleiben.